Fynn Peters

Stimmen der Angst

Thriller

Das Buch

Frankfurt – Eine Stadt voller Verbrechen und Gewalt. Eine grausame Hinrichtung wird jedoch von der Polizei als Unfall abgetan. Margret Seidel, eine pensionierte Journalistin, handelt als Einzige und versucht mit ihrem Nachbarn Mats, einen früheren LKA – Ermittler, zu ermitteln. Doch während der einsame Mann noch gegen seine eigenen Dämonen kämpft, wird schnell klar, dass es sich bei dem Unfall nicht nur um ein Verbrechen, sondern um ein Netz aus Grausamkeiten handelt, dessen Ausmaß keiner erahnen konnte.
Vor den beiden eröffnet sich ein Abgrund aus Lügen und Gewalt und schon bald geht es nicht mehr darum, das Verbrechen aufzudecken, sondern sich selbst aus diesem Abgrund zu retten.

Der Autor

Fynn Peters, geboren 2002 in Bielefeld, schrieb sein erstes Buch während der Corona – Pandemie und seines Abiturs. Schon vorher lebte er seine Begeisterung zu Büchern und Nervenkitzel als Buchblogger aus. Nun hat er sich mit seinem ersten veröffentlichten Thriller einen langjährigen Traum erfüllt. Derzeit schreibt er an seinem nächsten Buch.

Fynn Peters

Stimmen der Angst

Thriller

Die Deutsche Nationalbibliothek verzeichnet diese
Publikation in der Deutschen Nationalbibliografie;
detaillierte bibliografische Daten sind im Internet über
http://dnb.dnb.de abrufbar.

2. Auflage
© 2021 Fynn Peters
DE-33818 Milser Ring 18a

Korrektorat und Lektorat: Lea Peters
Covergestaltung: Jonathan Epp

Herstellung und Verlag:
BoD – Books on Demand, Norderstedt

ISBN: 978-3-754322161

www.fynnpeters.com

Prolog

Dunkelheit. Seit Tagen nichts anderes als diese immer währende Dunkelheit.

Sie war zerstörerisch. Am dritten Tag hatte sie ihr alle Hoffnungen genommen. Zumindest glaubte sie, dass es der dritte Tag war. So ganz sicher war sie sich da nicht. Hier verlor man jegliches Gefühl über Raum und Zeit.

Nun ging es nur noch ums Überleben. Es gab keine Perspektive. Es gab kein Entkommen.

Am Anfang wollte auch sie es nicht glauben. Wie die anderen Gefangenen hatte sie nach einem Ausweg gesucht, auch wenn sie nicht so extreme Wege gegangen war. Das Mädchen neben ihr hatte sich hingegen die Fingernägel fast komplett an der Wand abgekratzt. Trotzdem war die Holzwand immer noch da.

Lisa schluckte, doch es tat unglaublich weh. Eine Ewigkeit war es her, als sie das letzte Mal richtig trinken konnte. Die bösen Männer brachten immer eine Flasche Wasser. Sie mussten sie sich aufteilen. Es war längst nicht ausreichend. Als wäre das nicht schon genug, wurde dieses Gefängnis, in dem Lisa saß durch die Hitze zusätzlich aufgeheizt.

Sie starrte in die Dunkelheit. Etwas anderes konnte sie hier nicht tun. Das Mädchen neben ihr hatte sich zusammengerollt. Ab und zu schluchzte sie. Lisa war sich unsicher, ob sie etwas sagen sollte. Nur ein einziges

Mal hatte jemand mit ihr gesprochen, doch das hatte ihr komplettes Leben mit einem Schlag zerstört. Auch sonst herrschte beinahe eine komplette Stille. Die Angst, dass die Männer sie hören konnten, war zu groß.

Vielleicht wünschten sie sich einfach, dass sich die Tür nicht mehr öffnen würde, dass sie einfach vergessen wurden. Es war ein naiver Gedanke.

Durch einen kleinen Schlitz in der Wand erahnte Lisa ein bisschen Licht. Dann musste es Tag sein. Bald würden sie kommen. Eigentlich taten sie nichts. Sie brachten Essen und Trinken, wenn auch nur wenig. Man hatte ihr aber erzählt, was passieren würde.

Tränen rollten über ihre Wange. *Du darfst nicht noch mehr Flüssigkeit verlieren*, dachte sie verzweifelt, doch es brachte nichts. Die salzigen Tränen benetzten ihre Lippen, was den Durst nur noch schlimmer und schlimmer machte. Lange würde sie nicht mehr durchhalten.

Plötzlich öffnete sich die Tür…

Kapitel 1

Kamil Walczak
Spedition Wächtersbacher, 22:40 Uhr

Das Wetter war drückend, beinahe tropisch. Wahrscheinlich würde es in den nächsten Tagen gewittern. Kamil hoffte es auf jeden Fall. Schon seit Tagen hielt die bullige Hitze Frankfurt in Atem.

Wenigstens nachts konnte man es einigermaßen draußen aushalten. Er war froh, dass er hauptsächlich in der Nachtschicht arbeiten musste. So bekam er von der großen Hitze wenig mit. Auch wenn es schwierig war, tagsüber in seiner kleinen Wohnung etwas Schlaf zu finden ohne fast zu ersticken.

Übermüdet betrat er die Spedition. Als er die Tür zum Bürogebäude öffnete, kam ihm eine Hitzewelle entgegen. Dieser Laden brauchte dringend eine Klimaanlage!

Heute würde es wieder eine anstrengende Nacht werden. Kamil ging rüber in den Pausenraum, um seinen Kollegen abzulösen. Dann blieb er verdutzt stehen. Das Licht war aus. Sonst war das Licht immer an. Er arbeitete hier schon seit Jahren. Wegen den abgeklebten Fenstern war eigentlich gar nichts anderes möglich. Irgendetwas war hier faul.

Aus Reflex griff er nach seiner Waffe, die wie immer in seinem Hosenbund steckte. Jedoch zog er sie lieber nicht. Die Kollegen waren vorsichtig, wenn nicht sogar paranoid und er wollte nicht, dass er aus Versehen erschossen wurde, weil sie ihn für einen Eindringling hielten.

Langsam tastete er sich weiter. Vielleicht war einfach die Glühbirne kaputt und er machte sich ohne Grund Sorgen. Vielleicht wartete aber auch hinter der nächsten Ecke ein potenzieller Feind.

Gerade, als er weitergehen wollte, hörte Kamil hinter sich ein Geräusch. Erschrocken wirbelte er herum, doch ein kräftiger Schlag am Hinterkopf beförderte ihn umgehend ins Land der Träume.

Das Aufwachen schmerzte. Das Erste, was Kamil spürte, waren Kopfschmerzen. Mörderische Kopfschmerzen.

Sein Griff ging instinktiv zu seiner Pistole, doch sie war verschwunden. Noch etwas weggetreten versuchte er wieder aufzustehen, doch irgendetwas hinderte ihn daran. Vorsichtig tastete er sein Bein ab.

Da merkte er, dass etwas ganz und gar nicht stimmte. Kamil erschrak: er spürte seine Beine nicht!

Panik überkam ihm. Was ist nur passiert? Das Einzige, was er wusste, war, dass er auf kaltem Boden lag und seine Beine nicht spürte.

Er wollte seine Augen öffnen, doch es dauerte einige Zeit, bis er sich dazu überwinden konnte. Sein ganzer Körper schmerzte. Kamil öffnete seine Augen und bereute es im selben Moment schon wieder. Er blickte mitten in einen Baustrahler. Instinktiv schlossen sich seine Augen wieder, doch auf seiner Netzhaut tanzten immer noch helle Flecken.

Was ging hier nur vor sich?

Mit seinen Händen schirmte er nun seine Augen ab, um überhaupt irgendetwas oder irgendjemanden zu erkennen. Trotz der geschützten Sicht brauchte Kamil einen Moment, bis er bemerkte, dass neben dem Baustrahler ein Mann stand. Was viel beunruhigender war, waren seine eigenen Beine: Von den Knien abwärts waren sie einfach nicht mehr zu sehen. Das einzig Beruhigende war, dass kein Blut zu sehen war. Doch wie war das möglich?

Dann fiel es ihm plötzlich auf: Seine Beine waren bis zu den Knien einbetoniert! Während seine Beine bis zu den Knien senkrecht im Boden steckten, lag der Rest seines Körpers waagerecht auf der Oberfläche.

Er war kurz davor vollends in Panik ausbrechen, als der Mann einen Schritt vortrat und sich theatralisch räusperte. »Na, endlich aufgewacht, Kamil?«

Die Stimme kam ihm bekannt vor. Trotzdem konnte er sie nicht richtig einordnen. Sein Kopf schmerzte noch zu sehr.

»Was ist los? Wo bin ich?«, stotterte Kamil und in diesem Moment verspürte er das erste Mal in seinem Leben echte Todesangst. Diese Angst, die alles in den Schatten stellte. Die einen wahnsinnig machte und all die Probleme, die man gerade noch hatte, an Bedeutung verlieren ließ.

»Unwichtig. Alles unwichtig! Was jedoch wichtig ist: Wo warst du, oder vielmehr wo warst du nicht?« Sein

Verstand arbeitete auf Hochtouren, doch ihm fiel einfach nicht ein, was der Fremde meinen könnte.

»Wer sind Sie? Was woll-« Ein heftiger Schmerz durchzuckte seinen Körper. Der Mann hatte ihm in die Rippen getreten.

Damit jedoch nicht genug. Immer wieder drosch der Mann wild auf ihn ein. Bei einem Schlag hörte Kamil ein Knacken und Blut strömte aus seiner Nase. Mit den Armen versuchte er sich irgendwie zu schützen, aber sein Peiniger ließ ihm nicht die geringste Chance. »Aufhören! Aufhören!«, keuchte Kamil, doch er rechnete damit, dass man ihn einfach totprügeln würde.

Nach einer gefühlten Ewigkeit ließ der Mann endlich von ihm ab.

»Hör endlich auf Scheiße zu erzählen! Erkennst du mich denn nicht?« Der Baustrahler wurde ein Stück zur Seite gedreht. Nun wurde er nicht mehr geblendet und er konnte den Mann erkennen. Die Stimme war ihm gleich so bekannt vorgekommen. Es war Jakub. Sein langjähriger Freund und Kollege.

»Was ist passiert?«

Kamils Stimme war nun klar und deutlich. »Ich sage dir, was passiert ist. Weißt du noch, wo du letzten Freitag ab 19:00 Uhr warst?«

Inständig dachte er nach. Am Freitag war er wie immer mit ein paar Kollegen in der Bar gewesen. Doch an Jakubs kalter Stimme erkannte er, dass da noch mehr sein musste. Jakub war wie sooft an dem Abend nicht dabei gewesen, deshalb musste es etwas mit der Arbeit zu tun haben. Doch ihm fiel absolut nichts ein. Es war ein Freitagabend wie immer gewesen. Nichts, was den Boss wütend machen würde.

»Ich sage dir, was du falsch gemacht hast. So wie ich dich kenne, bist du mit deinen Kumpels durch die Bars gezogen und hast dir das Hirn weggesoffen.«

»Das ist doch auch kein Problem. Der Boss hat nichts dagegen!«, warf Kamil Jakub hysterisch entgegen. Er wusste wirklich nicht, was er falsch gemacht hatte. Bis jetzt hatte ihm seine Feierlaune keine Probleme bereitet. Auf jeden Fall nicht bei der Arbeit.

»Das Problem ist nur, dass du eigentlich Elias vertreten solltest. Du warst jedoch nicht da.«

Wie konnte er das nur vergessen? Solche Fehler durften niemals passieren. Erneut geriet er in Panik.

»Du weißt, was jetzt passiert?« Kamil wusste es.

Nun würde es also passieren. Wegen einem dummen Termin, den er einfach vergessen hatte. Er konnte es nicht fassen. Und ausgerechnet Jakub musste der Boss schicken. Jeder andere wäre okay gewesen, aber Jakub?

»Das kannst du nicht machen! Denk an Monica! Und was ist mit Milena und Nicklas?« Verzweifelt blickte Kamil zu seinem Freund, doch wegen des grellen Lichts und den Tränen in seinem Gesicht konnte er ihn gar nicht mehr erkennen.

»Deine Frau und deine Kinder werden dir nun auch nicht mehr helfen. Du hast gegen die wichtigste Regel verstoßen und nun musst du die Konsequenzen dafür tragen!«

Jakub würde ihm nicht mehr helfen. Es war vorbei.

Kamil wollte gerade noch etwas sagen, als plötzlich

zwei Männer aus dem Hintergrund traten. Er hatte sie bis dahin noch gar nicht bemerkt. Die beiden packten ihn an den Schultern und hoben ihn hoch. Seine Knie gaben erst noch Widerstand, doch mit einem Knacken, dass dem Umknicken eines morschen Baumes gleichkam, gaben sie nach. Der Schmerz durchzuckte seinen Körper, als wäre er in eine Bärenfalle getappt und die Eisen würden sich erbarmungslos in sein Fleisch bohren.

Kamil stand nun aufrecht. Panisch blickte er sich um und versuchte sich mit seinen Händen zu wehren, doch er hatte keine Chance.

Er erkannte, dass sie sich weiterhin auf dem Gelände der Spedition befanden. Hier wurde seit einigen Wochen der neue Anbau gebaut. Der Bereich war von der Straße aus nicht einsehbar, weshalb sich die winzige Chance auf den Retter in letzter Sekunde mit einem Schlag in Luft auflöste.

Jakub trat neben ihn und deutete nach vorne. »Der Boss hat sich etwas Tolles für dich ausgedacht. Wir mussten dich extra betäuben, damit der Beton trocknen konnte. Keine Angst wir haben Schnellbeton genommen. Zeit ist immerhin Geld.«

Sein Blick erstarrte. Aus dem Betonfundament, auf dem sie sich befanden, ragte eine einzelne Riffelstange etwa anderthalb Meter quer aus dem Boden. Ihren Zweck wurde sich Kamil nun auf grausame Weise bewusst. Die Spitze berührte seine Brust. Durch das Abschneiden mit einem Bolzenschneider ist das Ende solcher Eisenstangen oft ziemlich scharf. Schon jetzt ritzte es ein Loch in sein T-Shirt.

Panisch versuchte er sich zu bewegen, was mit den einbetonierten Knien jedoch nicht so einfach war. Schweigend ging Jakub hinter ihn.

»Du musst das nicht tun«, jammerte Kamil, doch sein Henker reagierte gar nicht mehr.

Gerade, als er seinen Kopf zu seinem Freund umdrehen wollte, trat dieser mit voller Wucht gegen Kamils Rücken, sodass sein Körper nach vorne geschleudert wurde.

Die Riffelstange durchbohrte seinen Brustkorb ohne Probleme. Er hätte geschrien. Hätte die Eisenstange nicht seine Lunge zerfetzt, hätte er sich die Seele aus dem Leib geschrien. So sah man sein Sterben aber nur in den Augen, die fast aus ihren Höhlen quollen. Kurz kämpfte er noch, was schnell in ein krampfartiges Stadium überging. Ein Gurgeln, mit dem die letzte Luft aus seinen Lungen wich.

Dann erschlaffte sein Körper.

Der Baustrahler erlosch. Die drei Männer hatten Feierabend.

Kapitel 2

Kommissar Thalmann
Spedition Wächtersbacher, 06:00 Uhr

Der nächste Morgen brachte nicht die ersehnte Abkühlung herbei. Frankfurt befand sich immer noch in einem Zustand, der einem Wüstenklima glich und auch in den nächsten Tagen würde sich daran nichts ändern.

Die Polizei wurde in den frühen Morgenstunden informiert. Ein Lastwagenfahrer hatte zum Schichtbeginn die Leiche gefunden und umgehend Polizei und Rettungskräfte benachrichtigt. Schnell wurde jedoch klar, dass es hier nichts mehr zu retten gab.

Kurz darauf traf die Kriminalpolizei ein. Angeleitet wurde die Ermittlung von Kommissar Thalmann. Der erstaunlich junge Ermittler hatte zwar noch wenig Erfahrung, dafür verfügte er über ein exzellentes Gespür. Es brauchte nicht lange, bis er bemerkte, dass das in diesem Fall nicht gerade erwünscht war. Bevor Thalmann den Tatort besichtigte, wollte er sich einen Überblick über das Unternehmen verschaffen.

»Wer ist für diese Spedition verantwortlich?«, fragte er zuerst eine Gruppe von Arbeitern. Sie standen in einem Pulk beieinander und guckten zum Teil verängstigt, zum Teil aber auch aggressiv zu dem Beamten herüber. Ihretwegen mussten sie ihre Arbeit einstellen. Das brachte alles in Verzug.

Der LKA - Ermittler war sich nicht wirklich sicher, ob es Bauarbeiter für die Baustelle auf dem Gelände waren, oder Angestellte der Spedition. Keiner von ihnen sagte ein Wort.

»Können Sie mich verstehen? Sprechen Sie Deutsch?«, versuchte er es weiter, doch noch immer blieben die Männer stumm. Er schämte sich etwas bei dem Gedanken, dass man womöglich einen Dolmetscher brauchen würde. Die Angestellten sahen Ausländisch aus, doch das sollte nichts heißen. Der junge Kommissar hatte nicht das geringste mit einem solch klischeehaften Denken am Hut. Im Gegenteil: Schon oft überraschten ihn gerade die unscheinbaren Menschen in seinem Beruf. Auch durch seinen eigenen Hintergrund waren ihm dumme Vorurteile und Anfeindungen nicht neu. Bei diesen Männern verhielt es sich jedoch gänzlich anders. Er hatte das dunkle Gefühl, dass die Männer ihn sehr wohl verstanden. Trotzdem schwiegen sie ihn weiter wie eine unüberwindbare Mauer an. Was sollte er nur tun?

Weiter kam er mit seinem Gedanken nicht. Ein Mann kam zielstrebig auf ihn zu. Seine Gestalt war gewaltig. Garantiert zwei Meter groß, dachte Thalmann noch, als der Hüne sich vor ihm aufbaute.

»Gibt's ein Problem?«

»Neben einem Todesfall habe ich das Problem, dass hier niemand mit mir reden will.« Er deutete auf die Gruppe von Männern.

»Man hat sie angewiesen mit keinem zu reden. Hier gibt es zu viele neugierige Personen«, sagte der große

Mann, als würde es die ganze Situation erklären.

»Ihnen ist aber schon klar, dass wir von der Polizei sind, oder?«, entgegnete der Kommissar so diplomatisch wie möglich, um seine Verwirrung zu verbergen.

»Natürlich, aber alles Wichtige können Sie auch mit mir besprechen.«

»Ihnen gehört also die Spedition?«

Thalmann war dieser Mann nicht geheuer. Ein solch ablehnendes Verhalten gegenüber der Polizei hatte er bis jetzt selten erlebt und meistens hieß das, dass etwas nicht stimmte.

»Nein«, antwortete der Riese, »Mir gehört die Spedition nicht. Matej Medved ist der Besitzer, aber der ist zurzeit nicht erreichbar. Imrich Vesel ist mein Name. Ich bin quasi seine rechte Hand und über alles informiert. Wenn Sie irgendwelche Fragen haben, wenden Sie sich einfach an mich. Viel Zeit habe ich aber nicht. Die Arbeit muss auch noch erledigt werden.«

»Ich will aber zuerst mit den Angestellten reden. Können Sie denen sagen, dass sie mit mir reden dürfen?«

»Das ist nicht nötig. Ich kann Ihre Fragen alle beantworten. Jemand anderen brauchen Sie nicht.«

Thalmann musste sich abwenden. Mit so einem arroganten Typen konnte er nicht weiterreden. Eigentlich musste er die Oberhand behalten, doch heute hatte er dazu einfach nicht die Kraft. Mit ihm musste er sich später befassen.

Dann wollte er sich doch zuerst den Tatort anschauen. Der Todesfall hatte sich im hinteren Teil der Spedition ereignet. Hier wurde offensichtlich an dem Hauptgebäude, das zwar ziemlich groß war, aber gleichzeitig schon der Putz abbröckelte, angebaut. Das Fundament würde man so aber nicht nutzen können. Ein kleiner Abschnitt wirkte so, als wäre er erst kürzlich gegossen worden. In der Mitte steckte die Leiche. Aufgespießt war sie sogar jetzt noch in einer relativ aufrechten Haltung. Diese surreale Drapierung hatte etwas unglaublich Groteskes an sich und irgendwie sah es für den Kommissar aus, als würde sich der Tote gleich ohne Mühen etwas weiter erheben und einfach weggehen.

Rings herum standen Rettungssanitäter und Leute von der Feuerwehr, die versuchten, die Beine aus dem Beton zu lösen. Anschließend würde man noch das Problem mit dem Spieß haben, doch schon jetzt wurde die Arbeit durch die Leichenstarre zusätzlich erschwert.

Thalmann wandte sich an den Einsatzleiter der Feuerwehr.

»Schwierig, oder?«

»Das können Sie laut sagen! So etwas habe ich noch nie erlebt. Der arme Kerl muss sich im Beton verfangen haben und dann beim Versuch sich zu befreien selbst aufgespießt haben.«

Verwundert schüttelte er den Kopf. In seinem Alltag stieß man immer wieder auf kuriose Dinge, doch Frankfurt wollte anscheinend immer wieder noch einen draufsetzen.

»Sind Sie sich sicher mit dem Unfall?«, fragte der Kommissar skeptisch. Eine einzelne Metallstange auf dem ganzen Fundament war schon ein merkwürdiger

Zufall.

»Es ist Ihre Aufgabe das herauszufinden, doch ich denke im Zusammenhang mit Alkohol ist alles möglich.«

Thalmann war nicht wirklich überzeugt. Es würde sich zeigen, ob das Opfer tatsächlich alkoholisiert war. Außerdem musste herausgefunden werden, welche Art von Beton hier verwendet wurde. Ein schnell trocknender Zement würde einen solchen Unfall wenigstens möglich machen. Er ordnete einen Kriminaltechniker an, die entsprechende Probe zu nehmen.

»Hat man die Identität schon geklärt?«

Der Einsatzleiter kramte eine Plastiktüte hervor. Man hatte die persönlichen Sachen schon vor dem Eintreffen der Spurensicherung entfernt.

Schnell zog sich der Ermittler Handschuhe über. Dann begutachtete er das Portemonnaie des Opfers genauer. Es sah billig und alt aus, doch in der Innentasche war ein Foto von dem Toten mit seiner Familie. Der Führerschein und ein ausländischer Pass deuteten auf einen gewissen Kamil Walczak. Wohnhaft in Polen. In zehn Tagen wäre er dreißig geworden. Nun hatte die Leiche ein Gesicht.

»Wissen Sie, wann er gestorben ist?«

Der Einsatzleiter zuckte mit den Schultern. »Ist nicht meine Aufgabe, aber ich hab gehört, dass es auf jeden Fall vor Mitternacht war.«

Mit diesen Worten wandte er sich von Thalmann ab.

Dieser Todesfall drohte schon jetzt komplizierter zu werden. Schwierig wurde es jetzt herauszufinden, ob

Kamil Walczak für die Spedition arbeitete. Weder Imrich Vesel, noch die Angestellten wirkten wirklich hilfsbereit. Er zog sich einen der Männer aus der Gruppe. Ist doch egal, was dieser Imrich Vesel davon halten würde.

Der Mann, den er nun befragte, war deutlich kleiner als er. Er wirkte selbstsicher und gestresst zugleich, doch durch die aufgeweckten Augen sah Thalmann, dass dieser Mann alles andere als dumm war.

»Können Sie mich verstehen? Ich bin von der Polizei.«

»Jup, ich kann Sie sehr gut verstehen.«, antwortete der Mann etwas genervt. Thalmann war einfach nur froh, dass das Schweigen gebrochen war. Endlich sprach nun doch ein Angestellter mit ihm. Unter vier Augen konnte man sich halt deutlich besser unterhalten.

»War Kamil Walczak Ihr Kollege?« Der Mann schien einen Moment nachzudenken. Der Kommissar hielt es für möglich, dass Imrich seinen Mitarbeitern angewiesen hat, nichts über den Toten zu erzählen. Vielleicht arbeitete er Schwarz für das Unternehmen, doch das war ihm jetzt egal. Eine Mordermittlung hatte hier ganz klar Priorität.

»Kamil war mein Kollege. Ein netter Kerl, der schon seit Jahren Lkw fuhr.«

Thalmann nickte. Hier könnte er interessante Informationen bekommen. Er wollte gerade die nächste Frage stellen, als er unterbrochen wurde. Imrich Vesel preschte wieder zurück zu dem Ermittler.

»Herr Thalmann, ich muss Sie erneut bitten, nicht mit meinen Angestellten zu reden«, fuhr er ihn an. Thalmann ließ sich jedoch nicht einschüchtern. Ihm fiel allerdings auf, dass sein Gesprächspartner ganz wissentlich seine Bezeichnung als *Kommissar* ignorierte.

»Jetzt hören Sie mir mal zu, auf diesem Gelände ist ein Mord verübt worden und ich habe das Recht mit Ihren Angestellten zu reden. Ich habe sogar das Recht, Sie alle auf dem Präsidium zu befragen. Wollen Sie das?« Imrich Vesel grinste nur. Irgendwie machte das dem Kommissar Angst.

»Das war kein Mord, sondern ein Unfall. Außerdem habe ich Ihnen schon gesagt, dass ich alle Fragen für Sie beantworten kann.«

»Dann habe ich ein paar Fragen für Sie. Wo ist die Arbeitserlaubnis für Kamil Walczak und wie konnte es sein, dass einer Ihrer Mitarbeiter an einem Feiertag auf dem Gelände war?«

Für einen Moment war der große Mann tatsächlich sprachlos. Dann fing er sich jedoch wieder und Thalmann war wieder gezwungen dieses grässliche Grinsen zu sehen.

»Ich kann es mir nicht erklären. Natürlich hat gestern Nacht keiner hier gearbeitet. Vielleicht war er aus einem persönlichen Motiv da.«

Ein Aufblitzen ließ den Kommissar zusammenzucken. Irritiert blickte er zur Seite. An der Absperrung hatten sich neben den üblichen Gaffern auch schon einige Reporter eingefunden. Fleißig machten sie ihre Fotos.

Es erschwert immer wieder die Polizeiarbeit, doch viel schlimmer war, dass man trotz der Entfernung zum Tatort einen guten Blick zur Leiche hatte. Einer der Angestellten muss einen der Lkw zur Seite gefahren haben.

Eilig wandte sich Thalmann von Imrich ab und wies ein paar Streifenpolizisten an, sofort einen Sichtschutz aufzubauen.

Das hatte ihm gerade noch gefehlt. Es würde nicht lange dauern und die ersten Bilder würden im Netz auftauchen. Mit ziemlicher Sicherheit war es schon jetzt zu spät und die ersten likegeilen Schaulustigen hatten ihr Tageserlebnis schon unwiderruflich hochgeladen.

Ein wahrer Tumult entstand. Thalmann wies einem Beamten nach den anderen an sich zu beeilen und unentwegt blitzten die Leute ihre Fotos. Mit großen Tüchern, die extra für diesen Zweck in den Einsatzwagen lagen, schirmte man den Ort des Geschehens notdürftig ab. Kurz darauf war das Schlimmste verdeckt, woraufhin sich die ersten Gaffer schon wieder verzogen. Dadurch, dass immer mehr Menschen angelockt wurden, machte das aber keinen großen Unterschied.

Thalmann blickte sich nach Imrich Vesel um, doch er entdeckte ihn nicht. Was meinte dieser Mann nur mit dem persönlichen Motiv? Hatte Kamil das Gelände etwa ohne Erlaubnis betreten und die Spedition hatte eigentlich keine Schuld? Warum mitten in der Nacht noch flüssiger Beton da war, erklärte das jedoch auch nicht.

Hier passte vorne und hinten nichts. Sein Handy fing

an zu klingeln. Genervt holte er es raus. Das Display verriet ihm, dass es beruflich war. Ansonsten wäre er gar nicht rangegangen.

Im Nachhinein wäre das vielleicht schlauer gewesen.

»Sie können zusammenpacken. Man hat Ihnen einen anderen Fall zugewiesen«, dröhnte die Stimme am Telefon.

»Was? Was soll das?« Thalmann wollte den Grund wissen, doch das wollte man ihm nicht sagen. Da wäre nichts mehr zu machen. Man hätte schon einen neuen Fall für ihn. Wütend legte er auf.

Heute war nicht sein Tag.

Hätte er sich noch umgedreht, als er zu seinem Wagen zurückging, hätte er bemerkt, dass Imrich Vesel ihn lächelnd beobachtete.

Die Offentlichkeit erfuhr an diesem Tag nur online und in einem sehr kleinen Rahmen von dem Todesfall. Von einem Mord war nicht die Rede. Erst am nächsten Tag hatte die eine oder andere gedruckte Zeitung Platz für eine Erwähnung.

Kapitel 3

Margret Seidel
Das Wohnhaus, 09:00 Uhr

Regionales
Mysteriöser Unfall
In der gestrigen Nacht ereignete sich auf der Baustelle einer lokalen Spedition ein ungewöhnlicher Todesfall. Ein Mitarbeiter wurde am frühen Morgen tot aufgefunden. Laut Aussagen der Polizei ereignete sich der Unfall zwischen 23.00 und 0:00 Uhr nachts. Nach ausführlichen Untersuchungen der Kriminalpolizei wurden die Ermittlungen in den Abendstunden eingestellt. (zg)

Ein Unfall, der sich mitten in der Nacht ereignet hat? Margret hätte es nicht weiter gewundert. Immerhin trieben sich Jugendliche immer gerne auf Baustellen herum. Sie hatte es selbst erlebt, als das Wohnhaus neben ihr umgebaut wurde.

Nachts hatten sich die jungen Leute oft in das leere Haus geschlichen und gefeiert. Margret hatte deswegen mehrmals die Polizei gerufen, doch in der nächsten Nacht war wieder alles beim Alten.

Bei diesem Unfall verhielt es sich anders. Hier ist kein Betrunkener aus dem dritten Stock gefallen, sondern ein Mitarbeiter ist mitten in der Nacht gestorben.

Auf der Baustelle in ihrer Straße hatte damals niemand nachts gearbeitet. Im Gegenteil! Oft waren die Bauarbeiter mehrere Tage verschwunden und die Baustelle zog sich ewig hin. Bei einer Spedition war das natürlich anders. Die Fahrer arbeiteten auch nachts. Der Tag des Unfalls war jedoch der erste Mai. An Feiertagen dürfen die meisten Lastkraftwagen nicht fahren. Was hatte der Mitarbeiter also auf der Baustelle zu suchen?

Margret war sich sicher, dass hinter diesem Unfall mehr stecken musste. Warum hätte der Reporter sonst „mysteriös" schreiben sollen? So ausführlich konnten die Untersuchungen der Polizei auch gar nicht gewesen sein. Nach nur einem einzigen Tag hatte man die Ermittlungen eingestellt!

Aufgeregt legte sie die Zeitung beiseite. Sie hatte eine Story gefunden! Früher wäre sie nun sofort in Aktion getreten, doch als pensionierte Journalistin wurde das ganze etwas schwieriger.

Aus Spaß schnüffelte sie ab und zu in vielversprechenden Storys, die die meisten Journalisten übersahen, oder als unwichtig abstempelten. So auch in diesem Fall: Der mysteriöse Unfall schaffte es gerade mal zu einem Randbericht im Lokalteil.

Schon immer hatte sie ein Gespür für eine gute Story gehabt. Mal sehen, wohin es sie dieses Mal führen würde. Vielleicht war die Sache so groß, dass man sie an einen alten Kollegen verkaufen konnte. Ein paar Euros mehr in der Tasche würden Margret nicht schaden. Auch sie zählte zu den Opfern der Altersarmut. Während ihrer Arbeitszeit hatte man sie für ihre Erfolge gefeiert, doch jetzt war davon nicht mehr viel übrig.

Bevor sie weitere Schritte einleitete, benötigte sie dringend weitere Informationen. Für einen guten Bericht war eine gute Hintergrundrecherche die halbe Miete. Ihr fiel auch gleich der Richtige dafür ein. Voller Tatendrang griff die pensionierte Journalistin zum Telefonhörer...

Kapitel 4

Mats Jäger
Der Kiosk, 10:30 Uhr

Ich habe den Kiosk gehasst. Der Kiosk war meine einzige Routine, die mich zu einem Teil der Gesellschaft machte und darauf legte ich nicht wirklich großen Wert.

Trotzdem war es für mich der einzige Weg an Alkohol zu kommen und der Weg zum Kiosk dauert keine drei Minuten. Drei Minuten für einen Nachmittag und mit etwas Glück auch einen Abend ohne Sorgen. Dafür gab ich gerne drei Minuten.

Ich weiß, wie das aussieht: *Mats Jäger der gescheiterte Polizist, der halbtags als Sicherheitsmann in einer drittklassigen Bank arbeitet und sich in jeder freien Minute abfüllt, damit er sich seines jämmerlichen Lebens nicht bewusst wird.*

Es war auch so und wenigstens stand ich dazu. Damit sah ich mich nicht als Alkoholiker, sondern vielmehr als Zyniker. Ich weiß, es klingt idiotisch. Doch man muss bedenken, dass ich ein seelisches Wrack war und irgendwie eine Ausrede brauchte, um nicht ein kompletter Versager zu sein. Doch auch als Zyniker war das Leben hart und ich musste mir an jenem Morgen wieder eingestehen, dass die Flaschen leer waren und ich wieder nach unten musste.

Man hätte sich natürlich einen kleinen Vorrat anschaffen können, doch mein Vorsatz war es, jeden Tag nur zwei Flaschen zu kaufen. Dabei waren die Prozente egal, das einzig Wichtige war, dass es nur zwei Flaschen waren. Außerdem war es mir peinlich, wenn ich mehr bei Harald, dem Kioskbesitzer, kaufte. Wenn er auch nur etwas Hirn im Kopf hatte, war ihm zwar schon längst klar, dass ich ein waschechter Alkoholiker war (er kannte bestimmt nicht den Unterschied zwischen einem Zyniker und einem Alkoholiker, so redete ich es mir ein), doch den Rest meiner Würde wollte ich gerne behalten.

Auf dem Weg zum Kiosk achtete ich darauf, dass mich keiner meiner Nachbarn sah. Es war eine weitere Taktik von mir: je weniger Menschen mich sahen, desto unwahrscheinlicher war es, dass Gespräche entstanden.

An diesem Tag hatte ich Glück und sowohl im ersten Stock, als auch im Erdgeschoss begegnete ich keinem. Gerade als ich zur Tür raus war, kam mir der Postbote entgegen, doch erfreulicherweise ignorierte er mich. Wahrscheinlich hielt er mich für einen Besucher. Noch nie habe ich hier ein Paket angenommen.

Ich lebte in einem dieser typischen Plattenbauviertel. Das Mehrfamilienhaus, in dem sich meine kleine Wohnung befand, war mit seinen drei Stockwerken mit jeweils drei Parteien bei Weitem nicht das größte in der Umgebung. Ohne Frage war es aber das schäbigste. Wer hier lebte, hatte woanders keinen Platz gefunden. Mich störte es nicht: hier hatte jeder seine Ruhe, solange man keinen Streit anfing. Und an Streit war ich nicht interessiert.

Harald bemerkte mich sofort und winkte mir freundlich zu. Harald war ein Philanthrop und ich glaube, dass er mich schon fast als eine Art Freund sah, was nicht auf Gegenseitigkeit beruhte.

»Wie geht es dir, Mats? Siehst müde aus.« Mit seinem übertriebenen Grinsen sah er mich an und packte einen Jack Daniels und eine Flasche billigen Wodka in eine Tüte. Ich brummte eine kurze Begrüßung und wich seinem Blick aus. In diesem Jahr hatte ich noch keine hundert Wörter zu ihm gesagt und er war mit Abstand mein größter menschlicher Kontakt.

Ich wollte gerade bezahlen, als mein Blick auf die aktuelle Bild-Zeitung fiel. Vor drei Jahren hätte ich es für unmöglich gehalten, dass ich jemals zur Bild greife, doch die Überschrift weckte meine Aufmerksamkeit: *Grausamer Tod! Mann auf Baustelle aufgespießt!*. Für einen sonst eher eintönigen Tag könnte das eine interessante Abwechslung werden. Den Menschen faszinierte nun mal das Böse und Grausame. Boulevardzeitungen war das nur allzu gut bekannt.

Ich legte sie zu den anderen Sachen. Nach dem Bezahlen verließ ich so schnell wie möglich den Laden. Mein sozialer Kontakt für diesen Tag war zu Ende.

Kapitel 5

Margret Seidel
Spedition Wächtersbach, 11:00 Uhr

So ein langer Spaziergang war für Margret ungewöhnlich. Eigentlich war sie sich sicher gewesen, dass sie die Strecke ohne Probleme schaffen würde, doch nun bereute sie es. Das Auto hätte es auch getan.

Man wurde halt doch nicht jünger. Ihr Neujahrsvorsatz war es gewesen, körperlich aktiver zu werden. Mit knapp 60 Jahren musste man immerhin auf seine Gesundheit achten. Margrets ganze Familie hatte das Glück, schlank gebaut zu sein und in ihrem ganzen Leben hatte sie sich keine Sorgen um ihren Körper machen müssen. Seit einiger Zeit hatte sie jedoch Schmerzen in den Knochen und das Einzige, was wirklich half, war Bewegung. Margret hatte schon mit ihrem Arzt darüber gesprochen und ihre Einstellung, Bewegung Schmerzmitteln vorzuziehen, beeindruckte ihn. Heute merkte sie aber, dass zu viel Bewegung auch keine gute Lösung war.

Margret erreichte ihr Ziel nach weiteren zehn Minuten. Am liebsten wollte sie schon umdrehen. Die Füße schmerzten ihr immer mehr und sie war sich nicht sicher, ob sie den Weg zurückschaffen würde. Vielleicht musste sie sich später ein Taxi rufen, auch wenn ihre schon jetzt knappen finanziellen Mittel das nicht wirklich hergaben.

Schon Margrets Wohnung lag am Rand von Frankfurt. Die Spedition Wächtersbacher lag etwas weiter draußen in einem Industriegebiet. Die Straße war belebt, doch man merkte deutlich, dass man nicht mehr im Zentrum war. Der raue, gewalttätige Touch der Stadt kam hier ganz besonders zum Ausdruck. Die Gebäude wirkten verwaist und strahlten eine dunkle Atmosphäre aus. Nicht umsonst gilt Frankfurt als die gefährlichste Stadt Deutschlands. Margret hatte das schon am eigenen Leib erfahren. Ein zweites Mal nachts allein beim Bahnhof Spazierengehen würde sie auf jeden Fall nicht. Die Gegend, die sie ihre Heimat nannte, war auch nicht viel besser.

Auch vor der Spedition Wächtersbacher wimmelte es von pöbelnden Jugendlichen und anderen fragwürdige Gestalten. Der Boden war verdreckt und wieder mal kam die hoffnungslose, kriminelle Seite der Großstadt zum Vorschein. Allein in ihrer Umgebung zierten fünf Spritzen das Straßenbild, als wären es einfache Zigarettenstummel. Für Junkies anscheinend ein beliebter Ort.

Ihr Informant hatte sie mit einigen guten Auskünften versorgen können. Der Besitzer der Spedition war ein gewisser Matej Medved. Sein Ruf war nicht der beste und angeblich stand die Spedition vor einem Jahr in Verdacht, aus Polen Zigaretten zu schmuggeln. Die Ermittlungen wurden aber eingestellt.

Von der anderen Straßenseite aus beobachtete Margret das Gelände. Die Autos gaben ihr eine gute Deckung und man würde sie nicht sofort als Schnüfflerin erkennen.

Margrets Augen waren nicht mehr die besten. Trotzdem konnte sie zwei Arbeiter beobachten, die Holzkisten in einen Transporter luden. Auf dem hinteren Teil der Spedition standen die größeren Lkw. Für kürzere und kleinere Fahrten waren anscheinend die weißen Transporter gedacht. Ansonsten konnte sie keine weiteren Personen auf dem Gelände erkennen.

Margret holte ihre Kamera raus und machte von dem Hof und der Umgebung Fotos. Vielleicht würde ihr Kollege die Fotos für den späteren Bericht (falls es wirklich einen geben würde) brauchen. Besonders die zwei Männer wollte sie ablichten. Schon früher war Margret sehr sorgfältig mit ihren Recherchen gewesen und auch jetzt wollte sie nicht damit aufhören. Jede Information, die sie jetzt bekam, könnte später wichtig werden.

Durch den Zoom ihrer Kamera konnte Margret die zwei Männer genauer beobachten. Beide sahen furchteinflößend aus und sie war froh, dass die Straße zwischen ihnen lag. Die beiden waren breit gebaut, hatten einen grimmigen Gesichtsausdruck und ihre Arme zierten Tattoos, deren politische Motivation eher fragwürdig war. Wenn die beiden sie bemerken würden, könnten sie garantiert sehr ungemütlich werden. Besonders, weil sie gerade dabei war Fotos von ihnen zu machen.

Die zwei Arbeiter hatten in der Zeit alle Kisten auf den Lieferwagen gestapelt. Der etwas kleinere reichte dem anderen eine Zigarette. Die beiden lehnten sich an die Wand des anliegenden Gebäudes und fingen an zu qualmen.

Margret blickte immer noch durch ihre Kamera, als sie plötzlich am Rand eine Bewegung wahrnahm. Fast hätte sie schon gedacht, dass sich jemand von der Seite angeschlichen hätte, doch die Bewegung kam von dem Bild auf der Kamera. Sie bewegte das Objektiv etwas zur Seite und sah nun einen Mann, knapp zwei Meter groß, der gerade aus dem anliegenden Container trat. Es war eine bedrohliche Erscheinung. Einen solchen Mann wollte man nicht wütend erleben, da war Margret sich sicher.

Die zwei Arbeiter bemerkten den dritten Mann nun auch und die sorglose Stimmung war mit einem Schlag verschwunden. Der große Mann ging langsam auf sie zu und redete auf die beiden ein. Dabei wirkte er erregt, wenn nicht sogar aggressiv. Einer der Arbeiter sagte etwas, was den Hünen anscheinend beruhigte, denn er sprach nun beherrschter und auch die zwei Männer wurden wesentlich entspannter.

Zu gerne hätte Margret mitbekommen, worüber die drei sprachen, doch sie war definitiv zu weit entfernt. Nun war es eh schon zu spät. Der dritte Mann war fertig mit seiner Ansprache und die drei stiegen in den Lieferwagen.

Für einen Moment wirkte es so, als würde der Große direkt zu Margret schauen, doch dann bog der Lastwagen ab und verschwand. Das Gelände war nun komplett verlassen.

Margret sah sich vorsichtig um. Sollte sie es doch riskieren? Eigentlich war sie nur mit dem Vorhaben gekommen einige Beobachtungen aus der Ferne zu machen. Doch wenn sich ihr nun eine solche Chance bot, sollte sie diese doch nutzen, oder?

Immerhin war der Weg sehr anstrengend gewesen und früher oder später musste sie sowieso auf den Hof, um vielleicht eine neue Spur zu finden.

Die Entscheidung war gefallen. Sie überquerte die Straße und ging zielstrebig auf das große Eingangstor der Spedition zu. Es war ihr selbst gar nicht klar, wonach genau sie eigentlich suchte, doch nach dem Gespräch mit ihrem Informanten war sie sich sicher, dass hier etwas ganz und gar nicht mit rechten Dingen ablief.

Bis jetzt hat sich immer noch niemand auf dem Hof blicken lassen. Trotzdem musste sie vorsichtig sein. Es waren bestimmt noch Angestellte in dem Bürogebäude und dem Container, wo die Fernfahrer nach ihrer langen Fahrt bestimmt Pause machten. Die Scheiben des Gebäudes waren abgedeckt. Man würde sie also nicht von dort aus sehen können. Vorsichtig betrat Margret das Gelände. Ihr Ziel war aber nicht das Gebäude, das auf der linken Seite lag, oder die parkenden Lkws, die rechts parkten. Sie wollte als Erstes den Container unter die Lupe nehmen. Dabei bemerkte sie die Baustelle hinter dem Gebäude. Wahrscheinlich wollte man das Hauptgebäude vergrößern. In der Zeitung war die Rede von einer Baustelle und auch der Informant hatte ihr die grausame Geschichte von dem angeblichen Unfall bis ins Detail erzählt.

Sie wollte sich gerade nach dem Spieß umsehen, der

dem Mitarbeiter zum Verhängnis geworden war, als die Tür des Containers mit einem Quietschen geöffnet wurde.

Gehetzt blickte sie sich nach einem Versteck um. Im letzten Moment verschwand sie in der schmalen Nische zwischen Container und Gebäude.

»Gibst du mir mal Feuer, Eryk?« Margret schloss die Augen. Sie konnte die Männer nicht sehen, doch sie hoffte, dass es nur zwei waren und dass diese auch schnell wieder verschwinden würden.

»Wann haben wir endlich diesen Scheiß hinter uns?«, hörte sie die raue Stimme von einem der Männer. Jetzt konnte es wirklich interessant werden.

»Keine Ahnung. Medved hat letztens mit Jakub gesprochen. Der Unfall hat uns etwas nach hinten geworfen, doch Imrich wird sich darum kümmern. Das Wichtigste ist erst mal, dass alle ihre Füße stillhalten. Nur weil das mit Kamil gut geklappt hat, darf man nicht leichtsinnig werden. Das muss so langsam auch Medved klar werden.«

»Ich werde es ihm garantiert nicht sagen!«

»Ich doch auch nicht. Aber er ist der Boss. Wenn er es verhaut, sind wir alle dran«

»Zum Glück habe ich morgen ne Fahrt. Dann geht es endlich wieder in die Heimat.«

Der andere Mann grunzte. Die beiden wollten einfach nicht verschwinden. Margret trat vorsichtig zurück, bis sie auf einen Drahtzaun stieß. Es war eine Sackgasse.

Kapitel 6

Norbert Poeschke
Poeschkes Wohnung, 11:50 Uhr

Ein normaler Mensch würde die kleine Wohnung von Norbert Poeschke als erbärmlich bezeichnen. Der knapp fünfzig-Jährige lebte in einem der düsteren Viertel Frankfurts. Für jeden Anwohner war dieser Wohnort nur eine Übergangslösung. Für ihn dauerte diese Lösung jetzt schon dreißig Jahre.

Andere versuchten wenigstens ihre Wohnung durch Deko oder Fotos nett zu machen. Er nicht.

Die IKEA-Möbel sahen so aus, als wären sie aus mindestens vierter Hand und ansonsten wirkte das Zimmer einfach nur kalt und unpersönlich. Auch für Ordnung war er weniger bekannt, weshalb es zum Teil fast kein Durchkommen in seiner Wohnung gab.

Doch ihm war das egal. Wenn schon der Flur und das Treppenhaus zu seiner Wohnung nach Pisse und Fäkalien roch, war ihm auch der Rest egal.

Gerne wäre er umgezogen, doch er war nicht wirklich der beste freie Journalist und wenn er es mal schaffte einen Bericht zu Ende zu schreiben, kaufte ihn meist nur eine Boulevardzeitung für ein kleines Trinkgeld. Für eine seriöse Zeitung recherchierte er einfach zu ungenau. Deswegen war er immer glücklich, wenn Margret Seidel sich bei ihm meldete. Die beiden kannten sich seit Kindheitstagen und während Margret eine beispiellose Karriere ablieferte, vegetierte Poeschke nur so vor sich hin. Margret musste schon vor zwei Jahren notgedrungen frühzeitig in Rente gehen. Eine Sache, von der er nur träumen konnte.

Seitdem versorgte sie ihn ab und zu mit vielversprechenden Storys. Wenn eine Person für ihren Job lebte, dann war es Margret. Er hatte nichts dagegen. Margrets Recherchen waren die einzigen, die sich für mehr als ein paar Euros verkaufen ließen.

Manchmal hatte er deswegen ein schlechtes Gewissen. Immerhin erschienen diese Reportagen unter seinem Namen und er hatte dafür fast nichts getan.

Aber Margret war damit einverstanden. Hatte sogar darauf bestanden. Sie wollte nur recherchieren und ganz nebenbei einem alten Freund helfen. Aus Erfolg hatte sie sich schon früher wenig gemacht und die meisten ihrer früheren Berichte erschienen unter ihrem Pseudonym.

An diesem Tag saß der gescheiterte Reporter schon seit Stunden vor dem Computer. Als Margret am Morgen angerufen hatte, war er ganz aus dem Häuschen. Der letzte Anruf von ihr war schon fast zwei Monate her und so langsam wurde das Geld knapp.

Die Story, die Margret für ihn hatte, klang gut. Das Wichtigste war, dass sie exklusiv sein würde. Vielleicht könnte er den Bericht sogar an die *Frankfurter Rundschau* oder ein anderes großes Blatt verkaufen.

Nun saß er am Rechner und arbeitete schon einen groben Bericht aus. Viele Informationen hatte Margret ihm noch nicht gegeben und bis jetzt steckte hinter der „großen Verschwörung" nur Margrets Gefühl. Doch ihr Gefühl hatte sie noch nie getäuscht.

Sie war felsenfest davon überzeugt, dass auf der Spedition ein Drogenumschlagplatz oder etwas Ähnliches sein musste. Für so eine Story hatte er ihr auch gerne ein paar Informationen zu dem Aufgespießten gegeben. Schon vorher wollte er über den Unfall einen Bericht schreiben, weshalb er einem Lkw-Fahrer, der durch Zufall am Morgen auf dem Gelände war, für eine nicht unbedeutende Summe exklusive Informationen herausgelockt hatte. Schon als Margret ihn anrief, konnte er sie mit der einen oder anderen Information versorgen. Margret war erstaunt und glücklich zugleich und mit dem Versprechen, bald noch mehr herauszufinden, war sie in völlige Begeisterung verfallen. Auch seine Nase konnte mal den richtigen Riecher haben!

Es war kurz nach 18:00 Uhr, Poeschke glaubte die perfekte Schlagzeile gefunden zu haben, als es an seiner Tür klopfte.

Eine Sache, die so gut wie nie passierte. Mit den wenigen Freunden, die er hatte, traf er sich meistens in der Bar um die Ecke und der Postbote war immer zu faul um die Pakete in den dritten Stock hochzubringen. Vielleicht war es Frau Bülow, seine Nachbarin. Manchmal brachte sie Kuchen oder frische Kekse vorbei.

Poeschke ging erwartungsvoll zur Tür.

Vor der Tür erwartete ihn jedoch keine Frau Bülow und es ging nicht um ein paar Kekse.

*

Margret atmete erleichtert auf. Die zwei Männer waren
endlich verschwunden. Das erste Mal schaute sie sich
in ihrem Versteck richtig um. Die kleine Gasse war circa einen halben Meter breit und endete mit einem Zaun.
Hinter dem Drahtzaun wucherten mehrere Pflanzen und
Sträucher.

Margret wollte gerade aus ihrem Versteck treten, als
sie etwas auf dem Boden entdeckte. Es war ein Lappen.
Sie hob ihn auf und erschrak. Auf dem Lappen waren
dunkelrote Flecken. Margret erkannte es sofort: es war
getrocknetes Blut.

Poeschke öffnete die Tür und sah mitten in die Mündung einer Pistole. Vor Schreck ging er ein paar Schritte nach hinten, stolperte über einen Karton und fiel zu
Boden. Imrich trat in den Flur. Die Waffe war immer
noch auf ihn.

»W-Was wollen Sie?«, stotterte Poeschke. Sein Gegenüber blieb stumm. Langsam ging der große Mann
weiter auf ihn zu. Er geriet in Panik und versuchte, in
das angrenzende Zimmer zu fliehen. Gerade hatte er die
Tür zugeschlagen, als Imrich sie mit einem lauten
Knall wieder öffnete. Verzweifelt versuchte Poeschke
weiter nach hinten in das Zimmer zu krabbeln, doch
mit der einen Hand griff Imrich den Fuß des Reporters
und zog in wieder zu sich. Bevor Poeschke sich irgendwie wehren konnte hatte er die Waffe wieder in seinem
Gesicht.

Panisch blickte der Reporter nach oben. Er musste sich irgendwie den Kopf gestoßen haben, denn er spürte eine unangenehme Wärme und einen stechenden Schmerz an seinem Hinterkopf.

»Sei ganz still, dann passiert dir nichts«, sagte der Fremde mit russischem Akzent. Poeschke wollte schon erleichtert aufatmen, er hatte nichts dagegen still zu sein, solange er keine Kugel durch den Kopf bekam, als Imrich wie aus dem nichts ein Tuch gegen den Mund des Reporters presste.

Verzweifelt wehrte er sich gegen Imrich, doch schnell wurde alles verschwommen. Dann wurde es schwarz.

Jakub und Adam warteten in dem Lieferwagen vor dem Wohnhaus, in dem Poeschkes Wohnung lag. Nach nur wenigen Minuten bekamen sie ein Zeichen von Imrich.

Bepackt mit einer zusammengefalteten Plane gingen sie in das Wohnhaus. Nach kurzer Zeit traten drei Männer aus dem Haus. Zwei von ihnen trugen ein circa 1,80 Meter langes Bündel mit sich. Das Bündel wurde neben dem Holz in den Lagerraum gepackt, die drei Männer stiegen vorne ein.

Nach nur sechs Minuten war der Lieferwagen wieder verschwunden. Niemand hatte sie gesehen und selbst wenn sie jemand bemerkt hätte, hätte sich in dieser Gegend keiner weiter darum gekümmert.

Der Reporter erlangte sein Bewusstsein in dem Lieferwagen nicht wieder. Adam und Eryk mussten später mit einem Eimer kaltem Wasser nachhelfen.

Dann begann das Grauen.

Kapitel 7

Margret Seidel
Polizeipräsidium Frankfurt am Main (Innenstadt), 12:00 Uhr

»Ich kann Ihnen wirklich nicht helfen. Hinter der ganzen Sache wird es eine ganz einfache Erklärung geben.« Margret seufzte. Ihren Fund konnte sie nicht weiter der Kriminalpolizei vorenthalten. Schon in ihrer Zeit bei der *Frankfurter Rundschau* war es ihr Grundsatz, dass wenn sie auf irgendwelche ernsten Gewaltdelikte stieß, sie diese sofort der Polizei meldete.

Damals hatte sie ihren Presseausweis und war in ihren Kreisen hoch angesehen. Heute war sie nur eine alte Frau, die niemand mehr ernst zu nehmen schien. Das musste sie schon an der Rezeption der Polizeiwache erfahren.

Es hatte wirklich lange gedauert, bis der diensthabende Polizist begriffen hatte, dass sie nicht so einfach abzuwimmeln war und er sie zu einem zuständigen Beamten schickte. Dieser war allerdings ebenfalls schwer von Begriff. »Selbst wenn es sich bei diesen angeblichen Blutflecken tatsächlich um Blut handelt, kann es trotzdem eine einfache Erklärung dafür geben«, spottete der Kommissar und Margret wusste sofort, dass er nicht viel für sie tun würde. Trotzdem wollte sie nicht kampflos aufgeben.

»Auf diesem Gelände ist ein Mord passiert, den ihre

dumme Kollegen als Unfall abstempelten. Der Lappen beweist, dass es kein Unfall sein konnte. Ein Toter kann schlecht einen Lappen benutzten. Der Mörder wird sich damit die Hände abgewischt haben!«

Der Kriminalkommissar seufzte. Die Beamtenbeleidigung überhörte Thalmann lieber. Den Papierkram wollte er sich nicht antun. Eigentlich hatte er Besseres zu tun, als sich mit einer verrückten Alten abzugeben. Warum hatte man sie überhaupt zu ihm geschickt? Ihm gehörte der Fall sowieso nicht mehr.

»Ich glaube Sie wollen es gar nicht verstehen! Bei dem angeblichen Blut kann es sich auch um das Blut von einem Tier handeln. Einer Ratte zum Beispiel. Davon gibt es im Industriegebiet unzählige«, versuchte Thalmann es ein letztes Mal.

»Und diese Ratte hat dann den Lappen genommen und sich das Blut abgewischt? Sie machen sich lächerlich Kommissar Thalmann!«

»Sie wissen genau, was ich meine! So langsam reicht es mir. Wenn Sie nicht noch mehr haben muss ich Sie bitten zu gehen!« Margret grunzte. Dieser ignorante Mann wollte ihr nicht helfen.

»Was wollen Sie noch? Brauchen Sie erst eine weitere Leiche, bevor Sie irgendwie aktiv werden?« Thalmann lehnte sich in seinem Stuhl zurück. Er würde hier gar nichts mehr machen. »Die Polizei kann tatsächlich erst aktiv werden, wenn ein Verbrechen vorliegt. Ein Lappen, an dem vielleicht Blut ist, reicht dazu einfach nicht aus und der Todesfall des Lastwagenfahrers war ein Unfall. Einen Test im Labor würden ihre wilden

Theorien nicht einmal rechtfertigen. Nun aber zu einer ganz anderen Frage: Wie sind Sie überhaupt an ihn gekommen, Frau Seidel? Haben Sie etwa das Grundstück unerlaubt betreten, um Ihre kleinen Ermittlungen zu betreiben?«

»Ich hatte einen Auftrag für eine Spedition. Meine Spülmaschine ist kaputt und die neue kriege ich nicht in mein Auto, geschweige denn in den zweiten Stock. Den Lappen habe ich nur durch Zufall gefunden.« Margret hatte sich die Ausrede schon vor ihrem Besuch bei der Spedition ausgedacht, für den Fall, dass sie jemand entdeckt hätte und sie zur Rede stellen wollte. Als einzigen Kommentar runzelte der Kommissar nur die Stirn. Anscheinend wollte er ihr nicht wirklich glauben. Margret stand wortlos auf und verließ das kleine Büro. Hier würde ihr niemand helfen.

Nun war es ihre größte Sorge, dass Thalmann seine unausgesprochene Drohung wahrmachen und eine Ermittlung wegen Hausfriedensbruchs einleiten würde. Auch wenn es sich bei der Spedition um eine Firma handelte, hatte Margret das Schild mit der Aufschrift „Zutritt verboten" wissend übersehen. Wenn er sich nun wirklich weiter darum kümmerte, würde die Spedition davon erfahren. Das war nun wirklich nicht in ihrem Interesse.

Nicht nur Margret hatte nach dem Gespräch ein mulmiges Gefühl. Nach kurzem Zögern griff der Kommissar zum Telefon. »Alles richtig gemacht«, war der einzige Kommentar, den er bekam. Man wusste schon längst von Margret Seidel.

Kapitel 8

Jakub Dalibor
Hotel Jumeirah Frankfurt, 12:15 Uhr

Medveds Hotelzimmer lag zentral in Frankfurt. Er logierte in einem der angesehensten Hotels der Stadt. Dies tat er nun schon seit knapp zwei Jahren.

Schon von außen sah das Gebäude sehr imposant aus. Jakub war sich bewusst, dass sein Boss nicht gerade arm war, trotzdem hatte er nicht solch einen Reichtum erwartet. Von den normalen Einnahmen der Spedition hätte man so etwas niemals erwartet. Auch das Finanzamt tappte in Sachen Vermögen bei ihm im Dunkeln. Dies war aber auch nicht die Adresse, auf die Matej Medved gemeldet war.

Hier war er Conall Hale, ein ausländischer Investor. Besuch von einem Mitarbeiter der Spedition hatte er noch nie gehabt. Die einzige Ausnahme war Imrich, doch der wusste genau, wie man in einem solchen Milieu unerkannt blieb. Jakub hingegen fühlte sich absolut fehl am Platz, als ein Liftboy ihn in den vierten Stock brachte. Es hätte ihn nicht gewundert, hätte man ihn schon in der Empfangshalle hinausgeworfen. Doch auch wenn man ihn skeptisch betrachtete ließ die Dame am Empfang ihn ohne einen Kommentar zum Aufzug. Offenbar war man über seinen Besuch schon informiert.

Der Flur zu Medveds Appartement war mit rotem Teppich ausgelegt und Jakub hatte Angst, dass er ihn mit seinen Schuhen beschmutzen würde. Die ganze Sache war ihm sowieso suspekt. Doch Imrichs Auftrag war unmissverständlich gewesen. Er war sowieso schon auf ihn wütend, weil der Reporter es geschafft hatte, einen der Fahrer zu befragen. Noch einen Fehler durfte er sich nicht erlauben.

Nach kurzem Klopfen öffnete Medved die Tür im Bademantel. Er hatte seinen Boss schon länger nicht mehr gesehen. In letzter Zeit ließ dieser sich immer seltener bei der Spedition blicken. Der Chef der Spedition grummelte eine Begrüßung und ließ ihn rein. Auch das Innere von Medveds Wohnung versetzte ihn ins Staunen. Unmöglich für einen normalen Spediteur. Das war klar.

»Imrich schickt mich. Es gibt wieder Probleme.« Medved sog theatralisch die Luft ein. »Immer noch dieser Reporter? Ich dachte, das wird geklärt!«

»Es gibt ein neues Problem. Ein Informant von der Polizei hat uns gesteckt, dass eine alte Frau sich über die Spedition beschwert hat. Der Unfall von Kamil soll für sie komisch gewesen sein. Außerdem faselte der Reporter bei unserer Befragung etwas von einer Frau, die Informationen von ihm bekommen hat, doch mehr konnten wir nicht herausfinden. Imrich hatte da schon seine Arbeit getan.«

Medved griff nach einem Glas Champagner und trank es genüsslich aus. Jakubs Wut auf seinen Boss stieg von Minute zu Minute.

»Ich will, dass man sich um diesen Fernfahrer kümmert. Es darf kein schwaches Glied in unserer Kette geben.«

»Was?!«

»Der Lkw-Fahrer, der mit dem Reporter geredet hat. Ich will, dass man sich um ihn kümmert.« Jakub war fassungslos. Natürlich wollte Imrich sich schon bald um den Fahrer kümmern. Das war selbstverständlich, doch Medved sah das wahre Problem nicht. Die Lage drohte außer Kontrolle zu geraten und er kümmerte sich um einen einfachen Fahrer. »Wir müssen uns um die Frau kümmern! Hier ist einfach jemand auf unser Gelände gegangen und hat herumgeschnüffelt. Das darf nicht passieren!«

»Mein Gelände. Du wolltest bestimmt sagen, dass es meins ist. Deswegen entscheide ich auch, was getan wird. Und ich entscheide, dass man sich um den Lkw-Fahrer kümmert. Die alte Schachtel wird für uns kein Problem sein. Das ist wahrscheinlich nur eine Verrückte. Der Reporter ist tot und nun hat sie keine Chance mehr.« Jakub hob drohend den Finger, ließ es dann aber doch bleiben. Medved war immer noch der Boss und er hatte nichts mehr zu sagen. Imrich würde sich schon darum kümmern. Manchmal fragte sich Jakub, warum Imrich Medved bei solchen Dingen überhaupt fragte. Einfach machen und der Idiot würde schon nichts merken. Doch das war Imrichs Problem und mit ihm legte man sich lieber nicht an.

So schnell wie möglich verabschiedete er sich von Medved und verschwand aus dem Saftladen. Mit einem unguten Gefühl schickte er noch eine SMS an Imrich, dass die Aktion nicht geklappt hat. Telefonieren war nach einem solchen Misserfolg nicht unbedingt das Schlauste.

Er hatte schon wieder versagt.

Kapitel 9

»Können Sie mir bitte helfen?« Verwirrt drehte ich mich um. Neben mir stand eine Frau um die sechzig mit einem Schlüssel in der Hand. Neben ihr zwei volle Einkaufstüten.

»Die Tür klemmt. Mal wieder.« Sie grinste, als hätte sie einen Witz gemacht. Wortlos nahm ich ihr den Schlüssel ab und ging zu ihrer Tür. Anscheinend war sie meine Nachbarin. Ich hatte sie bis jetzt noch nie gesehen. Gerade den Kontakt zu älteren Personen versuche ich zu vermeiden. Die meisten von ihnen sind sehr anhänglich und versuchen, einen in ein Gespräch zu verwickeln.

Der Schlüssel drehte sich wie Butter im Schloss und die Tür schwang auf. »Was für eine verf …«, fluchte ich, doch plötzlich hatte sich die Frau neben mich gedrängt.

»Sie sind doch Mats Jäger, der Kommissar, richtig?« Jetzt wurde mir alles klar. Wahrscheinlich hatte die alte Dame Probleme mit ein paar Raufbolden und erwartete, dass ich die Sache für sie klären würde. Trotzdem war ich im ersten Moment verwirrt.

»Warum wollen Sie das genau wissen? Ehrlich gesagt bin ich auch gar nicht mehr bei der Kriminalpolizei, weil… Ist ja auch egal. Wer sind Sie überhaupt?«

»Ich bin Margret. Dass Sie kein Kommissar mehr sind ist nicht so wichtig. Mit einem Polizeichef dürfte es auch klappen. Hoffe ich zumindest. Ich muss mit Ihnen über einen Mord sprechen. Kommen Sie ruhig schon rein, der Kaffee ist gleich fertig.«

Margret huschte in ihre Wohnung. Ich blieb einen kurzen Moment irritiert stehen, doch dann folgte ich ihr in die Wohnung. Die Frau war schon in der Küche. Nun musste ich vorsichtig sein. Ich kannte diese Person nicht und ihr Verhalten war höchst merkwürdig. Vielleicht war es nur eine harmlose, verwirrte alte Dame, doch wenn sie sagte, dass ein Mord passiert sei, konnte dies auch ein Tatort sein. Wäre ich noch im Dienst, wäre spätestens jetzt der Moment, wo ich Verstärkung angefordert hätte. Auch alte Frauen durfte man nicht so einfach unterschätzen.

»Bei der Polizei war ich schon, doch da wollte keiner mir helfen.« Erleichterung ging durch meinen Körper.

Wahrscheinlich war es doch einfach eine harmlose Verrückte, die jetzt verzweifelt nach Menschen sucht, die ihr zuhören würden. Mit so etwas würde ich meine Zeit aber nicht verschwenden.

»Ich glaube ich muss jetzt gehen. Wenn Sie wirklich Probleme mit einem Mord haben, sollten Sie sich an Leute wenden, die Ahnung mit so etwas haben.« Vielleicht verstand sie sogar meinen Wink und würde sich an einen Psychiater wenden.

»Denken Sie etwa ich wäre verrückt?« Schweigen. Sie hatte den Wink verstanden, doch ich bezweifelte, dass sie sich tatsächlich an einen Psychiater wenden würde. »Ich habe Beweise. Kommen Sie in die Küche, dann zeige ich sie Ihnen.«

In der Küche erwarteten mich ein Stapel von Zeitungen und Papieren. Auf der obersten Zeitung war ein Randartikel mit rotem Edding eingekreist: „*Tödlicher Unfall bei der Spedition Wächtersbacher*".

Ich erinnerte mich sofort an den Beitrag in der Bild-Zeitung. War das an der Wächtersbacher Straße? In dem Blatt von Margret war zwar kein Spieß und der kurze Bericht war nicht so blutig, doch ich war mir sicher, dass beide Berichte vom gleichen Unfall handelten.

»Wo ist nun Ihr Mord?«, fragte ich sie genervt. Entgeistert sah Margret mich an. »Ist das Ihr Ernst? Natürlich ist der Tod bei der Spedition der Mord! Ist das nicht offensichtlich?«

Wie vermutet: Ich verschwendete meine Zeit. Hier war nur eine alte, einsame Frau, die zu viele Agatha Christie Romane gelesen hat und nun hinter jedem Tod in der Zeitung einen Mord vermutete. »Man muss nicht in jedem Tod einen Mord sehen. Auch wenn es nun mal dumm ist, können sich Menschen aus Versehen aufspießen. Wahrscheinlich passiert das sogar öfter als man denkt. Vor allem können Sie nicht einfach sagen, dass das hier ein Mord ist. Sie haben nur den einen Artikel und kennen noch nicht einmal die genauen Umstände!«

»Ich habe auch nicht nur diesen einen Zeitungsbericht. Das war nur mein erster Hinweis. Schon jetzt habe ich erste Ermittlungen getätigt. Wussten Sie zum Beispiel, dass kein Gerichtsmediziner den Toten am Tatort untersuchte? Man hat die Leiche versucht zu entfernen, ohne dass ein Gerichtsmediziner sich die Lage vor Ort angeschaut hat. Trotzdem soll es ziemlich schwierig gewesen sein, die Beine aus dem Beton zu bekommen.«

Ich erinnerte mich wieder an den Beitrag in der Bild-Zeitung und erschauderte. Eine wirklich gruselige Art zu sterben. Und eine sehr ungewöhnliche. Das musste man schon zugeben. Mir fiel keine sinnvolle Erklärung ein, die einbetonierte Beine bei einer nüchternen Person als Todesursache rechtfertigen könnte. Trotzdem habe ich in meiner Dienstzeit schon kuriosere Sachen erlebt. Einmal wurden wir zu einem Einsatz gerufen, wo sich ein Mann auf seiner Junggesellenparty die Beine mit Schnellbeton einbetonieren ließ. Für alle war das der größte Spaß, bis die Beine nicht mehr rauskamen. Der zukünftige Bräutigam hat seine Hochzeit dann ohne Beine und im Krankenhaus erlebt. Wer weiß, vielleicht war auch der Mitarbeiter betrunken. Das würde einen solch einzigartigen Unfall erklären.

Als hätte Margret meine Gedanken gelesen ging sie sofort auf meine Zweifel an einem unnatürlichen Tod ein: »An diesem Todesfall stimmt vorne und hinten nichts. Dieser Mitarbeiter ist einfach mitten in der Nacht gestorben. Noch dazu wurde er einbetoniert. Da können Sie mir nicht erzählen, dass das ein Unfall war. Allein der Fakt, dass der Angestellte in der Nacht nicht da sein durfte, zeigt mir schon, dass hier nichts anderes als ein Mord in Frage kommt.«

»Das stimmt nicht ganz«, entgegnete ich. »Speditionen arbeiten auch nachts. Dennoch ist es, zugegeben, schon ungewöhnlich, dass kein Gerichtsmediziner vor Ort war. Durch den Personalmangel kommt das aber einfach vor. Ich kann mir gut vorstellen, dass es eine Obduktion gab, oder noch geben wird. Ihre Zweifel werden dann ganz sicher ausgeräumt und es wird sich als komplett harmlos erweisen.«

Margret sah mich nun nüchtern an. »Vorgestern war der erste Mai. Die Spedition hätte nicht arbeiten dürfen. Außerdem hätte man den Gerichtsmediziner bestechen können. Genauso wie die Sanitäter und den Leichenwagenfahrer.«

Ich lachte. »Sie wissen selbst, dass sich das lächerlich anhört! So eine große Verschwörung würde man niemals machen, nur weil sich so eine kleine Spedition nicht an die Arbeitszeiten gehalten hat und dann blöderweise in diesem Zeitrahmen ein Mitarbeiter zu Tode gekommen ist.«

»Das ist ja gerade der Punkt! Ich glaube, dass bei dieser Spedition irgendwas Illegales läuft. Der Arbeiter wusste etwas und musste liquidiert werden.«

Ich war schon etwas erstaunt, dass diese alte Frau ein solches Vokabular verwendete. »Das sind reine Spekulationen. Sie haben weder Beweise, noch stichhaltige Indizien.«

»Deshalb brauche ich Sie. Ich war bis vor wenigen Jahren Journalistin und habe ein Gespür für solche Sachen. Nun ist es unsere Aufgabe, Beweise zu finden und diese Dreckskerle zu überführen!«

Es war schon bewundernswert, wie hartnäckig Margret bleiben konnte. Sie war zu 100% von der Sache überzeugt und würde weitermachen. Egal, ob ich nun dabei war oder nicht. Mich hatte sie zu diesem Zeitpunkt aber nicht auf ihrer Seite. Ich glaube, dass es daran lag, dass ich so schnell wie möglich in meine Wohnung zurückwollte, um mich zum einen selbst zu bemitleiden und zum anderen hatte ich Angst, dass tatsächlich etwas hinter der Sache steckte. Ich war kein Polizist mehr und würde im Prinzip nur die negativen Folgen eines Zivilisten zu spüren bekommen: endlose Befragungen und man konnte trotzdem nichts bewirken. Darauf hatte ich keine Lust.

»Ich mache nicht mit.«

»Das finde ich ziemlich dumm.«

»Wollen Sie damit sagen ich wäre dumm?«

»Nur Ihr Gedanke war dumm. Ob Sie nun selbst dumm sind weiß ich nicht.«

Ich ließ diese Bemerkung lieber einfach so stehen. Sie war halt eine alte Frau. Mehr nicht. Keine Expertin und schon gar keine Ermittlerin. Ich war der Experte und ich war mir sicher: Dieser Mann ist durch einen Unfall gestorben. Auch wenn es nun mal ein dummer Tod war. »Ich mache Ihnen einen Vorschlag«, versuchte es Margret erneut. »Sie sprechen mit meinem alten Kollegen Norbert Poeschke. Er ist noch als Reporter aktiv und war auch einer der ersten, der über diesen Fall berichtete. Vielleicht schafft er es Sie zu überzeugen.«

Kapitel 10

Nikolas Zimmermann
Spedition Wächtersbacher, 15:00 Uhr

»Nikolas, der Boss will dich sprechen!« Nikolas Zimmermann wandte sich von seinem Transporter ab. Eigentlich sollte er schon seit einer halben Stunde auf dem Weg zurück in die Heimat sein. Seine Familie hatte er schon seit Wochen nicht mehr gesehen und auch die Baustoffe, die in dem Transporter verladen waren, mussten so schnell wie möglich in die Ukraine.

Nach Deutschland wurde die wirklich wichtige Ladung gebracht, doch auch bei den Baustoffsendungen sollte akribisch auf Pünktlichkeit geachtet werden, weshalb es Nikolas wunderte, dass der Boss noch mit ihm sprechen wollte. Eigentlich war schon alles geklärt.

So schnell wie möglich eilte er zum Eingang des Bürogebäudes. Jakub wartete hier schon auf ihn. »Was ist denn los?«, fragte Nikolas, doch er wusste schon, dass er von Jakub keine Antwort bekommen würde. Dieser Typ war ein Arsch, der sich für den Größten hielt, nur weil er keine Auslandsfahrten machen musste. Er war für die Scheiße auf der Spedition zuständig, wovon es eigentlich genug gab, doch trotzdem hielt er sich für etwas Besseres.

Mit einem mulmigen Gefühl ging Nikolas in das Büro von Medved. Was er da sah versetzte ihn jedoch ins Staunen. Das Büro war leer.

»Was für eine Scheiße!«, murmelte er. War das ein Trick von Jakub, damit sich seine Fahrt noch weiter verspätete? Er konnte es sich gut vorstellen.

Wütend ging er wieder zum Ausgang, als er plötzlich ein Geräusch aus einem der Büros hörte. Es war ein merkwürdiges Surren. Eigentlich arbeitete am Tag kaum einer in den Büros und das Geräusch konnte er überhaupt nicht zuordnen, weshalb er einen kurzen Blick wagen wollte.

Die Tür des Büros stand offen. Nikolas glaubte sich zu erinnern, dass es das Büro von Imrich Vesel war. Ebenfalls ein Arschloch, nur in einer höheren Position.

Ein kurzer Blick in den Raum ließ ihn erschrocken zurückfahren. Sowohl der Boden, als auch ein Teil der Wand war mit einer durchsichtigen Plastikplane ausgelegt. Sein Instinkt wies ihn an, sofort wieder zu verschwinden, doch es war etwas Anderes, etwas neugieriges, das ihn weiter in den Raum drängte.

Es war zu dunkel, um wirklich etwas zu erkennen. Wie im Rest des Gebäudes waren auch hier die Fenster verdunkelt. Das Surren musste aus der Ecke kommen. Mit der einen Hand tastete er nach dem Lichtschalter, doch es gab keinen. Die einzig mögliche Lichtquelle war eine von der Decke baumelnden Glühbirne, die man nur an der Schnur anmachen konnte.

Nach kurzem Zögern tastete er sich in den Raum.

Als das Licht anging erkannte er die Quelle des seltsamen Geräusches. Es war eine Akkusäbelsäge, die einfach so in der Ecke des Raumes stand. Sein ungutes

Gefühl verstärkte sich. Es war Zeit, um von hier zu verschwinden.

Plötzlich knallte die Bürotür zu. Er schrie erschrocken auf. Imrich hat die ganze Zeit hinter der Tür gestanden. Nun grinste er Nikolas an. Erschrocken wich dieser zurück, doch Imrich ging gar nicht in seine Richtung. Zuerst schlenderte er in Ruhe zu der Säbelsäge. Nikolas war wie im Bann.

Erst als der große Mann die Säge in der Hand hatte, realisierte er die Gefahr. Panisch stürmte er zur Tür, doch sie war verschlossen.

»Hilfe! Ist da jemand?«, schrie er, doch selbst wenn jemand ihn hörte, würde ihm hier niemand helfen. Nikolas drehte sich wieder um. Imrich war nun fast bei ihm. Voller Angst blickte der Lastwagenfahrer sich nach einer Waffe um. Irgendetwas, womit er sich wehren konnte.

Das knapp dreißig Zentimeter lange Sägeblatt zuckte rasend schnell vor und zurück. Mit der einen Hand hielt Imrich noch die Säge und mit der anderen Hand packte er sein Opfer und schleuderte ihn zurück in den Raum. Nikolas knallte gegen den Schreibtisch, der jedoch von der Plastikplane umhüllt war. Ihm wurde klar, dass Imrich ihn nicht bei der Tür töten wollte. Dort war keine Plane an der Wand und an die Wand sollte kein Blut kommen.

Vom Sturz noch etwas benommen krabbelte er weg, doch Imrich war schon längst über ihn. Das surrende Sägeblatt kam näher und näher.

»Warum?«, wimmerte Nikolas. Imrich stockte in seiner Bewegung. Er liebte es in den letzten Momenten noch mit seinen Opfern zu sprechen. Es gab ihm ein Gefühl von Befriedigung, wenn sie ganz genau wussten, warum sie sterben mussten. Die letzten Minuten eines kümmerlichen Lebens, voller Angst und Verzweiflung. Nur so machte ihm das Morden Spaß.

»Es ist eigentlich ein ganz einfacher Grund …« Imrich genoss sichtlich den Moment »… du hast schon allein deshalb den Tod verdient, weil du es nicht weißt.«

Fieberhaft dachte Nikolas nach. Was für einen Grund sollte dieser grausame Mensch haben ihn zu töten? Er war ein Außenseiter in dem Geschäft. Er machte nur seine Fahrten. Mehr wollte er damit nicht zu tun haben. Plötzlich fiel es ihm ein.

War das wirklich möglich? Hatte man ihn wirklich dabei gesehen? Das Angebot des Reporters war so verlockend gewesen: 500€!

So viel Geld waren ein paar gewagte Aussagen über die Spedition schon wert. Der Mann hatte ihn angesprochen, als er nach seiner Schicht auf den Bus wartete. Es war schnell verdientes Geld und die Antworten hätte der Reporter mit etwas Nachforschung so oder so gefunden. Eigentlich sollte alles anonym ablaufen und er hat extra drauf geachtet, dass niemand sie bei ihren Gespräch sah, doch vielleicht war er doch nicht vorsichtig genug gewesen.

»Poeschke«, flüsterte er. Imrich nickte.

»Dein Reporter hat schnell angefangen zu reden. Viel Arbeit war da gar nicht nötig. Viel konntest du ihm ja auch nicht erzählen, doch ich schätze es nicht, wenn einer von meinen Arbeitern sein Maul aufmacht.«

Nun bewegte er die Säbelsäge wieder in Richtung von Nikolas Hals. Die Unterhaltung war beendet. Der Lastwagenfahrer wollte ihn noch mit seinen Händen irgendwie abwehren, doch es ging zu schnell. Als das Sägeblatt das erste Mal seine Kehle berührte verfing sich für einen kleinen Moment die Haut in den Sägezähnen. Sein Körper wurde nur ein kleines Stück nach vorne geschleudert, wodurch der Tod dann doch schneller eintrat, als von Imrich geplant.

Es enttäuschte ihn, denn eigentlich hatte er gedacht, dass mit einem stumpfen Sägeblatt der Spaß gleich doppelt so groß sei.

Kapitel 11

Mats Jäger
Das Wohnhaus, 15:30 Uhr

Es war noch nicht lange her, dass Recht und Gesetz das einzig Wichtige in meinem Leben waren. Nach dem Tod meiner Frau herrschte in mir ein großes Loch und es hätte nicht viel gefehlt, dann hätte es mich ein für alle Mal verschluckt.

In meiner Trauer schaffte ich es dieses Loch mit Arbeit zu füllen. Nächtelang arbeitete ich an Fällen und selbst wenn mich meine Kollegen (meistens war es mein Partner Theo) nach Hause schickten, arbeitete ich dort weiter.

Vor zwei Jahren erforderten Überarbeitung und Schlafmangel jedoch ihren Tribut. Experten würden es Burnout nennen, doch für mich war es das Ende. Das Kartenhaus, das ich mir in meiner Trauer baute, fiel von einem auf den anderen Tag in sich zusammen und niemand konnte mir mehr helfen.

In dieser Zeit schaffte es selbst mein Neffe nicht mehr, mich zu erreichen. Andere Menschen hat es in meinem Leben auch nicht mehr gegeben. Immer war meine Frau für mich da gewesen. Freunde hatte ich nicht mehr. Die wenigen Freundschaften, die ich hatte, zerbrachen alle ziemlich schnell nach unserer Hochzeit. Es hatte nur uns zwei gegeben und jetzt hatte ich sie verloren. Der Tod hatte sich langsam eingeschlichen. Irgendwann konnte man es sehen, doch da war es schon längst zu spät. Krebs hat etwas unglaublich beängstigendes an sich, was es für mich zur grausamsten aller Krankheiten macht. Ein Spiel zwischen Tod und Leben, wo wieder einmal der Tod gewonnen hatte.

Als neue Füllung für mein Loch musste nun der Alkohol herhalten. Er eignete sich ziemlich gut dafür. Morgens ist es mit den Kopfschmerzen etwas unangenehm, doch ein weiterer Schluck hilft meistens aus. Man darf einfach nicht aufhören, dann hat man seine Ruhe.

Ein paar Jahre zuvor hätte ich über die Vorstellung gelacht, dass ich in ein solch klischeehaftes Leben für einen frustrierten Kriminalkommissar abrutschen würde, doch als es dann so weit war, hatte ich herzlich wenig zu lachen.

Am eigenem Leib musste ich erfahren, dass auch Alkohol zu einer der schlimmsten Droge werden kann. Du willst dir deine Welt schön saufen, aber es klappt nur, wenn du nicht damit aufhörst.

Mein Alltag war eintönig: um 13:00 Uhr aufstehen (nur selten stand ich etwas früher auf), vielleicht frühstücken, irgendwie den Nachmittag herumkriegen, selten ging ich spazieren. Sonst schaute ich nur ein zwei Stunden fern. Dann kam der langersehnte Abend, der auch oft schon um 15:00 begann, an dem ich mir dann das Hirn ein bisschen mehr wegsoff.

Schnell sah man mir auch meinen ungesunden Lebensstil an und ich traute mich noch weniger unter

Menschen. Mein Gesicht wirkte aufgedunsen und zerfiel. Der Bauch wurde immer dicker und auch meine Laune war meistens unerträglich. Einkaufen ging ich nur noch im naheliegenden Aldi und dem Kiosk um die Ecke. Selbst das war mir aber immer wieder unangenehm. Mein größter Albtraum war es, dass mich jemand von früher auf der Straße erkennen würde.

Heute weiß ich, dass es immer weiter mit mir bergab ging: vom fast fanatischen Ehemann zum arbeitswütigen Ermittler zum deprimierten Alkoholiker. Auch wenn ich mich damals Zyniker nannte, weiß ich nun als weiser alter Mann (na gut alt passt, aber weise bin immer noch nicht), dass ich schlicht und einfach ein Idiot war. Ich trank um zu vergessen und zu verdrängen und trotzdem zerfraßen mich die nüchternen Stunden mit den Gedanken, die ich nicht denken wollte.

Schon lange hätte ich mein Leben beendet, wenn es nicht diesen einen Menschen in meinem Leben gab: Felix. Nachdem ich mich einigermaßen von meinem Burnout erholt hatte war er der Pfeiler meines Lebens. Er war das Mittel, das mir die Kraft gab, wenigstens einen Tag im Monat mehr oder weniger nüchtern zu sein.

Der Grund dafür war einfach: Felix interessierte sich für mich. Niemand anderes fragte mich wie es mir ging, oder ob ich etwas brauchte. Diesen eine sozialen Kontakt würde ich für nichts in der Welt aufgeben. Er war die einzige Person, mit der ich wirklich frei reden konnte.

Felix war mein bester Freund und meine größte Angst war es, dass der Tag kommen würde, an dem auch er mich verlassen würde. Letztens hat er erwähnt, dass er vielleicht in Dortmund studieren will. Ich hatte vor Schreck fast einen Herzinfarkt bekommen.

Ich hätte nichts mehr in meinem Leben.

Absolut nichts.

So fühlte ich mich. Bis zu dem Zeitpunkt, wo Margret mich im Hausflur ansprach.

Kapitel 12

»Nikolas Zimmermann, du verfluchter Hurensohn, warum steht hier immer noch dein Transporter?«

Eryk sah sich suchend auf dem Gelände um. Nikolas hätte schon seit einer Stunde weg sein sollen, doch sein Transporter versperrte immer noch den Weg. Der Fahrplan hatte sich verändert, weshalb er nun doch seine Route etwas ändern musste, doch er hatte extra auf den Plan geguckt, weshalb er sich sicher war, dass der Transporter hier nicht stehen durfte.

Genervt lief der Lastwagenfahrer zu dem Pausenraum, doch auch hier konnte er seinen Kollegen nicht finden. Eilig ging er zurück zu den Transportern. Der Fahrraum von Nikolas Wagen war leer, doch vielleicht war es trotzdem schlauer, wenn er vorsichtshalber nachschaute.

Auf den ersten Blick sah er es nicht, doch als er dann das runde Gebilde entdeckte, realisierte sein Gehirn zuerst nicht, was es war. Als er es dann doch verstand, wandte Eryk sich erschrocken ab.

Auf dem Fahrersitz lag der Kopf von Nikolas Zimmermann. Die leeren, trüben Augen starrten zu dem Lenkrad hinauf und das Blut, das aus seinem Kopf floss, hatte sich auf dem ganzen Sitz verbreitet.

Schockiert schloss Eryk wieder die Tür des Transporters.

Etwas berührte ihm am Rücken. Erschrocken fuhr er herum.

Imrich stand hinter ihm. Kalt sah er den Lastwagenfahrer an. Sein Zeigefinger ruhte auf seinen Lippen.

»Psst.«

Kapitel 13

Mats Jäger
Das Wohnhaus, 09:00 Uhr

Am nächsten Morgen fühlte ich mich ausgeschlafen, was nicht sehr oft vorkam. Die Sonne, die in meine Wohnung schien, machte mich glücklich und ich ging raus, um etwas zu spazieren. Im Park setzte ich mich auf eine Bank und beobachtete Entenbabys, die ihrer Mutter folgten. Hätte ich etwas Brot gehabt, hätte ich ihnen etwas gegeben. Mein Blick schwenkte über den Main. Es waren einfach die Kleinigkeiten, die mich an diesem Morgen glücklich machten.

Damals kam es mir vor wie ein Wunder. Der sonst so deprimierte Mats Jäger steht um zehn Uhr auf um im Park Entenbabys zu beobachten. Heute weiß ich, dass der neue Fall mir Kraft gab und mich aus meinem Loch zog. Auch wenn ich nicht an ein kaltblütiges Verbrechen glaubte, hatte ich etwas, worüber ich nachdenken konnte. Mats Jäger war wieder da!

Ich ging zu meiner Wohnung zurück und kochte. Katharina und ich haben früher ständig gekocht, weshalb ich heute ein ganz passabler Koch bin. An jenem Tag machte ich mir Handkäs mit Apfelwein. Eine hessische Delikatesse, dessen Rezept von Katharina einen in den siebten Himmel des kulinarischen versetzt. In meiner Wohnung war deswegen auch immer etwas Harzkäse zu finden, der gerade am Reifen war. Dadurch konnte ich mir das Essen in wenigen Minuten herbeizaubern. Einfach, aber unglaublich lecker!

Heute sollte ein produktiver Tag werden, weshalb ich neben dem Essen arbeiten wollte. Ich holte meinen Laptop raus und startete eine kleine Recherche. Um die Spedition an sich wollte ich mich erst später kümmern. Nun interessierte mich der Unfall. Leider gab es nur wenige Artikel dazu. Die meisten beschränkten sich auf die Tatsache, dass es einen Unfall auf der Spedition Wächtersbacher gab und die Polizei ihre Ermittlungen bereits eingestellt hatte. Die Nachricht wurde in den Zeitungen einen Tag später abgedruckt, weil bei der Entdeckung der Leiche schon bei allen Redaktionsschluss war. Der Beitrag der Bild-Zeitung war am ausführlichsten, auch wenn ich glaube, dass das meiste davon eher Vermutungen als bewiesene Tatsachen waren. Was mich ins Staunen versetze, war, dass der Artikel der Bild von einem gewissen N. Poeschke verfasst wurde. Hatte nicht auch Margret von einem Poeschke gesprochen?

Ich kramte den Zettel mit der Telefonnummer hervor und tatsächlich stand der gleiche Name auf Margrets Zettel. Es wurde Zeit den Journalisten anzurufen!

Das Essen war nun komplett vergessen. Ich überlegte mir eine Taktik, wie man am besten an Informationen herankommen würde. Ihm zu erzählen, dass ich der Nachbar von Margret war und mehr über den Tod des Mitarbeiters bei der Spedition erfahren wollte kam mir blöd vor, weshalb ich mich dafür entschied, mich als

Kommissar auszugeben. Im Prinzip war ich das ja auch, wenn auch beurlaubt. Beim ersten Versuch nahm niemand ab, doch ich versuchte es gleich erneut und nach dem fünften Freizeichen nahm endlich jemand ab.

»Guten Tag, mein Name ist Kommissar Jäger. Spreche ich mit Herrn Poeschke?«, begann ich, doch im ersten Moment meldete sich keiner zurück. Ich wollte noch etwas sagen, als sich dann doch jemand am anderen Ende meldete. »Herr Jäger? Hier spricht Kommissar Theo Köhler.«

Mir stockte der Atem. Warum meldete sich die Polizei bei Poeschke und warum war gerade mein alter Kollege am Telefon? Tausend Fragen rauschten durch meinen Kopf, die plötzlich von Theos leiser Stimme unterbrochen wurden.

»Mats?«

»Ja? Theo, was geht hier vor sich?«

»Das ist unglaublich! Wir haben uns ja ewig nicht mehr gesprochen. Wie geht es dir? Wir müssen uns unbedingt mal wieder treffen!« Ich konnte Theos Euphorie nur in einem gewissen Maß teilen. Ich war immer noch verwirrt. Die Situation überforderte mich komplett und ich wusste nicht, was ich sagen sollte. Dies schien Theo jedoch zu merken und er wurde wieder ernst.

»Ich muss dich das jetzt fragen, Mats. Warum rufst du hier an?«

»Ich will mit Poeschke sprechen. Was ist mit ihm los?« Ich hatte ein ungutes Gefühl. Bei keinem normalen Menschen meldete sich die Polizei am Telefon. Es musste etwas passiert sein.

»Die Schwester von Norbert Poeschke hat ihn als vermisst gemeldet. Er ist zwar noch keine 48 Stunden verschwunden, doch es gibt einen Blutfleck und Spuren auf einen Kampf, weshalb wir uns das Ganze mal anschauen. Weißt du etwas darüber?« Ein Blutfleck und Spuren von einem Kampf? Das war nicht gut.

»Ich kenne Poeschke eigentlich gar nicht. Auf jeden Fall habe ich ihn noch nie gesehen. Angerufen habe ich wegen einen Zeitungsbericht, den er geschrieben hat.«

»Mhm«, murmelte Theo. Er schien nicht wirklich überzeugt, doch es war die Wahrheit. Auch wenn vielleicht ein paar Details fehlten.

»Na gut. Falls dir noch etwas einfallen sollte, oder sich Poeschke bei dir melden sollte, sagst du mir bitte sofort Bescheid. Vielleicht melden wir uns auch. Deine Nummer habe ich ja.« Theo wünschte mir noch alles Gute und das Gespräch war beendet.

Theo kam nicht darauf zurück, dass wir uns mal wider treffen sollten. Generell war seine überschwängliche Laune vom Anfang des Gesprächs wie weggeblasen, als wir auf Poeschke zu sprechen kamen. Einen solchen Stimmungswandel hatte ich bis dahin bei meinem alten Kollegen noch nie erlebt.

Das Gespräch hatte mir alle neugewonnenen Kräfte wieder geraubt. Erschöpft lehnte ich mich in meinem Sessel zurück und raufte mir die kaum noch vorhandenen Haare. Auf so etwas war ich nicht vorbereitet gewesen. Ich rief bei der Sicherheitsfirma an, bei der ich arbeitete und meldete mich krank. Heute sollte eigentlich mein erster Arbeitstag in dieser Woche werden, doch ich war dazu überhaupt nicht in der Lage. Die Sekretärin reagierte verärgert. Es war nicht das erste Mal, dass ich mich kurzfristig krankmeldete, auch wenn ich die früheren Male einen anderen Grund dafür hatte. Sie drohte mir noch, dass man mich wahrscheinlich bald feuern würde, doch das war mir egal. Stundenlang in einer großen Bank zu stehen, oder nachts Teenager von einer Baustelle zu verjagen war eh nicht mein Traumjob. Mit diesem Job musste ich nur über die Runden kommen.

Gerade wollte die Sekretärin mich an meinen Chef weiterleiten, als ich einfach auflegte. Es war eine Kurzschlussreaktion. Auf eine endlose Standpauke am Telefon hatte ich keine Lust. Damit konnte ich meinen Job mit Sicherheit komplett an den Nagel hängen, doch ich hatte sowieso andere Probleme. Die neue Erkenntnis lag mir schwer im Magen: Poeschke war verschwunden.

Das konnte zum einen bedeuten, dass ein erwachsener Mann mal nicht zuhause war, was immer noch nicht das Blut und die Kampfspuren erklären würde. Oder aber hinter Margrets Vermutung steckte tatsächlich mehr und man ließ Poeschke verschwinden. Es waren immer noch viele Spekulationen und an eine große Verschwörung glaubte ich immer noch nicht, doch es konnte wirklich sein, dass bei dieser Spedition nicht alles rund lief.

Nach etwa zwei Stunden raffte ich mich wieder auf und rief bei Theo im Präsidium an. Wenn Poeschke schon nicht helfen konnte, konnte das Theo vielleicht. Leider lief auch dieses Gespräch nicht so gut.

Eigentlich hatte ich gehofft, dass er sich nach dem ersten Gespräch etwas beruhigt hatte, doch so war es nicht. Nach der kurz angebunden Begrüßung wirkte er sehr verschlossen und wollte mir keine weiteren Informationen über Poeschkes Verschwinden geben.

Also versuchte ich mehr über den angeblichen Unfall auf der Spedition zu erfahren. Auch hier mangelte es deutlich an Kooperationsbereitschaft.

»Du erwartest doch echt nicht, dass ich dir Details zu einer laufenden Ermittlung verrate. Nur weil wir uns mal kannten heißt das noch lange nicht, dass ich das machen kann. Ich habe dir eigentlich schon viel zu viel gesagt. Du kannst schon froh sein, dass du keine Probleme von mir bekommst, weil du dich am Telefon als Kommissar ausgegeben hast. Das habe ich bemerkt und falls du es vergessen haben solltest, du bist kein Polizist mehr!«

So stur wie jetzt kannte ich meinen alten Freund eigentlich nicht. Obwohl es etwas riskant war, das nun zu sagen, kann ich doch zugeben, dass in unserer gemeinsamen Dienstzeit auch nicht alles mit rechten Dingen zugegangen ist.

Keine Angst, wir haben nichts wirklich Schlimmes gemacht, doch hier und da war der Durchsuchungsbeschluss dann doch erst später da. Vor Gericht fiel das nicht auf, weil das Datum durch Zufall falsch eingetragen war, oder in der ganzen Bürokratie etwas verloren ging. Manchmal musste man einfach entscheiden, ob Regeln oder Gerechtigkeit an oberster Stelle stehen. In meinen letzten Jahren als Polizist hatte sich das zwar stark verändert, die Regeln sind bei Weitem strenger geworden, doch zum Anfang unserer Partnerschaft hatten wir uns schon das eine oder andere Mal in der rechtlichen Grauzone bewegt.

Ich versuchte Theo zu erklären, warum ich das mit meiner falschen Identität getan hatte, doch davon wollte er nichts hören. Der fragwürdige Tod des Arbeiters ließ ihn völlig kalt. Auch in diesem Fall wollte er mir strikt keine Informationen geben. Es verletzte mich schon, dass mein alter Freund so abweisend zu mir war.

»Ich kann dir versichern, dass hier alle von einem Unfall ausgehen. Da gibt es gar keine Zweifel. Wenn ich mich nicht täusche, hat man den Fall auch schon zu den Akten gelegt«, beschwichtigte er, doch ich glaubte ihm kein Wort.

Ich wollte gerade auflegen, als Theo einen entschiedenen Fehler machte: er sagte mir, dass Kamil Walczaks Tod zwar traurig sei, doch dass es erstaunlich viele Todesfälle durchs Aufspießen gebe und es daher kein ungewöhnlicher Unfall sei.

Es waren zwar ebenfalls meine Worte zu Margret gewesen, doch jetzt wurde mir erst so richtig klar, wie idiotisch das eigentlich klang. Ein solcher Todesfall konnte einfach kein Unfall sein. Jedenfalls kannte ich jetzt den Namen des Toten, was ein bedeutender Hinweis sein konnte.

Ich verabschiedete mich schnell von Theo und ging rüber zu Margret. Sie war gerade dabei ihre Katze zu füttern, doch als sie hörte, dass ich etwas herausfinden konnte, hatte ich sofort ihre ganze Aufmerksamkeit.

»Ich habe eine schlechte Nachricht für Sie. Ihr Informant Poeschke ist verschwunden. Die Polizei hat Blut und Spuren von einem Kampf in seiner Wohnung gefunden.« Zu meinem Erstaunen kümmerte Margret das wenig. »Sie haben also wirklich bei ihm angerufen? Das freut mich! Ich glaube, wir können nun auch zum Du übergehen.«

»Wollen Sie mich verarschen? Poeschke ist vielleicht tot und Sie freuen sich nur, dass ich auch denke, dass es tatsächlich ein Mord sein könnte?«

»Ich dachte wir haben uns auf das Du geeinigt? Wir sollten uns aber auch nicht streiten. Um Poeschke wird sich die Polizei kümmern. Da hat sie ja mal wenigstens das Verbrechen erkannt. Ich glaube auch nicht, dass er tot ist. Poeschke ist ein zäher Bursche, den haut so leicht nichts um. Wichtig ist der Mord. Für die Polizei bleibt es ein Unfall, weshalb wir uns darum kümmern müssen. Du hast gesagt, dass du etwas von deinem Kollegen erfahren hast?« Ich seufzte.

Diese Frau war wirklich unverbesserlich. Irgendwie ist sie mir in dieser kurzen Zeit wirklich sympathisch geworden. Das ist schon interessant, wenn man bedenkt, dass ich sie zuerst als verrückte Alte wahrgenommen hatte. Wahrscheinlich lag es einfach an meinen fehlenden sozialen Kontakten. Vielleicht lag es aber auch an ihrer unvergleichlichen Impulsivität, die mich immer noch verwirrte.

»Mein alter Kollege wollte nicht viel verraten. Die Polizei hat ihre Ermittlungen schon abgeschlossen und ist von einem Unfall überzeugt. Was ich jedoch herausfinden konnte, ist der Name des Opfers. Er hieß Kamil Walczak.« Margret wirkte enttäuscht. Sie hatte mich nur angesprochen, weil sie sich mehr Informationen von mir erhoffte. In diesem Aspekt hatte ich ihre Erwartungen nicht wirklich erfüllt.

»Es ist wenigstens etwas. Konntest du schon mehr über Kamil herausfinden?« Ich verneinte. Später würde ich bei meiner Recherche über die Spedition Wächtersbacher auch etwas zu dem Namen forschen.

»Wir brauchen die polizeiliche Akte zu dem Todesfall«, sagte Margret und schaute mich erwartungsvoll an.

»Die Idee ist mir auch schon gekommen. Theo, also mein Kollege, wird sie mir nicht geben. Trotzdem könnte sie wichtig für uns sein. Auch wenn die Polizei den Tod als Unfall betrachtet, werden in der Akte Informationen stehen, die der Presse vielleicht vorenthalten wurden. Ich werde mich darum kümmern.«

Margrets Gesicht zeigte mir, dass sie sowohl überrascht, als auch erfreut über meine Entscheidung war. Zu diesem Zeitpunkt hatte ich aber weder eine Ahnung, wie ich an die Akte kommen sollte, noch auf was wir uns da einließen.

Kapitel 14

Kommissar Thalmann
Polizeipräsidium Frankfurt am Main (Innenstadt), 16:45 Uhr

Er konnte seinen Blick nicht vom Telefon abwenden. Hatte er einen Fehler gemacht?

Er redete sich immer wieder ein, dass dies nicht so war. Informationen mussten an den zuständigen Ermittler. So waren die Regeln. Trotzdem kam es ihm in diesen Fall nicht richtig vor. Man hatte ihn angewiesen, fragwürdige Hinweise abzublocken und sofort zu melden. Das hatte er auch getan und dennoch war dieses Vorgehen merkwürdig.

Man hatte gesagt, dass es einen großen Hass gegen die Spedition in der Nachbarschaft gab und es deswegen immer wieder zu Rufmord kommen würde, doch diese alte Frau kam eigentlich ganz vernünftig rüber.

Thalmann blickte auf seinen aktuellen Fall. Ein Überfall im Bahnhofsviertel. Die Betroffene lag im Koma, doch durch die Videoüberwachung hatte er ein gutes Fahndungsfoto. Es handelte sich mal wieder um einen alten Bekannten. Tragisch, aber gleichzeitig auch die tägliche und grausame Realität einer Großstadt. Meistens spielte Alkohol die entscheidende Rolle. Oft waren es unbedeutende Geldsummen, die über Leben und Tod entschieden. Man versuchte diesen Umstand zu verdrängen, doch Thalmann war jeden einzelnen Tag damit beschäftigt. Es waren nicht die knallharten Stereo-typen, in den unzähligen Thrillern, wo all die Verbre-chen keine Narben bei den Ermittlern hinterließen, die beim LKA arbeiteten. Es waren Menschen, die ihren Fall auch Nachts mit ins Bett nahmen. Die auch am Wochenende an all die kleinen Grausamkeiten denken mussten.

Trotzdem waren seine Gedanken nicht bei der armen Frau. Es war ein eindeutiger Fall, wo ein Erfolg nur noch eine Frage der Zeit war. Er fühlte sich, als hätte man ihn mit diesen Fall abserviert.

Als noch sehr junger Kommissar war er ein beliebtes Ziel für solche Aktionen. Man hielt ihn für unerfahren und voreilig. Niemand freute sich wirklich mit ihm zu-sammenzuarbeiten, doch er hatte sich vorgenommen durchzuhalten.

Er war sich sicher. So einfach würde er nicht aufge-ben. Dieses eine Mal würde er auf seinen Instinkt hö-ren.

Kapitel 15

Mats Jäger
Das Wohnhaus, 17:00 Uhr

Noch vor wenigen Tagen war der erste Mittwoch im Monat der wichtigste Tag in meinem Leben gewesen. Heute hätte ich ihn fast vergessen. Es war fünf Uhr, als mir einfiel, dass gleich mein Neffe Felix zu mir kommen würde.

Felix war die einzige Person, die aus Katharinas Familie noch zu mir hielt. Nach dem Tod meiner Frau hatte sich die Familie Krüger schnell von mir distanziert. Ich glaube, sie haben mich noch nie gemocht.

Schon vorher war das Verhältnis schwierig, doch Katharina hatte es irgendwie geschafft, uns alle zusammenzuhalten.

Auch Felix Eltern wollten schnell, dass er mich nicht mehr jeden Mittwoch besuchte, doch der 16-Jährige hatte es zu meinem Erstaunen geschafft, wenigstens ein Treffen im Monat herauszuschlagen. Ich genoss diese Treffen. Früher hatten wir zu dritt immer gekocht, oder haben einen Film geguckt. Heute konnten wir uns zu zweit stundenlang unterhalten. Felix war die einzige Person, mit der ich noch offen sprechen konnte.

An diesem Tag war es anders. Ich konnte mich nicht wirklich konzentrieren und das fiel dem Jungen sehr schnell auf. Ihm entging wirklich nichts.

»Was ist los mit dir? Du bist heute so anders.« Ich schwieg erst. Felix dachte bestimmt schon, dass ich ihn nicht gehört hatte, doch dann blickte ich wieder zu ihm auf. »Ich habe heute mit Theo gesprochen. Irgendwie war er heute anders. Ich wollte von ihm Informationen, oder am besten sogar eine Akte, doch er wollte mir nicht wirklich viel geben. Dabei ist der Fall für die Polizei unwichtig und er war mir noch einen Gefallen schuldig.«

Natürlich durfte ein Kriminalbeamter nicht einfach so Informationen an andere Personen weitergeben. Dafür hatte ich absolut Verständnis, doch von meinem alten Freund und mit dem Wissen, dass wir schon so viel gemeinsam erlebt hatten, hatte ich eigentlich etwas anderes erwartet.

»Was war das für eine Akte?« Das war typisch für den Jungen. Felix war genauso neugierig, wie ich es einmal war. Ich schätzte diese Eigenschaft wirklich sehr an ihm und wenn es nach mir gehen würde, würde Felix einmal ein großartiger Ermittler werden. Doch das würden seine Eltern niemals zulassen. Eigentlich hatte ich gar nicht vor, dem Jungen von meinen Überlegungen zu erzählen. Als wirklichen Fall konnte man das Ganze noch nicht betrachten, doch je mehr ich darüber nachdachte, desto sicherer war ich mir, dass Margret Seidel doch einer großen Sache auf der Spur war.

Und vielleicht würde es mir auch helfen, wenn noch jemand anderes als Margret von unserem Projekt wusste. Früher war es mein Grundsatz, nichts von laufenden Ermittlungen weiterzugeben. Nun war ich jedoch kein

Polizist mehr und dadurch an keine Schweigepflicht mehr gebunden.

Nachdem ich mit meinem Bericht zu Ende war, schwieg Felix noch eine Weile. »Ich bin mir nicht sicher, ob du dich da nicht in etwas verrennst.«

»Das hat Theo auch gesagt. Vorgestern habe ich noch genauso gedacht, aber Poeschkes Verschwinden konnte mich nun komplett überzeugen.«

Felix schaute mich überrascht an. »Das meinte ich gar nicht. Ich will eher sagen, dass genaue das Gegenteil der Fall ist und die Sache für dich etwas zu groß ist. Immerhin bist du gar kein richtiger Ermittler mehr.«

Jeder anderen Person hätte ich diesen Satz übelgenommen. Doch bei Felix störte es mich nicht und im Prinzip hatte er auch Recht: ich war kein Ermittler mehr. Meinen Nebenjob als Sicherheitsmann konnte man damit nicht vergleichen.

Als wäre Felix gar nicht mehr da sank ich in das Sofa zurück und tauchte in meine Gedanken ein.

Kamils Tod war der große Fehler der Spedition. Etwas ist schiefgelaufen und durch seinen Tod wurde das Geheimnis dieser Firma für uns deutlich. Margret hatte diesen wunden Punkt gesehen und auch ich sehe ihn immer mehr. Poeschkes Verschwinden spielt in der ganzen Sache eine untergeordnete Rolle. Ich war davon überzeugt, dass es sogar vielmehr ein Kollateralschaden war und diese Tatsache machte weitere Ermittlungen in diese Richtung unnötig.

»Wir brauchen einfach diese Akte«, murmelte ich, während meine Worte vielmehr an mich selbst, als an meinen Neffen gerichtet waren. Dieser hörte erstaunt auf.

»Du kennst doch noch meinen Kumpel Jonathan, oder?«, fragte er. Ich kannte Jonathan nur zu gut. In meiner aktiven Zeit als Kriminalkommissar hatte ich ein paarmal mit ihm zu tun gehabt. Jonathan war ein nicht unbedeutender Hacker, der schnell in seiner Szene bekannt wurde. Ich war wirklich erstaunt gewesen, als ich erfuhr, dass dieser Superhacker erst 17 Jahre alt war und außerdem auch noch Felix mit ihm befreundet war. Die beiden kannten sich seit dem Kindergarten und auch, wenn sie unterschiedliche Wege eingeschlagen hatten, blieben sie immer noch in Kontakt.

»Worauf willst du hinaus?«, fragte ich skeptisch, doch eigentlich war mir die Antwort schon jetzt klar. Vor gut anderthalb Jahren ist es Jonathan gelungen, sich in das System der Polizei zu hacken und ein paar Änderungen an seiner digitalen Akte vorzunehmen. Der Frankfurter Polizei ist das natürlich schnell aufgefallen, doch mit dem System der Polizei konnte man auch Akten einsehen. Dabei war es vielleicht schwieriger einen Fremdzugriff zu erkennen.

Trotzdem war ich mit diesem Vorschlag überhaupt nicht einverstanden. Die Möglichkeit, erwischt zu werden, war nicht gerade klein und vielleicht würde die Spur auf Felix zurückgehen. Meinen Neffen wollte ich auf keinen Fall in Schwierigkeiten bringen.

»Das kannst du vergessen! Dein kleiner Hacker wird sich in die Sache auf keinen Fall einmischen!«

»Jonathan ist ein Profi! Niemand wird etwas merken«, entgegnete Felix noch, doch meine Entscheidung stand fest.

Irgendwie würde ich es schon schaffen an diese Akte zu kommen, oder es sogar ohne sie schaffen, Medveds Geheimnis zu lüften. Immerhin konnte ich auch auf die Insiderinformationen von Margret setzen.

Außerdem konnte sich Theo doch noch umentscheiden, auch wenn das nicht sehr wahrscheinlich war. Auf keinen Fall wollte ich meinen Neffen in die Sache hineinziehen. Es war schon ein Fehler gewesen, ihm überhaupt von dem Fall zu erzählen.

Zum Glück ging Felix nicht weiter auf das Thema ein. Den Rest des Abends unterhielten wir uns über Belanglosigkeiten und als Felix Eltern um Punkt Zehn vorbeikamen, war ich das erste Mal froh, dass die Krügers auf die Minute pünktlich waren.

Normalerweise wäre nun ein Glas Scotch dran, doch seit Tagen fehlte mir das Verlangen danach. Das fiel mir erst jetzt auf, doch es erfüllte mich mit Stolz und Erleichterung.

Ich verspürte noch keine Müdigkeit. Aus einer spontanen Idee heraus klopfte ich an Margrets Tür, die auch fast sofort aufmachte.

»Gibt es wieder etwas Neues?«, fragte sie interessiert.

»Nein. Ehrlich gesagt möchte ich gar nicht über den Fall reden.« Für einen Moment guckte sie mich irritiert an, doch dann lächelte sie.

»Komm rein.«

Wir setzten uns in das kleine Wohnzimmer und sie

bot mir einen Kaffee an.

»Du bist also kein Polizist mehr?«, versuchte sie ein Gespräch zu starten.

»Ehrlich gesagt will ich auch darüber nicht reden.«

Also schwiegen wir eine Weile, was jedoch gar nicht unangenehm war. Margrets Katze kam vorbei und war offensichtlich erstaunt über den Besuch. Etwas zu Fressen würde es aber trotzdem nicht geben, teilte Margret ihr empört mit, weshalb die Katze schnell wieder verschwand.

»Bist du denn jetzt von unserem Fall überzeugt, oder hältst du mich immer noch für eine verrückte, alte Schachtel?«, fragte sie nach einer weiteren Pause des Schweigens.

»Also erstens halte ich dich nur für etwas sonderbar und zweitens bin ich jetzt tatsächlich davon überzeugt, dass dieser Tod kein Unfall war.«

Margret lächelte. Unser Start war vielleicht nicht der beste, doch jetzt spürte ich, dass wir auf der gleichen Wellenlänge waren.

»Es freut mich, dass du jetzt voll und ganz dabei bist. Wenn wir mit diesem Fall Erfolg haben, können wir ja eine Detektei aufmachen«, sagte sie scherzhaft.

»Dann brauchen wir nur noch einen coolen Namen.«

»M&M`s«

»Was?«, fragte ich lachend und auch Margret fing an zu lachen.

»Mats und Margret. Wir haben den gleichen Anfangsbuchstaben. Das ist doch eindeutig!«

»Dann werden wir nur von der Schokolinsen-Firma

verklagt.«

Wir unterhielten uns weiter über solche Sachen. Es kam zu witzigen, aber auch tiefsinnigen Gesprächen. Wir schafften es, den Rest des Abends nicht über den Fall zu reden.

Es war einer der besten Abende seit Langem. Lange Zeit hatte ich gedacht, dass ich den Umgang mit Menschen verlernt hatte, doch so war es nicht. Vor meiner großen Krise hatte ich keine Probleme mit fremden Menschen ein Gespräch anzufangen und so war es auch mit Margret.

Wir konnten uns über alles unterhalten: über die Träume, die sich in unserem Leben nicht erfüllt haben, wie scheiße eigentlich der Brexit ist und wie es dazu kommen konnte, dass wir beide in dieses schreckliche Mehrfamilienhaus gezogen sind. Es war ein schönes Gefühl, dies nicht nur mit einem 16-Jährigen tun zu müssen.

Es war einer der Abende, von denen man schon zu dem Zeitpunkt weiß, dass man sich das ganze Leben daran erinnern wird.

Erst um drei Uhr nachts ging ich in meine Wohnung zurück. Trotzdem war ich noch viel zu aufgekratzt um jetzt zu schlafen.

Mit neuer Motivation kramte ich meinen Laptop wieder raus und begann über die Spedition Wächtersbacher zu recherchieren.

Der Besitzer war ein gewisser Matej Medved und sie

übernahmen sowohl Aufträge im Inland, als auch im Ausland. Die Website war lieblos gestaltet und ich konnte mir nicht vorstellen, dass ein seriöses Unternehmen diese Spedition beauftragt.

Besonders interessant waren ein paar Rezensionen auf einer Vergleichsseite. Die Kunden sprachen von verlorener und beschädigter Ware. Die Spedition antwortete mit wüsten Beschimpfungen und Drohungen, dass die Rezensenten keine echten Kunden wären und man einen Anwalt einschalten würde, um sie wegen Verleumdung zu verklagen. In letzter Zeit war es ruhiger geworden. Wahrscheinlich lag es einfach daran, dass niemand mehr dieses Unternehmen beauftragte.

Die Geldquelle lag hier woanders. Soviel war für mich klar, doch warum musste Kamil Walczak sterben? War es vielleicht ein eskalierter Streit? Bis jetzt hatte ich noch gar nicht an diese Möglichkeit gedacht, doch ich konnte mir fast bildlich vorstellen, wie Kamil mit jemanden stritt. War es ein Kollege? Vielleicht sogar der Chef?

Auf jeden Fall wurde der Streit immer heftiger. Es kam zu Handgreiflichkeiten und plötzlich kam es zum finalen Stoß: Kamil fiel auf die Stange und wurde durchbohrt.

Der Täter geriet in Panik. Kamil schrie wie am Spieß (ich weiß, ein böses Wortspiel), der Mörder war voller Adrenalin, stand vielleicht sogar unter Schock, und hatte keine Lust in den Knast zu wandern.

Vielleicht war ihm nicht klar, dass das Urteil vermutlich auf Totschlag hinauslaufen wurde, oder auch das war ihm zu viel. Auf jeden Fall entschied er sich den Vorfall zu vertuschen.

Für mich machte das Medved umso verdächtiger. Nach meinem Eindruck war er jemand, der Streit nicht abgeneigt war. Seine Machtstellung in dem Unternehmen würde noch dazu die Vertuschung erklären.

Es war sogar möglich, dass Medved irgendwie Kontakte zur Gerichtsmedizin hatte und die Blessuren, die Kamil unter Umständen von dem Kampf getragen hat, wurden übersehen. Es klang unwahrscheinlich, doch ansonsten wäre die Vertuschung sofort aufgeflogen. Immerhin ist jeder käuflich, solange der Betrag passt.

Die Akte war wichtig, doch sie schien unerreichbar. Jonathan war für mich keine Option und auch Theo war keine große Hilfe. Wenn zwei Wege keine Option darstellen war es vielleicht einfach Zeit, sich einen dritten zu schaffen. Ganz nebenbei wäre bei meiner Theorie die Akte ziemlich wertlos. Ein geschmierter Gerichtsmediziner würde seine verschwiegenen Erkenntnisse nicht in eine Akte schreiben.

Mein dritter Weg war Kamil, doch wenn Theo mich nicht einmal in die Akte blicken ließ, würde er mir auch keinen Blick auf Kamils Leiche werfen lassen.

Margret und ich würden einen anderen Weg finden müssen.

Kapitel 16

Matej Medved
Spedition Wächtersbacher, 03:00 Uhr

Um drei Uhr nachts war auf der Spedition Wächtersbacher noch reger Betrieb.

Nicht von außen. Außen sah alles still und verlassen aus. Das Bürogebäude war komplett dunkel und man hatte die Rollläden des Containers heruntergelassen. So konnte man die ganze Nacht arbeiten, ohne dass es neugierige Augen sahen. Hier achtete man penibel auf Sicherheit.

Eine Sicherheitsfirma, wie die, wo Mats angestellt war, gab es nicht. Hier achtete man selbst auf die Sicherheit. Hier streunte keiner herum, dafür sorgte man.

Wenn Medved in einer Sache gründlich war, dann war es diese. Jedem war klar, wie wichtig das war.

Medved war einer der Einzigen, die in dieser Nacht noch hinter den Vorhängen arbeitete. Es war das erste Mal, dass er sich in dieser Woche hier blicken ließ. Imrich wollte unbedingt etwas mit ihm besprechen. Die beiden saßen in dem Büro des Chefs. Die Stimmung war spürbar gereizt.

»Wir können es nicht zulassen, dass einfach fremde Menschen mein Gelände betreten. Auch tagsüber ist das viel zu gefährlich. Dieser scheiß Lkw-Fahrer ist bestimmt nicht der Einzige, der sein Maul für ein paar

Euros aufmacht.«

»Ich bin doch deiner Meinung, aber wir müssen dafür sorgen, dass unsere Tarnung bestehen bleibt. Dafür sind Kunden nun mal notwendig. Immerhin kommen immer weniger echte Kunden. Unsere Lieferungen befördern nun fast ausschließlich die Ware. Es ist nur notwendig, sich um die Probleme zu kümmern und Margret Seidel ist ein solches Problem. Außerdem musst du endlich mal aufhören über diesen Fahrer zu reden. Ich habe mich schon darum gekümmert, doch jetzt müssen wir das wahre Problem sehen!« Imrich stand auf und guckte zwischen den Rollläden durch das dreckige Fenster. Auch wenn nun jeder Unbefugte sofort über Funk gemeldet wurde, wollte er nichts dem Zufall überlassen.

»Ich habe es Jakub schon erklärt. Was meinst du denn, was wir tun sollen? Wenn wir die Schachtel anzeigen, werden die Bullen erst recht stutzig. Was soll eine Spedition gegen eine Spaziergängerin haben?«

Imrich seufzte. Medved war nicht komplett dumm, doch er fing immer am falschen Ende an zu denken. »Das würde auch nichts bringen. Wir müssen sie einschüchtern. Das ist der einzige Weg.«

Medved grunzte. Er wollte sich wegen so einem kleinen Problem nicht seine Hände schmutzig machen. »Ein paar Drohbriefe und böse Telefonanrufe werden da nicht viel ändern.«

Drohbriefe und böse Telefonanrufe? Dieser Mann war wirklich ein Idiot!

»Lass das mal meine Sorge sein, Boss. Ich werde

mich schon darum kümmern.«

Imrich drehte sich um und ging hinaus. Wut stieg in Medved auf. Es passte ihm gar nicht, dass seine Mitarbeiter einfach das taten, was sie wollten. Schon Jakub hatte ihn fast zur Weißglut getrieben. Wenn Imrich länger geblieben wäre, hätte man eine andere Lösung gefunden. *Er* hätte eine andere Lösung gefunden.

Obwohl. Eigentlich störte es ihn nicht, dass Imrich sich auf seine Weise um dieses Problem kümmerte. Die Alte würde schon sehen, was sie davon hat.

Kapitel 17

Lisa
In der Dunkelheit …

10 Tage. Lisa konnte es nicht genau sagen, doch sie war sich ziemlich sicher, dass sie nun schon so lange in dieser Hölle gefangen war.

Die Männer hatten endlich mehr Wasser und Essen gebracht. Wahrscheinlich wussten sie, dass ansonsten bald kein Lebender mehr hier drin sein würde.

Generell hatte sich ihre Lage leicht verbessert. Nachdem einer von ihnen die große Tür geöffnet und den bestialischen Gestank mitbekommen hatte, hatten sie entschieden, dass ihre Gefangenen einmal pro Tag auf die Toilette gehen durften.

So kam es, dass Lisa an diesem Tag das erste Mal etwas Sonnenlicht abbekam. Es hat ziemlich wehgetan. Ihre Augen hatten sich an die Dunkelheit gewöhnt und die starken Sonnenstrahlen waren nun unerträglich. Trotzdem hatte das Mädchen die wenigen Minuten genossen. Frische Luft und etwas Bewegung wurden zu etwas Wunderbarem.

Die Männer hatten akribisch darauf geachtet, dass keiner ihrer Gefangenen zu viel sehen konnte. Die Sonnenstrahlen bekam man aber trotzdem mit. Auf dem Weg wurden ihnen die Augen verbunden. Erst auf dem kleinen Plumpsklo wurde ihnen die Augenbinde abgenommen. Auch da standen sie unter ständiger Beobachtung. Lisa hatte es dennoch geschafft, ein bisschen von ihrer Umgebung zu sehen. Das Tuch war ein Stück verrutscht und sie konnte zur rechten Seite eine Straße erkennen, auf der im Sekundentakt Lastwagen langdonnerten. In weiter Entfernung vermutete sie einen Wald. Ein Mann ging so neben ihr, dass die Fahrer keine Sicht auf sie hatten. Es war sowieso unwahrscheinlich, dass sie jemand bemerkte, weil die Fahrzeuge sehr schnell fuhren und keiner einen Blick auf die drei Personen am Straßenrand warf. Die kleine Hütte, in die die Männer sie auf die Toilette führten, war voll mit Graffiti und es stank erbärmlich. Die Kacheln an der Wand waren braun. Den Grund dafür wollte Lisa sich gar nicht ausmalen. Auf dem Boden flitzen kleine Tierchen lang und sie glaubte, auch Kakerlaken zu erkennen. Etwas weiter entfernt hörte man ein Fiepen. Hier wollte man nicht lange bleiben, weshalb sie so schnell wie möglich ihr Geschäft verrichtete.

Sie wurde zurück zu ihrem Gefängnis geführt und sie legte sich ein paar Stunden schlafen. Mehr als ein paar Stunden Schlaf waren auch nicht möglich. Immer hatte sie Angst, dass etwas passieren würde und der Schlaf war sowieso von Albträumen geprägt.

Mit einem ängstlichen Gefühl wachte Lisa wieder auf. Vielleicht hatte sie mehrere Stunden geschlafen, vielleicht waren es auch nur wenige Minuten. Für einen Moment hielt sie den dunklen Raum für einen Traum, doch dann wurde ihr wieder bewusst, dass es grausame Realität war. Die anderen Gestalten, die sie glaubte auszumachen, schienen zu schlafen. Langsam drehte sie sich zur Seite. Durch den kleinen Schlitz neben ihr konnte sie erkennen, dass es Tag war. Lisa wollte sich gerade abwenden, als auf einmal Stimmen zu hören waren. Sie waren nur ganz leise, aber sie war sich sicher, dass sie von den Männern kam.

»Hast … Anruf aus Deutsch - … Zeit drängt …« Sie konnte nur Bruchteile verstehen, doch langsam kamen die zwei Männer näher. Wenigstens sprachen sie noch ihre Sprache. Manche von den Männern sprachen nur ein ausländisches Kauderwelsch, was sie als Deutsch vermutete. »Er hat gesagt … sollten wir uns darum nicht bald kümmern?«

»Noch etwas Geduld … die Fahrt sollte bald beginnen.«

Die Männer gingen ein paar Schritte weiter. Dann standen sie direkt hinter der Wand. Lisa legte ihr Ohr vorsichtig an die Holzwand. Nun durfte sie nicht das geringste Geräusch machen. »Wir können nicht mehr lange warten. In ein paar Stunden muss etwas passieren«, sagte der eine.

»Ich verstehe dich. Gleich werde ich den Chef anrufen. Dann wird sich etwas ändern. Das muss es einfach.« Der andere brummte eine Zustimmung. Dann hörte es sich so an, als würden sie in verschiedene Richtungen weggehen.

Verunsichert lehnte sich Lisa wieder zurück. Sie war sich sicher, dass die beiden über ihre Gefangenen geredet haben.

In wenigen Stunden würde also etwas passieren …

Kapitel 18

Mats Jäger
Das Wohnhaus, 10:00 Uhr

Es überraschte mich wenig, dass Margret sofort von der Idee begeistert war, in die Gerichtsmedizin einzubrechen. Nach einem doch ziemlich unproduktiven letzten Tag wurde es nun endlich Zeit in Aktion zu treten. Die Idee war mir gestern Abend gekommen und zuerst hatte ich es für einen irrwitzigen Einfall gehalten, der nur ein Resultat meiner Übermüdung war. Doch es war für uns der einzige Weg, meine Theorie zu überprüfen.

Margret war aber nicht gleich damit einverstanden, dass wir bis in die Nacht warten mussten.

»Bei dem Aufklären eines Verbrechens zählt jede Stunde. Die meisten Vergehen werden nach den ersten 24 Stunden geklärt. Da hinken wir schon hinterher«, meinte sie überzeugt.

Am Ende konnte ich sie doch noch überzeugen. Wir konnten dadurch den ganzen Tag nutzen, um uns einen Überblick über die Gerichtsmedizin zu verschaffen. Als Fremde tagsüber in ein gut besuchtes Institut einzudringen war sowieso utopisch. Ganz davon abgesehen ständen dann die Chancen gar nicht so schlecht, dass wir mitten in eine laufende Obduktion platzen würden. Das wollte keiner.

Außerdem wollte ich die Zeit nutzten, um mir einen

eigenen Überblick über die Spedition zu verschaffen. Durch Google Maps hatte ich zwar schon ein ungefähres Bild von dem Gelände, doch ich war gespannt, welche Gestalten sich dort herumtreiben würden.

Wir wollten uns gerade auf den Weg machen und ich überlegte schon, welche Buslinie die beste sein würde, als Margret nach hinten zu den Garagen ging. »Hast du ein Auto?«, fragte ich verdutzt und sie lachte. »Natürlich habe ich ein Auto!«, sagte sie belustigt. Vermutlich wusste sie nicht, dass ich vor knapp einem Jahr meinen Führerschein verloren hatte. Als Zyniker ist das Fahren ziemlich gefährlich, vor allem, wenn man es mit mehreren Promille tut. Doch nun war unser kleines Ermittlerteam endlich mobil.

Das Auto stellte sich als ein Skoda Citigo heraus. Eine Verfolgungsjagd würden wir damit nicht machen können, doch ich war zufrieden. Es war ein angenehmes Gefühl, nicht mehr von Fahrplänen abhängig zu sein und nur noch von Haltestelle zu Haltestelle zu fahren.

Die Spedition erreichten wir so auch viel früher. Margret parkte gekonnt auf der anderen Straßenseite und sie wollte gerade aussteigen, als ich sie zurückhielt. »Warte mal kurz.« Ich deutete zu dem Eingangstor. »Es sieht so aus, als würde man uns beobachten.«

Neben dem Tor stand ein großgewachsener Mann, der direkt zu uns über die Straße blickte. Ein zufälliger Passant könnte meinen, dass er dort kurz Pause machte, doch für uns war eindeutig, dass er dort Wache hielt.

»Ups«, murmelte Margret und stieg wieder in das

Auto. »Was sollen wir jetzt tun?«

»Wir bleiben im Wagen und beobachten, ob etwas Interessantes passiert. Immerhin ist das nicht verboten.« Wir blieben also im Wagen und beobachteten. Der Mann am Tor verschwand nach einiger Zeit. Wahrscheinlich informierte er seinen Boss. Nach kurzer Zeit tauchte er mit einem noch größeren Mann wieder auf. Als Margret ihn entdeckte schrie sie auf. »Das ist er!«, stammelte sie und deutete auf den Mann.

»Wer soll das sein?«

Margret kramte ein Bild heraus, auf dem unverwechselbar der zweite Mann abgebildet war. »Das ist Imrich Vesel. Ich habe ihn bei meinem ersten Besuch auf der Spedition gesehen. Er hat zwei anderen Männern Befehle erteilt. Er scheint nach Medved als nächstes in der Rangordnung des Unternehmens zu stehen. Es hat Stunden an Internetrecherche gedauert, bis ich endlich ein Foto mit Namen von ihm gefunden hatte.« Ich schaute mir das Foto nochmal genauer an. Dieser Imrich war eine Persönlichkeit, der ich auf keinen Fall nachts allein begegnen wollte. Schon das Foto war furchteinflößend. In Natura war es noch bei Weitem schlimmer.

»Lass uns fahren«, schlug ich vor und Margret war sofort einverstanden. Wir hatten genug gesehen.

Unsere nächste Station war die Rechtsmedizin. Aus meiner Dienstzeit wusste ich noch ganz genau, dass die meisten Frankfurter Leichen in die Rechtsmedizin des Universitätsklinikums gebracht wurden. Wir fuhren also in die Ecke der Kennedyallee und der Paul-Ehrlich-Straße zu dem großen Haus mit der Nummer 44, wo ich schon oft genug war, um einer Obduktion beizuwohnen.

Das Gebäude sah von außen gar nicht aus wie eine klassische Gerichtsmedizin, wie immer diese auch aussehen mag. Ich stellte sie mir auf jeden Fall klinischer und nicht wie ein altes Herrenhaus vor.

Das Institut befand sich in einer Jugendstilvilla, die von 8:00 bis 15:30 für den allgemeinen Publikumsverkehr geöffnet war. Meine erste Überlegung war es, dass wir uns einfach einschließen ließen, doch dann wären wir nicht in die für Besucher unzugänglichen Bereiche reingekommen.

Die Lösung bekam ich durch meine Vergangenheit. Durch mein fast fotografisches Gedächtnis konnte ich mich noch ziemlich gut an die Kühl- und Sezierräume erinnern. Dabei gab es angebundene Büroräume, wo die Gerichtsmediziner ihren Papierkram erledigten. Diese lagen, wie die Kühlräume, im Untergeschoss und hatten dadurch Lichtschächte. Wenn es eine Möglichkeit gab einzubrechen, dann war es diese.

Margret war von dieser Idee begeistert. Vorher wollten wir uns noch den Besucherbereich angucken. Ein genereller Überblick könnte uns in der Nacht sehr hilfreich sein. Es war schon 15:00 Uhr, weshalb wir nicht mehr viel Zeit hatten.

Die Eingangshalle war imposant. Früher hatte ich immer den Nebeneingang genutzt und damit definitiv etwas verpasst. Der Boden war komplett aus Marmor und große Säulen schmückten die vom Sonnenlicht geflutete Halle.

An den Wänden standen mehrere Vitrinen, in denen Präparate unterschiedlichster Art ausgestellt waren. Für manch empfindlichen Magen wäre wahrscheinlich das schon zu viel.

Ich hatte eigentlich schon genug gesehen, als Margret plötzlich auf die Rezeption zu ging.

»Ist es auch möglich die echten Sezierräume einzusehen?«, fragte sie den dort angestellten Mann.

»Es tut mir leid, aber wenn Sie keine Medizinstudentin sind, oder sonst in der Arbeit des Instituts involviert sind wird das schwierig.«, antwortete er und ich zog Margret so schnell wie möglich zurück.

»Spinnst du? Wir können uns doch nicht am Tag bevor wir hier einbrechen wollen nachfragen, ob man auch so in die Sezierräume kommt. Der wird sich doch garantiert an dich erinnern.«

Sie versuchte mich damit zu beruhigen, dass man uns sowieso nicht bei unserem Einbruch entdecken würde. Außerdem wisse der Mann ja nicht ihren Namen. Trotzdem hatte ich ein mulmiges Gefühl.

Ansonsten war unser Besuch ganz interessant, führte uns aber nicht näher an unser Ziel. Zu den Lichtschächten traute ich mich jetzt noch nicht, weil ich Angst hatte, dass wir Aufmerksamkeit erregen könnten. Wir machten uns auf den Heimweg und einigten uns darauf, die Sache um Mitternacht durchzuziehen. Margret war immer noch enttäuscht, dass wir einen ganzen Tag verschwendeten, doch ich sagte ihr, dass wenn es ein Verbrechen auf der Spedition gab, dieses auch noch morgen da war. Außerdem versprach ich mir von Kamils Leiche einen Durchbruch. Wenn sein Körper wirklich die Spuren eines Kampfes aufwies, konnten wir damit zur Polizei. Dann war selbst Theo gezwungen in Aktion zu treten.

Margret wollte sich noch den restlichen Nachmittag hinlegen um nachts fit zu sein. Ich brauchte das nicht, weshalb ich in den Keller ging, um ein paar praktische Gegenstände für unseren Einbruch zu suchen. Ich fand einen Bolzenschneider und eine Brechstange, hoffte aber, dass wir ohne sie auskommen würden.

Kapitel 19

Drei Streifenwagen rollten auf das Gelände der Spedition Wächtersbacher. Ihr Erscheinen blieb nicht lange unbemerkt. Kaum hatte Kommissar Thalmann seinen Wagen verlassen stürmte Imrich schon auf ihn zu.

»Was haben Sie hier zu suchen? Der Todesfall wurde einem anderen Ermittler zugeteilt und wenn Sie keinen triftigen Grund haben, sollten Sie am besten sofort wieder verschwinden. Das hier ist ein Privatgrundstück!«

»Ich glaube, Sie haben immer noch nicht den Aufgabenbereich der Polizei verstanden, aber wenn Sie so nett fragen, kann ich Ihnen meinen triftigen Grund zeigen.«

Ohne ein weiteres Wort gab er dem unfreundlichen Mann ein Papier. Imrich las sich das Schreiben sorgfältig durch. Jedoch fiel sein Grinsen schon nach der Überschrift in sich zusammen. Der Kommissar lächelte. Damit hatte Imrich nicht gerechnet.

»Einen Durchsuchungsbeschluss? Auf welche Grundlage wollen Sie das denn stützen?«

»Wir vermuten, dass sich auf diesem Gelände Schmuggelware befindet. Wie Sie sehen können hat dem ein Richter zugestimmt. Wir haben also das Recht uns alles mal ganz genau anzugucken.«

In Imrich stieg Wut auf. Was wollte dieser scheiß Polizist von ihm?

»Das ist doch Willkür! Es gibt nicht den geringsten Hinweis darauf. Das ist doch nur Ihre Rache dafür, dass Sie von dem Fall abgezogen würden. Ich kann dafür nichts!«

Während die zwei sich stritten machten sich die ersten Beamten schon auf dem Weg zu dem Gebäude. Als Imrich dies bemerkte, wollte er zu ihnen rüber, doch Thalmann hielt ihn mit einem nicht ganz unsanften Griff auf.

»Sie können in dem Schreiben gerne nachlesen, warum unser Verdacht rechtskräftig ist. Währenddessen haben weder Sie noch Ihre Angestellten das Recht, sich auf dem Gelände aufzuhalten. Sie führen sich so auf, als würde Ihnen der Laden hier gehören, aber vielleicht sollten Sie mal Ihren Chef, Herrn Medved, informieren.«

»Das werde ich tun«, sagte er und stampfte wütend davon. Am Eingang des Gebäudes wurde er jedoch aufgehalten. In das Büro dürfe er jetzt nicht mehr. Imrich musste sich zusammenreißen den Polizisten nicht anzubrüllen, oder ihn sogar zu schlagen.

Immer mehr Angestellte kamen aus dem Gebäude. Die Beamten achteten genau darauf, dass keine Beweisstücke mitgenommen wurden.

Kurze Zeit später waren nur noch Beamte auf dem Gelände. Auch Thalmann ging nun in das Gebäude. Es würde lange dauern alles zu durchsuchen und auch die kleinste Ecke sich anzuschauen.

Das Bauwerk war größer als gedacht. Es gab drei Stockwerke. Die meisten Räume waren Aktenräume, oder Büros. Der Keller wurde anscheinend als Lagerraum verwendet, er war aber leer.

Überall wuselten Beamte herum. Die ersten grauen Kisten, die für die beschlagnahmten Gegenstände dienten, wurden mit Festplatten und Ordnern gefüllt.

Thalmann ging durch jeden Raum. Man würde die Daten, die hier gefunden werden, in Ruhe von Experten auswerten lassen, doch zuerst brauchte er einen groben Überblick.

Als nächstes nahm er sich den Container vor, der neben dem Gebäude stand. Draußen sah er mehrere Beamte, die sich die Lastwagen genauer anguckten. Auch hier fand man auf dem ersten Blick anscheinend nichts.

Zuerst sah sich Thalmann den Container von außen an. Man hatte ihn am Boden fest verankert und durch eingebaute Fenster und Türen zu einer Art Büro oder Pausenraum umgewandelt.

Zum Glück war die Tür nur angelehnt. Ein schneller Blick verriet ihm, dass es sich tatsächlich um eine Art Büro handelte.

Viel weiter kam er jedoch nicht. Ein weiterer Streifenwagen raste förmlich auf das Gelände. Heraus kam ein wütender Theo Köhler. Thalmann seufzte innerlich.

»Theo, ich kann das erklären.«

»Erklären? Du bist doch komplett verrückt. Was hast du hier mit so vielen Beamten zu suchen?«

Thalmann wollte gerade zu einer Erklärung ansetzten, doch sein Kollege ließ es dazu gar nicht kommen.

»Du bist mit einem gefälschten Durchsuchungsbeschluss hier aufgetaucht um eine Ermittlung zu versauen, für die du gar nicht mehr zuständig bist. Einfach mal so. Ich glaub, ich spinne!«

»So betrachtet sieht es blöd aus, aber ich war mir sicher, dass hier etwas nicht stimmt. Eine Zeugin hat sich zum Beispiel bei uns gemeldet.«

Er verschwieg lieber, dass er höchstpersönlich Margret weggeschickt hat. Die Einschüchterung hatte damals gewirkt, doch jetzt sah er sie nur als Bestätigung. Das war es wert, ohne Absprache mit den Vorgesetzten vorzupreschen und alles auf diese Karte zu setzten. Noch nie war er so davon überzeugt, dass andere Kollegen falsch handelten. Das konnte er nicht weiter mit ansehen. Da musste er einfach selbst in Aktion treten. Bis jetzt war die Durchsuchung eine Pleite, doch man würde etwas finden. Da war er sich sicher.

»Von der Zeugin habe ich schon gehört. Eine Klage wegen Hausfriedensbruch wäre da passender, das haben Sie selbst gesagt, habe ich gehört.«

Thalmann seufzte. Ja, das hatte er gesagt, doch als er sich das Ganze nochmal durch den Kopf gehen ließ, fiel ihm auf, dass die alte Frau gar nicht so unrecht hat. Imrich Vesel kam ihm sofort wie ein Arsch vor und einen Mord konnte er diesen Mann auf jeden Fall zutrauen.

»Ich war mir sicher, dass wir etwas finden würden. Meine Theorie ist, dass hier ein Schmuggelhandel am Laufen ist und dieser *Unfall* ein schiefgegangener Handel war. Die ziehen hier eine ganz miese Nummer ab.«

Theo wurde etwas ruhiger. »Habt ihr wenigstens etwas gefunden?«

»Noch nicht, aber wir stehen bestimmt kurz davor.«

»Vergiss es! Dann ist hier nichts. Du wirst jetzt sofort mit deinen Leuten verschwinden. Alles, was ihr beschlagnahmt habt, bleibt natürlich hier. Für diese Aktion wirst du dich bei Winter verantworten müssen!«

Frustriert ging Thalmann zurück zu seinem Streifenwagen. Es hatte keinen Sinn mit Theo Köhler zu streiten und eigentlich hatte er auch Recht. Es war eine überstürzte Aktion, in die er auch noch andere Kollegen reingezogen hat.

Auch die anderen Beamten waren nun auf dem Rückzug. Gemächlich betrat Imrich wieder das Gelände und trottete provozierend langsam an dem Kommissar vorbei.

»Siehst du, Arschloch?«, flüsterte er, doch Thalmann reagierte darauf nicht. Er hatte genug.

Seine Autotür wurde zugeschlagen und die Beamten fuhren davon. Die Schlacht war verloren. Einen Krieg würde es für Thalmann nicht geben. Sein Vorgesetzter, Hannes Winter würde sicher sehr wütend auf ihn sein und es war mit ernsthaften Konsequenzen zu rechnen. Er hatte seinen Standpunkt klargemacht. Nun lag die Verantwortung in anderen Händen.

Kapitel 20

Mats Jäger
Das Wohnhaus, 23:00 Uhr

Um kurz vor 23:00 Uhr machten wir uns in schwarzer Kleidung, mit Taschenlampen und dem Werkzeug auf den Weg. Die Jugendstilvilla lag vollkommen verlassen da und nur die Straßenlaternen spendeten etwas Licht.

»Bist du dir sicher, dass wir das wirklich durchziehen wollen?«, fragte ich Margret noch. Mir waren erste Zweifel gekommen, weil wir nun ein Verbrechen begangen und ich mir nicht sicher war, ob das wirklich durch unsere Ermittlungen gerechtfertigt sein würde. Margret winkte ab und wir machten uns mit einem mulmigen Gefühl auf den Weg. Es war 23:07 Uhr.

Wir versuchten es bei den Lichtschächten hinten am Gebäude, damit man uns nicht von der Straße aus sehen konnte. Die Gitter waren mit schweren Vorhängeschlössern gesichert, die ich aber mit dem Bolzenschneider ohne Mühe durchtrennen konnte. Ein Dietrich hätte hier zu lange gedauert. Ich kletterte in den circa einen halben Meter tiefen Schacht. Die Tasche mit den Werkzeugen ließ ich draußen. Wir würden sie drinnen sowieso nicht brauchen und sie würden uns eher behindern.

Wie erwartet war es im Büro dunkel. Nun kam der schwierige Teil. Irgendwie musste ich das Fenster öffnen. Zum Glück war das Gebäude schon alt, weshalb auch die Fenster nicht auf dem neusten Stand waren. Es war nur mit einem kleinen Haken verschlossen. Wegen des schwülen Wetters war das Fenster auf Kipp, weshalb ich mit einem Draht den Riegel beiseiteschieben konnte. Das hört sich einfacher an, als es ist. Ich brauchte eine gefühlte Ewigkeit, bis der Haken mit einem leisen *Klick* nachgab.

So leise wie möglich kletterten wir in das Büro. Ich traute mich nicht das Licht anzumachen, es waren noch garantiert Personen in dem Gebäude. Immerhin werden Leichen auch nachts in die Kühlung gebracht und in einem solchen Institut gab es garantiert auch einen Sicherheitsdienst. Ein Lichtschein durch den Türspalt würde die sicher stutzig machen.

Bevor ich die Tür öffnete, lauschte ich erst ein paar Minuten. Alles schien verlassen zu sein. Ich wollte die Tür öffnen, doch es ging nicht. Abgeschlossen.

Damit hätte man rechnen müssen. »Schlüssel«, flüsterte ich zu Margret und sie verstand sofort. Es war nicht unwahrscheinlich, dass es einen Ersatzschlüssel in dem Büro gab. Es war ja nicht das Ziel, Personen hier einzuschließen.

Schnell wurde Margret fündig. Nun hatten wir sogar ein ganzes Schlüsselbund. Obwohl ich mir Mühe gab, das Schloss so leise wie möglich aufzuschließen, hörte es sich doch unglaublich laut an.

Das Büro führte zu einem Flur, der mit weißen Kacheln gefliest war. Die Notbeleuchtung versetzte den Flur in ein gruseliges, grünes Licht. Ein Schild verwies uns nach rechts.

Die Temperatur hatte merklich abgenommen und in meinem T-Shirt wurde mir fast schon kalt. Zu dieser Jahreszeit war es bestimmt ganz angenehm hier zu arbeiten. Mal ganz von den Leichen und dem Geruch abgesehen.

Der Flur machte einen Knick und nach etwa zwanzig weiteren Metern endete er mit zwei schweren Stahltüren. Sie waren verschlossen, doch mit unserem Schlüsselbund war das kein Problem. Schnell schloss ich hinter mir die Tür und für einen Moment waren wir in komplette Dunkelheit gehüllt.

In diesem Raum gab es keine Notbeleuchtung, weshalb ich notgedrungen meine Taschenlampe anmachen musste. Wir befanden uns im Sezierraum. In der Luft lag ein süßlicher, beißender Geruch, der Margret kurz würgen ließ. Ich kannte den Geruch schon, doch es kostete jedes Mal wieder Überwindung. Manche sagen, der Geruch wäre nur Einbildung, doch das glaubte ich nicht. Mein erster Blick ging zu den Gummistiefeln, die neben der Tür standen. Es war irgendwie grotesk.

Mein zweiter Blick ging zu den drei stählernen Tischen, die an ihren Enden Abflüsse hatten um die Körperflüssigkeiten abzulassen. Die Tische waren zum Glück leer, doch der Gedanke, dass hier noch vor Stunden Leichen aufgeschnitten wurden, ließ es mir kalt über den Rücken laufen.

»Das ist ja echt ekelig hier«, murmelte Margret, und ich konnte ihr nur zustimmen. Wir hielten uns nicht lange auf und machten uns auf die Suche nach den

Kühlräumen. Die Gläser mit den Organen und die Werkzeuge, dessen Sinn ich mir nicht ausmalen konnte, wollte ich so schnell wie möglich hinter mir lassen.

Eine angrenzende Tür führte in eine einzelne Kühlkammer, die jedoch leer war. Die einzig weitere Tür führte in die größere Leichenhalle. Der Raum hatte eine beklemmende und gruselige Atmosphäre. Obwohl ich schon viele Leichen gesehen hatte ließ mich das Gefühl, mit mehreren Toten in einem Raum zu sein, nicht kalt. Direkt am Eingang stand eine Bahre, auf der ein mit einem weißen Tuch eingehüllter Toter lag. Vielleicht wurde er erst in dieser Nacht angeliefert.

Für einen kurzen Moment wirkte es so, als würde sich der Tote etwas bewegen. Ich hätte vor Schreck beinahe aufgeschrien. Voller Angst beobachtete ich die Gestalt einige Minuten lang, doch jetzt blieb sie völlig still liegen. Wenn ich etwas mehr Mut gehabt hätte, hätte ich das Tuch angehoben um ganz sicher zu gehen, doch ich redete mit ein, dass mir meine Gedanken nur einen Streich gespielt hatte.

Mit einem mulmigen Gefühl ging ich weiter. Es war nun wirklich kalt und ich bereute es, dass ich nur mein schwarzes T-Shirt angezogen hatte.

»Wie wollen wir unseren Kamil jetzt finden?«, fragte Margret und ich war mir selbst nicht sicher, wie wir das anstellen wollten. In einer der Kühlkammern würde er liegen, doch ich hatte garantiert nicht vor jede einzelne zu öffnen und nachzusehen. Auf den Klappen waren nur Nummern, sodass wir so nicht weiterkommen würden.

»Vielleicht gibt es irgendwo Aufzeichnungen, die uns weiterhelfen.« Wir machten uns wieder auf die Suche und ich wurde mit einem Lageplan, der an die weißen Kacheln geklebt war, fündig.

Hier hatte die schleppende Digitalisierung endlich mal etwas Gutes. Alles war noch auf Papier vorhanden und ein Computer, oder gar ein Tablet, war nirgends zu sehen. Ein Computerpasswort zu knacken wäre für uns unmöglich gewesen. So konnten wir ganz bequem auf den Lageplan gucken.

Kamil Walczak hatte die Nummer 03 56 02. Eine ganze Existenz reduziert auf eine Nummer.

Ich fing an, in einem abgetrennten Bereich von Kühlkammern zu suchen, bis mein Blick auf ein rotes Schild mit der Aufschrift Tollwut stieß. Erschrocken taumelte ich einen Schritt zurück. Hier würde ich nicht fündig werden.

Bei den hinteren Kammern war Margret schnell erfolgreich. Kamils Leiche war in der Mitte gelagert und so für uns leicht zugänglich. »Sollen wir das wirklich tun?«, fragte ich Margret. Die Zweifel verstärkten sich, ob wir wirklich auf der richtigen Spur waren. Außerdem war das Gefühl, dass wir etwas Falsches taten, immer noch nicht verschwunden.

»Es ist der einzige Weg, um herauszufinden, was mit Kamil Walczak passiert ist. Wir müssen das tun«, entgegnete Margret.

Für einen kurzen Moment stellte ich mir vor, was uns gleich erwarten würde. Es muss ein ziemlicher Akt gewesen sein die Leiche von der Spedition zu entfernen.

Nicht nur, dass man sie vom Spieß lösen musste. Die einbetonierten Beine hatten den Sanitätern bestimmt ernsthafte Probleme bereitet. Zu alldem lag der Tod zu diesem Zeitpunkt wahrscheinlich sechs bis acht Stunden zurück. Die Leichenstarre war also voll ausgeprägt. Erst nach zwei bis drei Tagen löst sie sich dann langsam wieder.

Ich atmete ein letztes Mal durch und öffnete mit einem Ruck die Klappe. Ein Schwall kalter Luft kam uns entgegen. Ich wusste nicht, wie Kamil Walczak zu Lebzeiten aussah, doch nun war er ganz blass und man hatte seinen Kopf rasiert. Ein durchgezogener Schnitt ließ erahnen, dass man sein Gehirn entfernt hat.

Auf der Rückseite der Klappe war ein Zettel mit Informationen zu dem Toten eingeklemmt. Neben Name, Größe und anderen Merkmalen war auch die Todesursache und der obduzierende Arzt eingetragen. Bei Todesursache war Unfall angekreuzt und obduziert wurde Kamil Walczak von einem gewissen Dr. Michael Blevins. Ich kannte den Gerichtsmediziner sogar noch von meinen früheren Obduktionen.

Durch ein Schienensystem konnte man die Trage aus der Kühlkammer herausziehen. Die Leiche war vollkommen nackt und aus Pietätsgründen wollte ich den unteren Bereich mit einem Tuch bedecken. Dabei sah ich auch seine Beine. Man hatte es tatsächlich geschafft sie vollständig aus dem Beton zu befreien. Jedoch sahen sie nicht mehr wie echte Beine aus. Die Knie waren definitiv gebrochen. Beide Beine waren bis zu den Knien grün und blau und wirkten vollkommen verkümmert. Der Tod hatte sich bei Kamil Walczak in all seinen Facetten ausgeprägt. Bei dem Anblick wurde mir schlecht. Ich legte schnell das Tuch drüber.

Auch der Torso war kein Anblick für schwache Nerven. Man erkannte gut den Y-förmigen Schnitt, mit dem die Gerichtsmediziner den Körper für die innere Leichenschau geöffnet hatten. Auf der linken Brust war gut das Eintrittsloch des Spießes zu erkennen. Die Wunde hatte einen Durchmesser von circa zwei Zentimetern.

Besonders interessant fand ich allerdings die gebrochene Nase und die Blessuren sowohl in seinem Gesicht, als auch auf seinem Oberkörper. Nach einem Unfall sah das nicht aus. Er wurde regelrecht zusammengeschlagen. Auch Margret schien dies aufzufallen, denn sie sog erstaunt die Luft ein. Trotzdem wich sie mit ihrem Blick immer wieder ab.

Ich hatte Margret bis jetzt als taffe und starke Person erlebt, doch der Anblick der Leiche machte ihr sichtlich zu schaffen. »Wenn du willst, kannst du auch draußen warten«, sagte ich zu ihr.

»Du machst wohl Witze. Ich lasse dich unseren Fall doch nicht alleine lösen. Es ist nur so, dass ich noch nie eine echte Leiche gesehen habe. Ich hätte nicht erwartet, dass es so schlimm wird.«

Ich verstand Margrets Kummer. Echte Leichen sehen nun mal ganz anders aus als im Film. Auch ich hatte mich bei meiner ersten Obduktion alles andere als wohl gefühlt. Mit der Zeit wird das auch nicht besser. Man gewöhnte sich einfach an nur das ungute Gefühl.

Es wunderte mich etwas, dass sie als ehemalige Journalisten noch nie eine Leiche gesehen hat. Doch vielleicht arbeitete sie in einem Ressort, dass eher unblutig war. Obwohl ich bis jetzt eigentlich dachte, dass sie für die übelsten Gewaltverbrechen zuständig war.

»In welchen Ressort hast du bei deiner Zeitung eigentlich gearbeitet?«, fragte ich sie und sie fing an zu grinsen. »Wirtschaft«, war ihre knappe Antwort, doch schon der plötzliche Themenwechsel nahm ihr spürbar die Anspannung.

Ich wandte mich wieder der Leiche zu und holte einen Fotoapparat heraus. Margret stieß mich von hinten an und ich wäre zu meinem Erschrecken fast auf die Leiche gefallen. »Bist du verrückt? Du kannst doch nicht einfach Fotos von einem Toten machen! Das ist doch garantiert illegal«, zischte sie.

»Ein Einbruch in die Gerichtsmedizin ist mindestens genauso illegal. Wir brauchen die Fotos, damit man uns bei der Polizei glaubt«, entgegnete ich.

Gerade, als ich die ersten Fotos schießen wollte, ging hinter uns das Licht an. Wir beide zuckten erschrocken zusammen und schalteten panisch die Taschenlampen aus. Im Sezierraum hatte jemand das Licht angeschaltet! Noch lag der Kühlraum einigermaßen im Dunkeln, doch ich hatte vergessen die Tür zu schließen. Wer immer in dem anderen Raum war konnte uns noch nicht sehen. Wenn er nur wenige Schritte weiterging, würde er die offene Tür sehen und auch uns entdecken.

»Wir müssen uns in den Kühlfächern verstecken. Wie im Film«, flüsterte ich. Panisch schüttelte Margret den

Kopf und auch mir wurde bewusst, dass das eine blöde Idee war. Ich nahm Margret an die Hand und zog sie weiter in den Raum. Hauptsache weg von der Tür.

Der Kühlraum war keine 50 qm groß und bot kaum Möglichkeiten für ein Versteck. Ich drängte sie in eine Nische zwischen einem Stahlschrank und der Wand, doch es war kaum Platz für uns beide. Wenn man auch in diesem Raum das Licht anmachte, würde man uns sofort sehen.

»Hast du nicht deine Waffe dabei?«, flüsterte Margret zu mir. Ich starrte sie entsetzt an, was sie in der Dunkelheit mit ihren schlechten Augen wahrscheinlich gar nicht bemerkte.

»Natürlich nicht! Ich bin kein Kommissar mehr und habe folglich auch keine Pistole«, zischte ich. Ganz davon abgesehen waren wir überhaupt nicht in der Situation, die einen Schusswaffengebrauch rechtfertigen würde. Wir waren diejenigen, die unrechtmäßig hier waren.

Die Schritte kamen immer näher. Instinktiv schloss ich kurz meine Augen. Wenn wir jetzt nichts unternahmen würden wir entdeckt werden. Leise schlich ich zu der Tür zurück.

Die Person im Sezierraum musste nun direkt auf der anderen Seite der Wand stehen. Für einen Moment passierte gar nichts. Vielleicht hatte die Person die offene Tür entdeckt. Vielleicht war aber auch gar nichts und die Person wollte wieder umdrehen und gehen. Mein Puls stieg auf jeden Fall ins Unermessliche.

Dann hörte man wieder die Schritte und ich konnte

einen Schatten in der Tür sehen. »Was ist denn hier los?«, murmelte der Fremde und ging noch einen Schritt weiter in den Raum. Das war mein Einsatz.

Ich stürzte aus meiner Deckung und schubste den Fremden von mir weg. Dieser schrie überrascht auf und wäre beinahe gestürzt, konnte sich aber gerade noch fangen. Margret und ich machten unsere Taschenlampen wieder an und blendeten ihm ins Gesicht.

Der Anblick überraschte mich wenig. Es war Dr. Blevins.

»Was soll das? Was ist hier los?« Der Mann schrie die Worte fast. Mein Überraschungsangriff schien ihn komplett verwirrt zu haben.

»Ganz ruhig, Dr. Blevins. Ich bin Hauptkommissar Jäger vom LKA. Sie müssen keine Angst haben.« Um meine Aussage zu unterstreichen nahm ich die Taschenlampe aus seinem Gesicht.

»Kommissar Jäger? Was machen Sie hier mitten in der Nacht? Ich dachte Sie arbeiten nicht mehr bei der Polizei.« Der Gerichtsmediziner schien immer noch aufgewühlt, doch in seinem Gesichtsausdruck hatte sich etwas verändert.

»Die Frage ist eher, was Sie hier machen! Ich glaube Sie wollen Beweise vernichten. Sagt Ihnen der Name Kamil Walczak etwas?«

Zugegeben, es war hoch gepokert. Erst gab ich mich als Polizist aus (so langsam wurde das zur Routine) und dann brachte ich solch hohe Anschuldigungen vor. Mein Gefühl und sein Gesichtsausdruck sagten mir, dass ich damit gar nicht so falsch lag.

»Ich bin hier, weil ich hier arbeite, und natürlich sagt mir der Name etwas, weil ich ihn obduziert habe«, sagte der Gerichtsmediziner, doch seine Fassade war gebrochen. Verzweifelt blickte er sich um, doch Margrets grimmiges Gesicht wirkte nicht gerade beruhigend auf ihn.

»Dann gucken wir uns die Leiche doch mal an. Was stand nochmal in Ihrem Bericht? Es war ein Unfall?« Ich drehte mich um, doch Dr. Blevins hielt mich zurück. »Ist schon gut! Kommen Sie in mein Büro. Dann erkläre ich Ihnen alles. Die einzige Bedingung ist, dass ich zuerst mit Ihnen privat spreche. Egal, ob Sie nun noch im Dienst sind oder nicht, rede ich zu Mats Jäger und nicht zu dem Kriminalkommissar. Das Gleiche gilt natürlich auch für ihre Freundin.« Blevins deutete auf Margret. Wir waren natürlich einverstanden. Der Bluff hatte funktioniert. Wenn wir ihn nicht so schnell und energisch konfrontiert hätten, hätte es wahrscheinlich nicht geklappt. Man sah ihm an, dass alle Dämme gebrochen waren. Nun musste es schnell weitergehen.

Ich schob Kamil noch eilig zurück in die Kammer und folgte dann Margret und dem Gerichtsmediziner in sein Büro. Dort ließ dieser sich erschöpft in seinen Bürostuhl fallen. Margret und ich standen auf der anderen Seite des Tisches. Taktisch war der Gerichtsmediziner nun im Nachteil. Es war immer schlauer, wenn man bei einem Gespräch die höhere Position hat.

»Wo soll ich nur anfangen?«, murmelte Dr. Blevins, fing dann jedoch gleich mit seinem Monolog an. »Es begann alles vor knapp einem Jahr. Meine Frau und ich hatten gemeinsam gegessen und als wir gerade zurück in unser Haus wollten fiel mir auf, dass das Schloss unserer Haustür geknackt wurde. Meine Frau wollte natürlich gleich, dass wir die Polizei rufen, doch ich wollte erst mal nachsehen, was los war. Um ganz ehrlich zu sein waren wir damals etwas knapp bei Kasse und es war die ideale Gelegenheit um die Versicherung etwas zu täuschen.« Entschuldigend blickte der Arzt uns an, doch als Margret und ich ihn nur schweigend ansahen fuhr er fort. »Auf jeden Fall erwartete uns in dem Haus etwas völlig anderes. Drei schwarz gekleidete Männer überwältigten uns. Zuerst dachte ich, sie haben in der Wohnung nichts Wertvolles gefunden und wollten nun uns überfallen, doch zwei von ihnen packten meine Frau und der dritte hielt ihr ein Messer an die Kehle. Ich hatte wahnsinnige Angst und dachte, sie würden meine Frau nun töten, oder ihr noch Schlimmeres antun. Doch dann nahm der Dritte seine Maske ab und ging auf mich zu. Er sagte, dass er meine Frau jederzeit töten könne.« Margret kramte das Foto von Imrich hervor und zeigte es Michael Blevins.

»War das der Mann?« Blevins nickte.

»Das war er. Ich werde sein Gesicht niemals vergessen. Er sagte mir, dass meine Frau leben könne, wenn ich ihm einen Gefallen tun würde. Ich hätte in diesem Moment alles getan. Er wollte nur, dass bei der Obduktion von Ollie Clay eine natürliche Todesursache herauskommen würde. Ollie Clay war ein unglücklicher Fernfahrer, der bei mir auf dem Tisch gelandet ist, weil er gegen einen Baum gerast ist. Ich hatte den Verdacht, dass er unter Drogen stand und wollte mir die Sache deswegen etwas genauer anschauen. Als meine Frau bedroht wurde, war mir das vollkommen egal. Ich versprach dem Mann, dass es kein Problem sei und die drei zogen ab. Am nächsten Tag führte ich die Obduktion von Clay alleine durch, was gar nicht so einfach war. Bei einer Obduktion müssen eigentlich immer zwei Mediziner anwesend sein. Das ist Pflicht und meistens sind auch noch Assistenten dabei, die die Leiche reinigen und möglichst unterstützen. Jeder meiner Schritte wäre von einem Kollegen überwacht worden. Jedoch haben wir einen ziemlichen Personalmangel im Institut, weshalb es keinem wirklich auffiel.«

»Und, stand Clay unter Drogen?«, fragte Margret. Blevins schaute sie mit einem resignierten Blick an. »Danach habe ich gar nicht mehr geguckt. Ich habe die Leiche nur aufgeschnitten, damit keiner Misstrauisch wird. Keiner hat etwas gemerkt und die drei ließen mich und meine Frau in Ruhe. Bis der Mann vorgestern wieder anrief und mir sagte, dass es einen neuen Auftrag gebe. Er erinnerte mich nochmal, dass er meine Frau auf der Stelle töten würde und so wurde auch der Fall Kamil Walczak zu einem Unfall.« Einen Moment lang sagte keiner von uns ein Wort. Ich überlegte, was ich getan hätte, wenn ich in seiner Situation gewesen wäre. Ohne Frage hätte ich alles für Katharina getan. Auch wenn Blevins wahrscheinlich dazu beigetragen hat, zwei Morde zu vertuschen, konnte ich über diesen Mann nicht urteilen.

»Und Ihre Frau ließ es einfach zu, dass Sie nicht zur

Polizei gingen?«, fragte Margret leise.

»Natürlich verlangte sie sofort, dass ich zur Polizei gehen sollte. Ich war auch kurz davor. Ich stand schon vor dem Polizeipräsidium, doch was wäre, wenn der Mann seine Drohung tatsächlich wahr machte? Ich hätte es mir niemals verziehen, wenn meiner Frau etwas passiert wäre. Meine Entscheidung war dann auch richtig. Eine Woche später lag auf diesem Schreibtisch ein Umschlag mit Fotos. Ein paar zeigten mich, wie ich vor der Wache stand, doch die anderen zeigten meine Frau. Meine Frau beim Einkaufen, meine Frau im Auto, meine Frau bei der Gartenarbeit. Mein Gott, ein Foto zeigte uns sogar schlafend. Ab dem Zeitpunkt war für mich klar, dass ich nichts mehr unternehmen werde.« Mich beschämte die Geschichte in diesem Moment, wenn sie mich nicht sogar wütend machte. Der Mord an Kamil war kein Zufall. Ich hatte einen Mord im Affekt erwartet, doch das klang nach etwas ganz Anderem. Es klang nach einer Hinrichtung.

»Ich hätte noch eine letzte Frage an Sie«, sagte ich. »Warum waren Sie vorhin in der Gerichtsmedizin?«

Die Erklärung, dass er wegen der Arbeit da war, kaufte ich ihm immer noch nicht ab. Selbst wenn er für die Nachtschicht eingeteilt wäre, um die in der Nacht anstehenden Toten anzunehmen, wäre er niemals ohne Grund in den Sezierraum gegangen. Außerdem war das eine Aufgabe, die kein Gerichtsmediziner übernehmen würde. Dafür waren meistens Studenten zuständig. Es musste also eine andere Erklärung für sein Erscheinen geben. »Sie lagen gar nicht so falsch mit Ihrer Vermutung, dass ich Beweise verschwinden lassen wollte. Die Obduktion war eigentlich einer Kollegin zugeordnet. Ich wollte ihr heute einen Fall von mir zuweisen und hatte gehofft, dass sie es nicht bemerken würde.«

Damit war alles geklärt. Noch hatten wir den Mörder nicht gefunden, doch ich war mir ziemlich sicher, dass Imrich der Schuldige war. Wir waren aber einen ganz bedeutenden Schritt weitergekommen: wir hatten den Beweis, dass Kamil Walczak tatsächlich ermordet wurde. »Sie müssen eine Aussage bei der Polizei machen«, sagte ich entschieden, doch Dr. Blevins schaute mich entgeistert an.

»Das kann ich nicht machen! Der Mann hat mir gesagt, dass er Informanten bei der Polizei hat. Es ist schon ein Risiko mit Ihnen zu sprechen.« Das änderte die Lage natürlich komplett. Ich konnte nicht sagen, ob Imrich die Wahrheit gesagt hat, doch wenn er einen Gerichtsmediziner erpressen konnte, schaffte er es vielleicht auch bei einem Polizisten.

In diesem Moment kam mir ein schrecklicher Verdacht: was ist, wenn Theo erpresst wird?

Sein Verhalten war wirklich sehr merkwürdig gewesen. Er hatte eine achtjährige Tochter, für die er Alles tun würde. Imrich hätte also einen Weg finden können um ihn zu erpressen.

»Sie informieren uns sofort, wenn sich der Mann wieder bei Ihnen meldet und dafür müssen Sie nicht zu Polizei gehen. Ist das für Sie okay?« Wir machten uns damit zwar mitschuldig an der Vertuschung, doch wir konnten es nicht riskieren, dass die Informationen tatsächlich an einen Maulwurf gerieten.

»Sie dürfen nur nichts Ihren Kollegen erzählen. Niemandem können Sie vertrauen!« Ich erklärte Dr. Blevins, dass ich gar nicht mehr bei der Polizei war, sondern als eine Art Privatermittler agierte. Dies schien ihn zwar nur weiter zu verwirren, doch er war mit unserem Pakt einverstanden. »Wir werden vorsichtig sein, doch es kann immer etwas passieren. Sie sollten vielleicht Ihre Frau in Sicherheit bringen und auch für Sie wäre es das Beste, wenn Sie sich ein paar Tage freinehmen würden«, meinte ich zu Dr. Blevins. Imrich Vesel war in letzter Zeit so aktiv wie noch nie und man musste sie ja nicht unnötig der Gefahr aussetzen. »Ich werde meine Frau gleich morgen früh zu ihren Eltern fahren. Ich bleibe aber hier. Das wird schon alles gut gehen«, meinte er, doch seiner Stimmlage nach war er sich selbst da gar nicht so sicher.

Kurz darauf verließen Margret und ich das Institut. Dieses Mal sogar über den Haupteingang. Wir beide hatten ein ungutes, bedrückendes Gefühl und nachdem ich die Tasche mit den Werkzeugen geholt hatte, machten wir uns sofort auf den Weg nach Hause. Auf der Rückfahrt herrschte eine beklemmende Stimmung und keiner von uns sagte ein Wort.

Der Wagen, der uns schon den ganzen Tag folgte, fiel uns dabei nicht auf.

Kapitel 21

Lisa
In der Dunkelheit

»Weg von der Tür!« Es war immer das gleiche Prozedere. Die zwei Männer schrien es immer von der anderen Seite und jedes Mal musste sich sowieso keine der Gestalten von der Tür wegbewegen. Sie waren schon jetzt von der Tür so weit entfernt wie möglich.

Die zwei schweren Türen wurden geöffnet und das Strahlen einer Taschenlampe brannte sich in Lisas Netzhaut. Demnach war es Nacht.

Der eine Mann senkte seine Taschenlampe und Lisa konnte die beiden Fratzen erkennen, die hämisch zu ihnen blickten. Sie versuchte ihren Blicken so gut es ging auszuweichen. *Bloß nicht auffallen. Einfach nur existieren*, schoss es ihr durch den Kopf. Hoffentlich würden sie einfach wieder gehen und der Tag, vor dem sie sich alle fürchteten, würde sich noch ein Stück weiter nach hinten verschieben.

Plötzlich juckte ihre Nase und sie wusste, dass sie gleich niesen musste. *Das darf nicht passieren!*, schrien die Stimmen in ihrem Kopf und mit vollster Kraft versuchte sie den Drang zu unterdrücken. In ihrer Nase explodierten tausende Reize und sie war kurz davor dem Verlangen nachzugeben, als einer der Männer ein Laib Brot und zwei Flaschen Wasser in das Innere ihrer Zelle warf.

»Teil es euch gut auf. Das muss eine Weile reichen«, grummelte er und im nächsten Moment wurden die Türen wieder zugeschlagen. Kaum waren sie wieder in völlige Dunkelheit gehüllt war, das Bedürfnis zu niesen verschwunden und die anderen Kreaturen stürzten sich förmlich auf das wenige Essen.

Lisa beschäftigte etwas ganz anderes: Sie hatte das normale Klicken nach dem Schließen der Türen nicht gehört. »Hey«, flüsterte sie in den Raum, doch niemand beachtete sie. »Das Vorhängeschloss ist nicht eingerastet. Wir können raus. Kommt!«

Wieder gab keiner einen Ton von sich. Ob sie Lisa bewusst ignorierten, weil sie zu viel Angst hatten, oder sie gar nicht hörten wusste sie nicht. Einmal kam ihr sogar der verrückte Gedanke, dass ihre Leidensgenossen gar nicht existieren würden. Genauso wie ihre Inneren Stimmen nicht echt sein konnten, doch das war natürlich Schwachsinn. Das redete sie sich auf jeden Fall immer wieder ein.

Egal, dachte sie sich. Dann würde sie es eben alleine versuchen. Langsam robbte sie zu den zwei großen Türen vor. Vorsichtig stieß sie gegen einer der Türen und tatsächlich schwang sie mit einem hässlichen Quietschen wenige Zentimeter auf.

Die kühle Luft der Nacht drang zu ihr und das erste Mal in ihrem Leben hatte sie das Gefühl die Freiheit zu riechen.

Nun musste es schnell gehen. Sie wusste nicht, ob die Männer noch in der Nähe sein würden. Wenn man sie bei einem Fluchtversuch erwischte, würde das garantiert nicht gut enden.

Egal was gleich passiert, sie würde rennen. Am besten in Richtung des Waldes. Dort konnte sie sich auch über Nacht verstecken und am nächsten Tag nach Hilfe suchen. Dann würde man auch die anderen retten.

Lisas Puls raste. Innerlich zählte sie bis drei, dann stieß sie die Tür mit einem kräftigen Ruck auf. Sofort sprang sie auf und stürzte in die Freiheit.

Stürzen war hier auch das richtige Wort, den Lisas erster Schritt ging ins Leere. Mit einem leisen Schrei stürzte sie gut anderthalb Meter in die Tiefe. Ihr Gefängnis war erhöht.

Damit hätte sie rechnen müssen! Die Männer waren nie ganz zu sehen gewesen, dachte sie verzweifelt, während sie sich schnell aufrappelte. Panisch blickte sie sich nach dem Wald um. Im Dunkeln war er schwer zu erkennen, doch sie glaubte ihn in ziemlicher Entfernung auszumachen.

Sie rannte und rannte so schnell sie konnte die Straße entlang. Links von ihr waren einzelne Bäume, doch für ein Versteck reichte das nicht. Zu ihrer rechten befand sich nur die Straße, wo zu dieser Uhrzeit kein einziges Auto zu sehen war.

Panisch blickte sie sich um, doch bis jetzt hatte sie noch keine Person erkennen können. Es ging bergab, weswegen sich ihr Tempo immer weiter erhöhte.

Die Person, die hinter einen der Bäume förmlich auf sie wartete bemerkte sie deswegen auch erst, als es zu spät war. Plötzlich tauchte sie einfach auf und riss Lisa brutal zur Seite. Es fühlte sich an, als würde sie fliegen und sie wurde bestimmt auch einige Meter zur Seite gerissen. Unsanft schlug sie im hohen Gras auf und gerade als sie sich wieder aufrappeln wollte, stürzte sich die Gestalt erneut auf sie.

»Wolltest du echt abhauen? Hast du es echt gewagt?«, zischte die Gestalt und da erkannte Lisa, dass es einer der Männer war, der ihnen immer das Brot und das Wasser brachte.

Panisch suchte sie mit der Hand nach etwas, womit sie sich wehren konnte und tatsächlich erfühlte sie einen Stein. Ohne nachzudenken schleuderte sie ihn nach vorne und traf sein Gesicht mit voller Wucht. Der Mann schrie auf und riss seine Hände voller Schmerz zu seinem Gesicht.

Lisa wollte sich wegrollen, doch da packten seine mächtigen Pranken schon wieder das junge Mädchen.

»Das ging zu weit.« Lisa blickte voller Furcht in eine Fratze voller Blut und rasender Wut. Er packte sie grob am Arm und zog sie zu sich.

»Dafür schlitze ich dich auf«, sprach er zuerst ganz ruhig. Dann zog er das riesige Messer. »Dafür schlitze ich dich auf!«, schrie er nun völlig weggetreten. Er kam ihr so nahe, dass sie seinen Schweiß riechen konnte und nun tropfte auch das warme Blut in ihr Gesicht. Fuchtelnd bewegte er das Messer auf sie zu. Voller Angst war es ihr nicht möglich sich zu bewegen. Sie war dem Mann schutzlos ausgeliefert.

»Elyas!«, schnitt ein lauter Ruf die Luft. Der Mann drehte sich erstaunt zur Seite und auch Lisa schweifte ihren Blick zu ihrem potenziellen Retter. Lisa erkannte den Mann. Es war der Mann, der vor gut zehn Tagen ihr Leben zerstörte.

»Was fällt dir ein? Willst du sie etwa umbringen?«, fragte er voller Wut.

»Natürlich will ich die Schlampe umbringen! Siehst du nicht, was sie mit meinem Gesicht gemacht hat?« Doch der Mann beachtete Elyas blutüberströmtes Gesicht gar nicht. Wütend zog er ihn von dem Mädchen runter. Lisa blieb ganz still und wagte kaum zu atmen. Zur Zeit war die Aufmerksamkeit des Mannes nicht bei ihr und das sollte am besten auch so bleiben.

»Wenn die Deutschen merken, dass eine fehlt, werden die ihre Fragen stellen. Glaub ja nicht, dass ich dich dann decken werde! Du wirst dich für jede Scheiße, die du tust, verantworten müssen.«

»Aber die wollte abhauen! Hätte ich nicht aufgepasst, wäre sie jetzt weg!«

Der zweite Mann blickte kurz zu Lisa. »Wirst du nochmal versuchen abzuhauen?«, fragte er sie und sie schüttelte panisch den Kopf. »Gut. Wenn du es nochmal versuchst, wird Elyas noch viel schlimmere Sachen mit dir anstellen.«

Elyas lachte, doch der Mann war noch nicht fertig mit ihm. »Hast du vergessen das Schloss zuzumachen?«

Der unbändigen Wut, dass in dem blutigen Gesicht gezeichnet war, schlich sich ein anderes Gefühl mit ein. Die Angst brachte Elyas Ausdruck der Wut zum Bröckeln. »Das war ein Versehen! Es wird nie wieder vorkommen, Richard!«, stammelte er.

»Wenn auch nur eine weitere fehlen wird, wirst du dafür bezahlen! Jetzt bring sie zurück und zähl nach.«

Richard ließ Lisa und Elyas alleine zurück. Der blutige Mann versuchte durch wüste Beschimpfungen und Drohungen seinen Stolz wieder zu erlangen, doch Lisa achtete gar nicht mehr auf ihn. Die ganze Zeit musste sie an den anderen Mann denken. Der Mann, der ihr alles genommen hatte und von dem sie dachte, dass sie ihn nie wiedersehen würde.

Doch jetzt kannte sie seinen Namen. Richard.

Kurz vor ihrem Ziel zog Elyas sie noch einmal beiseite. Einen Moment dachte sie, er wäre mit seiner Rache doch noch nicht fertig. Wie bei den Toilettengängen holte er die schwarze Augenbinde hervor und band sie um Lisas Kopf. Völlig blind wurde sie zu dem Ort ihrer Gefangenschaft zurück geführt.

Auch hier musste sie die anderthalb Meter wieder durch eine Leiter erklimmen. Kaum war sie wieder in der Zelle, nahm sie die Augenbinde wieder ab und starrte zu Elyas hinunter. Dieser zählte angestrengt, war dann aber zufrieden und schloss die Türen wieder. Mit einem Klicken waren sie nun wieder sicher von der Außenwelt abgetrennt. Erschöpft ließ sich Lisa auf ihren Stammplatz, den Ort mit dem kleinen Schlitz im Holz, zurückfallen. Mehrere Augenpaare starrten sie an. In ihnen spiegelte sich Enttäuschung wieder. Ihre Leidensgenossin hatte die Flucht nicht geschafft. Für einen kurzen Moment hatte es tatsächlich Hoffnung gegeben, doch nun kehrte man zu der allbekannten Hoffnungslosigkeit zurück.

Kapitel 22

Mats Jäger
Das Wohnhaus, 03:45 Uhr

Ich legte mich sofort hin und schlief auch gleich ein. Mitten in der Nacht wachte ich aber noch einmal auf. Ich kann nicht genau sagen, was mich geweckt hat, doch im ersten Moment sah ich eine schwarze Gestalt an meinem Bett stehen.

Zuerst dachte ich, dass ich träumen würde, doch dann waren Schritte zu hören. Panisch richtete ich mich auf. Das Adrenalin, das durch meinen Körper schoss, machte mich in Sekunden hellwach. Mit der einen Hand tastete ich nach dem Lichtschalter meiner Nachttischlampe, doch ich fand ihn nicht.

»Margret?«, flüsterte ich, doch der Gedanke war dumm. Ich hatte die Gestalt nur für einen kurzen Moment gesehen, doch sie war garantiert größer als Margret. Was sollte Margret außerdem in meiner Wohnung mitten in der Nacht tun?

Endlich fand ich den Schalter und machte hektisch das Licht an. Der Raum war leer. Meine Atmung beruhigte sich ein bisschen. Ich schaute mich nach einer geeigneten Waffe um, fand jedoch nur eine etwas unförmige Vase. Plötzlich schoss ein schauriger Gedanke durch den Kopf: *Er ist unter meinem Bett!*

Panisch sprang ich ein Stück zur Seite. Aus einer Entfernung von zwei Metern lugte ich vorsichtig unter das Bett, immer darauf gefasst, dass der Einbrecher mich attackieren würde.

Doch unter dem Bett war bis auf Staub niemand. *Jetzt spielen deine Gedanken schon verrückt*, dachte ich mir, doch eigentlich war ich mir sicher, dass da jemand gestanden hatte.

Ich durchsuchte jeden Raum, doch da meine Wohnung überschaubar war, hatte ich schnell alle Verstecke durch. Hier war niemand.

Auch das Türschloss wies keine Spuren von einem Einbruch auf. Vielleicht habe ich mich tatsächlich getäuscht.

Es war 4:00 Uhr morgens, doch an Schlaf war nicht mehr zu denken. Ich musste immer daran denken, dass Michael Blevins und seine Frau im Schlaf fotografiert wurden. Vielleicht hat mich dieser Gedanke aber auch im Schlaf beschäftigt und dadurch entstand ein wirrer Traum.

Trotzdem wurde ich das Gefühl nicht los, dass jemand Fremdes in meiner Wohnung war.

Der Sekundenzeiger zuckte weiter und weiter. Dr. Michael Blevins Blick hing wie gebannt an der Uhr an der Wand. Schon seit knapp zwei Stunden saß er unruhig auf dem Sofa seines Wohnzimmers und wartete auf seine Frau.

Es war nichts Ungewöhnliches. Seine Frau hatte viele Freundschaften und ging gerne zu allerlei Veranstaltung. Wahrscheinlich hatte sie sich einfach wieder auf ein gemütliches Glas Wein mit ihrer Freundin Bianca getroffen.

Nichtsdestoweniger hatte er einfach unglaubliche Angst um seine Frau. In welch unbeschreiblichen Quallen sie sich auch in diesem Moment befinden konnte wollte er sich gar nicht erst ausmalen.

Und er hatte dieses Gefühl, dass etwas nicht stimmte. Dieses Gefühl das die schlimmsten Katastrophen vorhersagt und das man in dem Moment, in dem man es fühlt, als Unsinn abstempelt. Meistens lag dieses irrsinnige Gefühl aber genau richtig.

Sein Blick ging wieder zu der Wanduhr. Die Zeiger schritten auf grausame Weise ihren Weg der Zeit. Vielleicht, so war er sich sicher, waren es die letzten Minuten im Leben seiner Frau.

Mein kleiner Albtraum war nicht mein letztes Ereignis in dieser Nacht. Keine halbe Stunde später klopfte jemand energisch an meiner Tür. Zuerst hörte ich es gar nicht. Auf meinen Kopfhörern lief Musik und ich war kurz davor doch wieder einzunicken. Die Person hinter der Tür musste ziemlich laut gewesen sein, als ich es dann doch merkte. Vor Schreck wäre mir fast meine Tasse aus der Hand gefallen.

Mit einem ungutem Gefühl ging ich zur Tür. Für einen normalen Besuch war die Uhrzeit einfach nicht passend.

Vor der Tür stand eine verschlafene Margret mit wirren Haaren und nur in einem Bademantel gekleidet.

»Mats, du musst schnell nach unten kommen. Die Polizei und die Feuerwehr sind da«, sagte sie aufgewühlt und eilte auch schon nach unten. Hastig folgte ich ihr.

Draußen begrüßte uns beißender Rauch und ein wirres Blaulicht, das durch die Nacht flackerte. In der Straße standen mehrere Feuerwehrwagen und auch einzelne Streifenwagen. Kreuz und quer rannten Einsatzkräfte umher und Schläuche wurden in beeindruckender Präzision verlegt.

Zuerst begriff ich nicht, was der Grund dafür war, doch dann sah ich Margrets Skoda Citigo, oder vielmehr, was davon übrig geblieben ist. Der Wagen war vom Löschschaum beinahe begraben, doch trotzdem sah man das Ausmaß, das das Feuer hinterlassen hat. Es sah aus wie ein geschmolzener Würfel aus Blech und Glas.

Obwohl das Feuer längst gelöscht war, stieg schwarzer Rauch aus dem Wrack hervor. Unser Ermittlungsteam war nun doch nicht mehr so mobil.

»Bitte kehren Sie in Ihr Haus zurück. Das ist immer noch ein Einsatzort«, informierte uns einer der Polizisten. Das war für Margret keine Option. »Jetzt hören Sie mal! Das ist mein Auto!«, fuhr sie den Polizisten an, der daraufhin schnell die Flucht ergriff.

Trotzdem zog ich Margret zurück. Der Mann hatte nicht Unrecht: hier standen wir nur im Weg.

»Die haben es echt gewagt mein Auto anzuzünden«, murmelte Margret, nachdem wir uns in die Hausflur zurückgezogen hatten. Sie wirkte dabei sowohl empört, als auch schockiert. Uns beiden war natürlich klar, wer hinter dieser Tat steckte. Wir haben es also geschafft die Aufmerksamkeit der Spedition auf uns zu lenken.

Kurze Zeit später zogen auch schon die ersten Einsatzfahrzeuge ab. Ein Beamter kam auf Margret zu. Zuerst fragte er sie, ob sie politisch aktiv wäre. Man vermutete anscheinend eine der klassischen Brandstiftungen von Rechts oder Links. Margret entkräftete diesen Verdacht schnell.

»Dann wird es wohl die übliche Randale sein. Vielleicht war es ne Gruppe von randalierenden Jugendlichen«, meinte der Beamte daraufhin. Es hätte keinen Sinn gemacht, dem zu widersprechen. Man würde eine Ermittlung einleiten und wenige Monate später einstellen: *„Der Täter könne nicht ausfindig gemacht werden.“* Trauriger Standard.

»Hoffentlich zahlt wenigstens die Versicherung«, meinte Margret, was ihr einen bösen Blick des Beamten einbrachte. Es war nicht böse gemeint. Ich wusste selbst, wie aussichtslos die Ermittlungen bei Sachbeschädigungen werden können. Frustrierend für die Ermittler und die Opfer gleichermaßen.

Doch wir kannten den Täter und würden alles dafür tun, damit er sich für seine Taten verantworten würde.

Irgendwie schaffte ich es dann doch noch ein paar Stunden Schlaf zu finden. Der Schrecken der Nacht steckte mir aber auch am Morgen noch in den Knochen. Aufgeben war keine Option. Gerade wo der Feind aggressiv wird, offenbart sich vielmehr seine

Angst. Wir waren ihnen dicht auf der Spur.

Um 9:00 Uhr machte ich mich auf den Weg, um Jonathan Beck aufzusuchen. Vor dem Wohnhaus war kaum noch etwas von dem nächtlichen Einsatz zu sehen. Das Wrack war schon abgeschleppt worden und man konnte nur noch durch etwas verbliebenen Löschschaum und einen großen, rußigen Fleck auf der Straße einen Brand erahnen. Ich hoffte für Margret sehr, dass die Versicherung den Schaden zahlen würde.

Im Vordergrund standen jetzt aber erst unsere Ermittlungen. Nachdem wir uns seit dem Versprechen mit Dr. Blevins nicht mehr einfach so an die Polizei wenden konnten, wurde es umso wichtiger, die Informationen aus der polizeilichen Akte zu bekommen. Wenn wir uns an die Polizei wenden werden, sollte es so stichhaltige Beweise geben, dass ein sofortiger Polizeischutz für die Familie Blevins möglich ist.

Zum Glück gab es noch eine Möglichkeit, sicher an die Akte zu kommen. Felix wollte ich immer noch nicht mit hineinziehen, doch wenn ich persönlich mit Jonathan spreche, würde er vielleicht nichts davon mitbekommen. Dank meines guten Gedächtnis konnte ich mich noch an seine Adresse erinnern.

Als mir Jonathans Mutter die Tür öffnete musste ich feststellen, dass sich in den drei Jahren viel getan hat. Jonathan war nun zwanzig und lebte in seiner eigenen Wohnung. Den Altersunterschied zu Felix, der diese Freundschaft wohl auch so besonders machte, hatte ich komplett vergessen. Zum Glück lebte er aber noch in der Stadt und seine Mutter kannte die Adresse.

Der Umweg kostete mich fast anderthalb Stunden und auch dann wurde es nicht besser. Jonathan Beck lebte nun in einem großen Mehrfamilienhaus mitten in Frankfurt. Wie in meinem Haus gab es keinen Aufzug und ich musste das ganze Treppenhaus hochlaufen. In den letzten Tagen merkte ich immer mehr, dass ich mit meinen knapp fünfzig Jahren nicht mehr der Jüngste bin.

Der Mann, der mir die Tür öffnete, hatte nur noch wenig Ähnlichkeit mit dem Jonathan den ich kannte. Aus dem Teenager ist ein erwachsener Mann geworden. Sein Gesicht wirkte sympathisch, bis zu dem Zeitpunkt, als er mich erkannte.

»Was wollen Sie denn hier?«, fragte er grimmig. Unsere Vergangenheit war nicht wirklich die beste.

»Keine Angst, ich arbeite nicht mehr bei der Polizei. Ich brauche deine Hilfe.« Jonathan drehte sich um und ging zurück in seine Wohnung. Die Tür blieb offen, weshalb ich ihm hinein folgte.

Die Wohnung war modern eingerichtet und erstaunlich groß. Ein Student würde sie sich nicht ohne Hilfe leisten können.

»Ich mache seit drei Jahren nichts Illegales mehr. Wahrscheinlich kann ich Ihnen deshalb nicht helfen.«

So etwas in der Art habe ich schon von Felix gehört. Angeblich arbeitete Jonathan seit knapp einem Jahr in der Sicherheitsabteilung von Microsoft als junges Genie.

»Ich brauche einen Einblick in eine polizeiliche Akte. Es kann sein, dass es um Leben oder Tod geht. Es ist also wirklich wichtig.«

Wir sind in Jonathans Arbeitszimmer angekommen, voll mit Monitoren und Geräten, dessen Funktionen mir völlig fremd waren.

»Ich habe es schon Felix erklärt, dass ich das nicht mehr machen kann. Das könnte mir echt den Job kosten.«

Er hatte es Felix schon gesagt? Es war zum Verrücktwerden. Felix hatte tatsächlich auf eigener Faust ermittelt. Ich war ein wenig froh, dass Jonathan ihm nicht helfen konnte. Wer weiß, was er mit den Informationen getan hätte?

Natürlich fand ich es gut, dass Felix sich für Kriminalgeschichten interessierte. Erst letztens hatte er mir von einem True-Crime Podcast erzählt, den ich seitdem auch mit Begeisterung höre.

Trotzdem verstand er nicht, dass das hier nicht ein Podcast war, sondern das reale Leben. Diese Leute schreckten vor nichts zurück. Das hatte man in der Nacht nur allzu gut gesehen. Ich musste unbedingt mit ihm reden.

Schnell verabschiedete ich mich von Jonathan. Hier würde ich nicht weiterkommen und auf keinen Fall wollte ich den jungen Hacker in Schwierigkeiten bringen.

Draußen rief ich gleich Felix an, er ging jedoch nicht ran. Der Bus würde erst in einer halben Stunde kommen und ich hatte unweigerlich etwas Zeit zum Nachdenken.

Jonathan war eine Sackgasse. So würde ich nicht an

die Akte kommen. Gestern wollte ich noch auf sie ver-
zichten, doch um ehrlich zu sein, war es der einzige
Weg, um weiter zu kommen. Nun versprach ich mir
nämlich viel mehr von der Akte. Wenn Dr. Blevins den
Fall in der Gerichtsmedizin übernommen hatte, konnte
dies genauso bei der Polizei ablaufen. Vielleicht hatte
der Spitzel beim LKA auch diesem Fall an sich gerissen um die Kontrolle zu behalten. Der Name des leitenden Ermittlers stand natürlich in der Fallakte. Es ging
also nicht nur um eventuelle Hinweise, sondern auch
um den möglichen Verräter bei der Polizei.

Es gab eine Möglichkeit um an die Akte zu kommen,
doch dann würde es wirklich riskant werden.

Kapitel 23

Margret Seidel
Das Wohnhaus, 09:30 Uhr

Langsam wurden die Stufen zu viel. Wann würde dieser scheiß Vermieter endlich einen Fahrstuhl in das Haus bauen?

Obwohl es nur der zweite Stock war, wurde dieser Kraftakt Tag für Tag anstrengender für Margret. Auch wenn sie sich immer noch fit fühlte, konnte auch sie ihre sechzig Jahre nicht mehr verstecken. Die letzten Tage hatten deutlich an ihren Kräften gezehrt.

Niemals hätte Margret erwartet, dass es sie so schockieren würde, eine Leiche zu sehen. Sechzig Jahre war sie drumherum gekommen und eigentlich hatte sie gedacht, dass sie in ihrem Leben schon genug gesehen hat.

Doch ihr will einfach nicht das Bild aus dem Kopf gehen, wie Kamil da so tot lag. Ja, irgendwann enden wir alle so und Margret glaubte auch, dass es danach nicht vorbei ist. Doch es machte ihr Angst, wie schnell es vorbei sein konnte. Kamil war gerade mal dreißig Jahre alt, als der Spieß einen Strich durch seine Träume machte.

Zu alldem kam auch noch das Auto. Als sie in der Nacht von dem Rauch und den Sirenen geweckt wurde dachte sie zuerst, dass das Haus würde brennen. In diesem Sinne konnte man froh sein, dass sich die Verbrecher mit ihrem Wagen zufrieden gaben.

Erschöpft machte Margret eine kleine Pause. Zum Glück hatte sie keine Einkäufe dabei, ansonsten hätte sie keine weitere Stufe mehr geschafft.

Statt Einkäufen hatte sie etwas ganz anderes dabei. Mats wird sich garantiert über die neuen Informationen freuen. Margret war sehr gespannt, wie er reagieren würde.

Ein Klingeln an Mats Tür verriet, dass er nicht zuhause war. Enttäuscht ging sie rüber zu ihrer Tür, kramte ihren Schlüssel hervor und sperrte auf.

Drinnen fiel ihr sofort auf, dass etwas anders war. Sie konnte Rufus nicht hören. Sonst kam ihr dummer Kater immer sofort an die Tür, in der Hoffnung, dass sein Herrchen etwas Leckeres mitgebracht hatte. Dieses Mal blieb es jedoch still.

»Rufus?«

Stille.

»Wo bist du denn?«

Langsam ging sie in die Küche.

Von vorne nahm sie noch einen Schatten war.

Das letzte, was Margret hörte, war das Brechen ihrer Nase.

Dann war es still.

Kapitel 24

Felix Krüger
Spedition Wächtersbacher, 12:00 Uhr

Auf der Spedition Wächtersbacher herrschte nur wenig Betrieb. Mats hatte ihm von der fehlenden Arbeitsmoral in Medveds Firma erzählt, doch Felix hatte nicht gedacht, dass es so schlimm war. Eine völlige Gleichgültigkeit zeichnete die Arbeiter hier aus. Das hatte er gleich bei dem Vorarbeiter gemerkt, bei dem er sich um diesen Ferienjob beworben hat.

Eigentlich war es ein aussichtsloser Versuch gewesen, um Mats zu helfen. Jonathan konnte ihm nicht helfen. Trotzdem musste er irgendwie versuchen Mats zu unterstützen. Niemals hätte Felix gedacht, dass sie ihn bei der Spedition einfach so nehmen würden. Zum einen so kurzfristig und zum anderen war er nicht einmal volljährig.

Doch der große Mann, der sich mit dem Namen Imrich vorstellte, hatte keine Fragen gestellt. Wahrscheinlich war er einfach froh, dass jemand bereit war, unter dem Mindestlohn in der Hitze zu arbeiten. An Arbeit mangelte es hier auf jeden Fall nicht.

Felix war gerade dabei, einen Transporter mit Kisten zu beladen, als er Medved das erste Mal sah. Er erkannte ihn sofort. Mats hatte ihn bei ihrem Treffen beschrieben. Der Geschäftsführer der Spedition stand betont gelangweilt einige Zeit an dem Tor, bis Imrich in einem Transporter von einer Fahrt zurückkam. Jakub war bei ihm, doch als Imrich bemerkte, dass Medved etwas von ihm wollte, schickte er ihn sofort weg. Imrich und Medved besprachen sich kurz und gingen dann in den Container, der neben dem großen Gebäude stand. Felix war sich nicht wirklich sicher, welchen Zweck dieser Container hatte. Nur Imrich und Medved sind bis jetzt dort hinein gegangen. Dort muss irgendetwas Wichtiges sein. Er würde es herausfinden. Schließlich war er nicht hier um zu arbeiten.

Felix war immer noch etwas sauer, weil Mats seine Hilfe sofort ausgeschlagen hat. Okay, die Sache mit Jonathan wäre riskant gewesen und irgendwie konnte er es auch verstehen, dass Mats so einen illegalen Weg nicht wollte. Trotzdem war er kein Kind mehr und der Ferienjob war ein super Weg, um mehr herausfinden zu können. Wenn er sich schlau anstellte, könnte er den Mord vielleicht komplett alleine aufklären. Deswegen ließ sich Felix lieber noch etwas Zeit. Nur nichts überstürzen. Bald würde der richtige Moment kommen und dann konnte er ungestört nach Hinweisen suchen.

Plötzlich vibrierte es in seiner Hosentasche. Es war Mats. Auf das Gespräch hatte er jetzt überhaupt keine Lust. Mit einem schlechten Gewissen drückte Felix den Anruf weg. Imrich und Medved kamen wieder aus dem Container. Medved verschwand schnell von dem Gelände, doch der Russe kam direkt auf ihn zu.

»Pack dein Handy weg und komm mit. Es gibt Arbeit, Junge!«

Kapitel 25

Mats Jäger
Polizeipräsidium Frankfurt am Main (Innenstadt), 12:30 Uhr

Das LKA hatte seinen Sitz im Polizeipräsidium Frankfurt am Main. Der sechsstöckige, lange Block zierte die Kreuzung der Adickesalle. Viele Menschen verbinden das Gebäude mit schlechten Erinnerungen. Entweder wegen der langen Wartezeiten, oder aus anderen zwielichtigen Gründen. Für mich war es der alte Arbeitsplatz, weshalb ich eher ein nostalgisches Gefühl mit dem Gebäude verband.

Innen wirkte die Wache wie ausgestorben. Durch die seit Tagen andauernde Hitze haben sich viele in den Außendienst verdrückt und die Wenigen, die an ihren Schreibtischen arbeiten mussten, waren so in ihre Arbeit vertieft, dass sie mich gar nicht bemerkten. Es fühlte sich so an, als hätte die Hitze Frankfurt in einen Tiefschlaf versetzt. Überall verkrochen sich die Menschen in ihre klimatisierten Häuser und warteten darauf, dass der Horror endete. Die Meteorologen sprachen mal wieder von einer historischen Trockenperiode. Die Welt ging vor die Hunde.

Jeder war so mit sich selbst beschäftigt, dass ein alter Kollege gar nicht mehr auffiel. Marko hatte sogar kurz von seiner Akte aufgesehen und mir gegrüßt.

Drinnen war es kein großes Problem, doch am Anfang stand ich vor dem Problem ungesehen in das Präsidium zu kommen. Das Schwierigste war die Tür am Eingang gewesen. Wenn man nicht an der Rezeption aufgehalten werden wollte, musste man einen der Nebeneingänge für den internen Bereich nehmen. Diese waren mit Türen gesichert, für die man einen Zahlencode brauchte. Ich kannte zwar meinen alten Code, doch das Risiko, dass er deaktiviert wurde, war zu groß. Eine andere Möglichkeit wäre es gewesen an der Rezeption nach Theo zu fragen, doch mit Theo wäre mein Vorhaben unmöglich gewesen.

Der einfachste Weg hat es aber auch getan. Ich musste keine zehn Minuten vor der verschlossenen Tür warten, als ein Polizist den Code eingab und im Gebäude verschwand. Dabei achtete er aber nicht darauf, dass die Tür hinter ihm wirklich geschlossen wurde. Ich konnte also einfach mit hindurchschlüpfen.

Nun musste ich nur noch die Akte von Kamil Walczak finden. Das würde gar nicht so einfach werden. Vor zehn Jahren hätte man noch einfach in den Aktenschränken suchen können, doch schon in meiner aktiven Zeit lief fast alles digital. Nun lief alles auf Datenbänken und ohne Passwort würde man selbst an einem der Computer hier im Dezernat nicht weit kommen.

Die einzige Chance hatte ich mit der ausgedruckten Akte des zuständigen Polizisten. Wenn ein Ermittler an einem Fall noch arbeitete, hatte er meistens einen Ausdruck, auf den er schnell zugreifen konnte. Das Problem war nur, dass ich mir nicht ganz sicher war, welcher Beamte Kamils Tod bearbeitete. Immerhin wollte ich das mit meinem Besuch auch unter anderem herausfinden.

Trotzdem hatte ich die traurige Vermutung, dass Theo diesen Fall bearbeitete. Er wusste am Telefon erstaunlich schnell über den Status der Ermittlung Bescheid. Außerdem wurde ich den Verdacht einfach nicht los, dass Medved Theo erpresst.

Mein erstes Ziel war also Theos Büro, doch ich musste mich beeilen, denn es war nur eine Frage der Zeit, bis man mich doch noch entdecken würde. Bis jetzt war das Glück auf meiner Seite, doch das konnte sich schnell ändern. Viele Kollegen kannten mich bestimmt noch und die meisten werden sich auch noch an meine Kündigung erinnern. Immerhin hatte mein Burnout damals hohe Wellen geschlagen. Der Höhepunkt meines Abstiegs war nämlich ein verpatzter Einsatz gewesen. Selbst die Presse hatte darüber ausführlich berichtet und mit einem Schlag war mein Ruf dahin.

Zuerst waren die Kollegen noch auf meiner Seite gewesen und selbst mein launiger Vorgesetzter Hannes Winter, der sonst immer etwas zu kritisieren hatte, hielt zu mir. Bald ging die Hetzjagd der Presse aber so weit, dass selbst die guten Worte von Winter nichts mehr brachten und er mich auf das drängen des Polizeichefs hin kündigen musste.

Aus heutiger Sicht war es die richtige Entscheidung von Winter gewesen. Hätte man mich weiter im Dienst gelassen, wäre garantiert noch Schlimmeres passiert. Damals fühlte es sich einfach wahnsinnig unfair an.

Ich war nun schon ungefähr zehn Minuten in der Wache. Mein Herz schlug mir bis zum Hals und ich erwartete jeden Moment, dass mich jemand ansprechen würde. Endlich fand ich Theos Büro und zu meinem Glück war gerade auch keiner drin.

Der Anblick von seinem Schreibtisch hatte etwas nostalgisches an sich. Die Fotorahmen von seiner Familie standen noch genauso wie früher und auch wenn er jetzt in einem anderen Raum arbeitete, sah sein Arbeitsplatz noch genauso aus wie damals.

Was sich verändert hatte, war der andere Schreibtisch in dem Raum. Er war nicht chaotisch wie meiner es war, sondern akribisch aufgeräumt. Ein Blick auf das Namensschild verriet mir den Namen von Theos neuem Partner: Rafael Camacho.

Ich kannte ihn nicht und war auch froh darüber. Wenn es ein Kollege gewesen wäre, denn ich noch kannte, hätte es sich irgendwie falsch angefühlt. Auf Rafael Camacho konnte ich wenigstens nicht wütend sein. Nur neidisch, obwohl ich mir selbst dessen nicht sicher sein konnte. Theo hatte sich anscheinend in den drei Jahren stark verändert. Das Vertrauen, das wir einmal hatten, war verschwunden und zurzeit war er mein Hauptverdächtiger als Verräter im Dezernat.

Nun musste ich mich aber beeilen. Wenn Theo oder dieser Camacho hereinkommen würde, würde ich ernsthafte Probleme bekommen. Ein Blick auf Theos Schreibtisch musste genügen. Mehr Zeit war nicht drin.

Auch Theos Schreibtisch war sehr übersichtlich. Schnell wurde klar, dass die Akte nicht hier war. Zum einen war ich erleichtert, weil das bedeuten könnte, dass Theo doch nicht einen Mord deckte, doch zum anderen hieß es, dass ich weder eine Ahnung hatte, wie ich an die Akte kommen könnte, noch wer der Spitzel im Dezernat war.

Plötzlich hörte ich ein Geräusch von hinten. Die Tür öffnete sich! Ich schaute mich noch schnell nach einem Versteck um, doch es war zu spät.

Eine Frau mittleren Alters mit einem Stapel Ordner auf dem Arm betrat den Raum. Sie blickte gar nicht richtig auf, sondern brummte nur »Hier sind die gewünschten Akten.« Verdutzt nahm ich die Ordner entgegen, wollte gerade noch etwas sagen, doch die Sekretärin war schon wieder verschwunden.

Schnell schaute ich die Ordner durch. Natürlich war die Akte von Kamil Walczak nicht dabei. Schnell legte ich die Ordner ab. Es wurde nun wirklich Zeit zu verschwinden.

Ein letzter Blick auf Theos Schreibtisch ließ mir das Blut in den Adern gefrieren. Durch das Ablegen der Akten hatten sich die anderen Ordner verschoben und direkt darunter lag die Akte mit der Aufschrift *Kamil Walczak*! Ich dachte nicht lange nach, nahm mir die Akte und sah zu, dass ich von hier verschwand. Mein eigentlicher Plan war es gewesen die Akte zu kopieren, doch als plötzlich diese Sekretärin auftauchte, wurde mir das Ganze doch zu riskant.

Drei Minuten später war ich draußen. Vier Minuten später kam Theo nach einer kurzen Besprechung zurück ins Büro.

Das Risiko, dass Theo die verschwundene Akte bemerken würde, war hoch. Ich hoffte einfach, dass er dachte, dass die Akte in dem ganzen Papierchaos untergegangen war und er sich einfach eine neue ausdrucken würde. Sicher konnte ich mir da aber nicht sein. Theo war schon immer ein sehr ordentlicher und verantwortungsvoller Mensch. Außerdem könnte es sein, dass Theo herausfindet, dass ich mit dem Verschwinden etwas zu tun haben könnte. Immerhin habe ich versucht, ihn in diesem Fall auszufragen. Trotzdem war es das Risiko wert. Das hoffte ich auf jeden Fall.

Nun hatte ich es tatsächlich geschafft. Margret wird sich auf jeden Fall über die Akte freuen und auch ich war davon überzeugt, dass es unser Durchbruch sein würde.

Zu diesem Zeitpunkt hatte ich noch keine Ahnung, dass mich Zuhause etwas ganz Anderes erwartete.

Kapitel 26

Mats Jäger
Das Wohnhaus, 15:00 Uhr

Bis jetzt hatte ich es geschafft noch nicht in die Akte zu gucken. Zum einen war ich zu aufgeregt. Zum anderen fand ich es irgendwie unfair, wenn ich diese große Sache ohne Margret mache.

Die Fahrt mit der Straßenbahn dauerte keine acht Minuten. Früher bin ich von der Arbeit immer mit dem Auto gefahren, doch auch von unserer alten Wohnung wäre es mit der Straßenbahn wahrscheinlich schneller gewesen. Heute denke ich, dass das Gefühl von Unabhängigkeit mir am wichtigsten war. Absolute Freiheit war etwas Unbeschreibliches und manchmal sind wir einfach ins Auto gestiegen und einfach drauf losgefahren. Katharina hatte diese Ausflüge geliebt.

Sie hatte schon immer die Stadt gehasst, was ich einfach nicht verstehen wollte. Katharina ist auf dem Land aufgewachsen. Ich hingegen lebte schon immer in Frankfurt.

Wenn ich jetzt zurückblicke, glaube ich, dass sie unglücklich war. Doch damals waren die Andeutungen, dass sie wegwollte, für mich nicht deutlich. Einmal hat sie mir gesagt, dass wir uns in unserer Rente (12 Jahre waren es da noch für mich) ein kleines Haus auf dem Land kaufen sollten. Ich hab es nicht verstanden. Ich war dumm.

Als ich Margrets Tür sah, wurde ich sofort stutzig. Sie stand einen Spalt offen.

Margret war irgendwie nicht der Typ, der Türen auflässt. Auch wenn sie etwas durcheinander war, war Margret doch ein umsichtiger Mensch und in diesem Haus ist das durchaus angebracht. An meiner Tür waren schon immer Spuren von versuchten Einbrüchen und auch auf Margrets Tür sah ich jetzt Spuren. Diese sahen irgendwie dezenter, unauffälliger aus.

»Margret?« Langsam ging ich in ihre Wohnung. Es fühlte sich sehr unangenehm an in ihre Privatsphäre einzudringen, auch wenn ich schon ein paar Mal in ihrer Wohnung war.

Auf den ersten Blick wirkte alles ruhig. Die kleine Unordnung, die in der Wohnung dominierte, war immer noch da.

Ich rief noch mal nach ihr, doch wieder antwortete niemand. Vorsichtig tastete ich mich weiter in die Wohnung und plötzlich fiel es mir auf: der Geruch.

Er war irgendwie anders. Dieser altbekannte Geruch, der vermehrt in den Räumlichkeiten von alten Menschen zu finden war, wurde durch etwas anderes, Fremdes gestört. Wenn ich jetzt zurückblicke, hätte es mir sofort auffallen müssen: der leicht süßliche Duft und dieser eindeutige Geruch nach Metall.

In ihrer Wohnung wurde es mir erst klar, als ich die ersten Schmeißfliegen sah. Der Geruch wurde immer intensiver, je weiter ich in die Wohnung hereinkam.

Auch die Fliegen wurden immer zahlreicher und ich wusste nicht, welches Gefühl stärker war: die Angst oder die Neugier.

Am Ende siegte doch die Neugier. Ich stand nun vor der einzig geschlossenen Tür. Am Schloss konnte man erkennen, dass es sich um das Badezimmer handeln musste. Außerdem waren unsere Wohnungen vom Grundriss relativ gleich.

Die kleinen Fliegen kamen vermehrt unter der Tür hervor. Der Geruch wurde zunehmend unangenehm. Außerdem trat durch die Tür eine stinkende, leicht gelbliche Flüssigkeit. Hinter dieser Tür wartete das Grauen.

Kraftlos suchte ich nach einer logischen und harmlosen Erklärung. Vielleicht war Margrets Katze gestorben. Doch tief in meinem Inneren wusste ich, dass das falsch war. Es war nur ein letzter verzweifelter Versuch dem Unvermeidlichen zu entfliehen. Wäre wirklich die Katze tot, hätte das nicht die offene Tür erklärt und für so ein kleines Tier waren die Fliegen nach so kurzer Zeit zu zahlreich. Ich atmete also ein letztes Mal tief durch und öffnete mit einem Ruck die Tür.

Der Ruck war ein Fehler gewesen. Mit einem dumpfen Knallen, dass ich noch heute sehr deutlich hören kann, knallte die Tür gegen die Leiche. Gleichzeitig kam mir ein Schwall von Schmeißfliegen entgegen, sodass ich im ersten Moment überhaupt nichts sah.

In dem Moment, als ich den toten Körper meiner

Freundin erblickte, schaltete sich sofort meine Routine als ehemaliger Polizist ein. Ein Gerichtsmediziner hatte mir damals erklärt, dass der Verwesungsprozess sieben Minuten nach dem Tod beginnt. Schmeißfliegen sind fast genauso schnell. Bei normaler Temperatur ist es schlimm, jetzt im Hochsommer war es unerträglich. Anscheinend lag der Tod noch nicht allzu lange zurück. Ich hatte bei diesen Temperaturen schon Tatorte mit mehr Fliegen gesehen. Außerdem war der Geruch nicht zu stark ausgeprägt: unangenehm, doch man musste sich noch nicht übergeben.

An der Unterseite der Arme erkannte ich Leichenflecken, die sich aber noch wegdrücken ließen. Allzu lange lag der Todeszeitpunkt also noch nicht zurück. Ich musste Margrets Leiche ein Stück drehen, damit ich ihr Gesicht sehen konnte. Was ich dann sah ließ mich instinktiv ein Stück zurückfahren. Die Nase war komplett verbogen. Der Kopf wirkte vorne leicht eingedrückt. Die Augen, verklebt mit Blut, starrten mich leblos an.

An ihrem Hals verlief eine rote Linie. Wahrscheinlich wurde sie erst mit einem stumpfen Gegenstand niedergeschlagen und mit einem Drahtseil anschließend erdrosselt.

Ich stand wieder auf und inspizierte mit grobem Blick das Badezimmer. Bis auf die Leiche, das Blut und die Fliegen wirkte das Bad sauber und aufgeräumt. Ich öffnete den Schrank über dem Waschbecken und neben den üblichen Badezimmerartikeln, die eine Frau so besaß, sah ich auch einen Becher mit einer Zahnbürste drin. Der Becher war aus Plastik und es war darauf ein kindischer, gelber Smiley aufgedruckt.

Der Anblick machte mich so traurig, sodass ich sofort das Zimmer verlassen musste. Dieser Smiley machte Margret zu etwas Verletzlichem und Liebenswerten. In diesem Moment wurde mir klar, wie sehr ich sie eigentlich mochte und mir schossen die Tränen ins Gesicht.

Ich würde sie nie wieder sehen. Nie werde ich ihr sagen, dass ich sie eigentlich bewundere und sie mein Leben gerettet hat. Voller Schmerz sank ich auf den Boden und heulte wie ein kleines Kind. All die Gefühle, die ich zuerst unterdrückt hatte, schlugen mit voller Wucht auf mich ein.

Ich kann nicht genau sagen, wie lange ich dort am Boden lag. Irgendwann streifte Margrets Katze über meinen Kopf und mein Gefühlsausbruch endete so abrupt, wie er begann.

In Margrets Küche setzte ich mich erst mal an den Tisch und sondierte die Lage. Spätestens jetzt war für mich klar, dass Margret einer großen Sache auf der Spur war. Im selben Moment kamen mir wieder Selbstzweifel.

Hätte ich sie retten können, wenn ich die Sache von Anfang an ernst genommen hätte? Doch wieder wurde mir klar, dass mir meine Gefühle jetzt nicht viel bringen würden. Margret war einem Verbrechen auf der Spur und sie hatte irgendeine heiße Spur gefunden, sodass ihre Feinde, die Spedition, entschieden hatten, dass sie sterben musste.

Ich hatte nur nicht die geringste Ahnung, welche heiße Spur das gewesen sein sollte, denn mir hatte sie bis jetzt nur Vermutungen und Gerüchte präsentiert. Außerdem gab es ein weiteres Problem: ich arbeitete nicht mehr bei der Polizei. Sobald ich die Leiche gefunden hatte, hätte ich eigentlich die Polizei informieren müssen. Das hatte ich nicht getan. Vielmehr habe ich mich durch die kurze Leichenschau strafbar gemacht, wenn ich mich nicht sogar selbst verdächtig gemacht habe. Immerhin würde man jetzt viele Spuren auf der Leiche finden.

Das war jedoch ein Problem, mit dem ich mich später befassen musste. Vielleicht befand sich Margrets heiße Spur noch irgendwo in der Wohnung.

Ich stand also wieder auf und machte mich auf die Suche. Dabei wollte ich aber die Nähe zum Badezimmer auf jeden Fall erst mal vermeiden.

Dazu musste es gar nicht kommen, denn ich wurde schon in der Küche fündig. Es war zwar nicht die heiße Spur, aber auf dem Teppich konnte man ganz klar einen Blutfleck erkennen. Wahrscheinlich lauerten der oder die Mörder Margret in der Küche auf. Hier schlugen sie Margret mit einem Baseballschläger oder etwas ähnlichem nieder und schleiften sie dann ins Bad. Dort wurde sie dann erdrosselt.

Ich bleib noch fast eine Stunde in der Wohnung um nach weiteren Hinweisen zu suchen, doch ohne professionelle Ausrüstung würde ich nicht weiterkommen. Die Fliegen haben merklich zugenommen und auch der Geruch wurde zunehmend stärker. Es wurde Zeit die Polizei zu informieren. Früher hätte ich einfach Theo angerufen, jetzt zog ich den Notruf vor.

Bevor ich anrief musste ich noch einmal in das Bade-zimmer. Zum einen hatte ich die Akte dort liegen gelas-sen und zum anderen wollte ich mich von Margret ver-abschieden.

Dies fiel mir schwerer als gedacht und bevor ich wie-der auf dem Boden landete ging ich schnell wieder aus dem Zimmer. Als nächstes holte ich noch Margrets Katze, die im Schlafzimmer herumlungerte. Wahr-scheinlich hätte man sie ins Tierheim gebracht und dann wollte ich sie lieber als eine Erinnerung an Marg-ret bei mir aufnehmen.

Die Polizei brauchte keine zehn Minuten, bis sie an-kam. Theo war nicht dabei, was mich erleichterte, auch wenn der Gedanke, dass bei einem beliebigen Notruf gleich ein LKA Beamter kommen würde, natürlich un-realistisch war.

Die beiden Streifenpolizisten hielten das Ganze zuerst für die Übertreibung eines alten Mannes, doch nach-dem sie kurz in der Wohnung von Margret waren wur-den sie hektisch und riefen sofort Verstärkung.

Was einer von ihnen sich jedoch nicht entgehen ließ, waren Anschuldigungen, die er gegen mich vorbrachte: »Wie wollen Sie uns erklären, dass sie in die Wohnung ihrer Nachbarin gekommen sind?«, hatte er mich allen ernstes gefragt und ich versuchte ihm zu erklären, dass einfach nur die Tür offen stand und ich einfach nach dem Rechten sehen wollte. Was auch immer daran so unrealistisch sein sollte? Wahrscheinlich war ich gleich sein Hauptverdächtiger und er wollte mich ganz schlau in eine Falle locken. Viele Menschen wissen einfach nicht, dass man auch als Unschuldiger manchmal besser schweigt. Immerhin ist das unser Recht, doch dieser Polizist wollte mich jetzt durch riskante Aussagen in ein Netz von Lügen verstricken. Er ahnte nicht, wenn er eigentlich vor sich hatte.

Es dauerte nicht lange, bis weitere Polizisten den Tatort erreichten. Diese Beamten waren zum Glück freundlicher und nachdem ich auch ihnen erklärt habe, wie ich Margrets Leiche gefunden habe, hatten sie meine Personalien aufgenommen, mir versichert, dass sie sich nochmal melden werden und dann freundlich gebeten, das Haus vorübergehend zu verlassen. Margrets Wohnung wurde abgeriegelt und auch die umliegenden Parteien wurden gebeten ihre Wohnungen zu verlassen, um die polizeilichen Ermittlungen nicht zu stören. Ich ging zu dem Treppenhaus und versuchte noch einen letzten Blick in Margrets Wohnung zu bekommen. Die Spurensicherung war mit ihren weißen Overalls schon im vollen Gange.

Der unfreundliche Polizist vom Anfang bat mich nun eindringlicher den Tatort zu verlassen und stieß mich beinahe nach draußen. Vielleicht hielt er mich für einen Gaffer, doch ich glaube, dass es einfach ein Arschloch war. Die gab es leider auch immer wieder vereinzelt bei der Polizei.

Im Erdgeschoss wurde es vermehrt chaotisch. Auch hier mussten die Bewohner ihre Wohnungen verlassen und dies traf auf großes Unverständnis. Unter den Diskutierenden erkannte ich auch Wenke, die dritte Partei bei uns im zweiten Stock. Ich wusste nicht viel über sie, doch mir war bekannt, dass sie nach ihrer Scheidung mit ihrem drei Monate alten Kind hierhergezogen war. Nun verkündete sie mit ihrem Baby auf dem Arm lauthals ihre Meinung. Anscheinend war sie über die Räumung des Gebäudes alles andere als erfreut.

Ich verließ schnell das Mehrfamilienhaus und war im ersten Moment ratlos, was ich nun tun sollte. Ich zog erst ziellos umher, bis ich auf eine Straße, die ich sehr gut von früher kannte, stieß. Etwas weiter lag ein kleines Café, in dem Katharina und ich fast jedes Wochenende waren. Einer der wenigen Orte, mit dem ich ausschließlich gute Ereignisse verbinde.

Hier waren Katharina und ich bei unserem ersten Date gewesen und hier habe ich ihr auch den Antrag gemacht. Bis jetzt habe ich diesen Ort seit ihrem Tod gemieden, doch heute hatte ich Lust auf ein gutes Croissant.

Innen war das Café wie früher. Nur die Bedienung war eine andere. Früher bediente uns jedes Mal die gleiche blonde, junge Frau voller Lebensfreude. Nun war es ein junger Student, der wenn ich es mal voller Sarkasmus ausdrücke, nur vor Motivation so strotzte.

Ich setzte mich an unseren alten Tisch und bestellte. Tatsächlich blieb der erwartete seelische Schmerz aus. Es war vielmehr ein schmerzfreier Rückblick in eine bessere Zeit. Das Café war eine Zeitkapsel, die mich zu Katharina brachte und das machte mich in diesem Moment einfach nur glücklich.

Kapitel 27

Theo Köhler
Das Wohnhaus, 17:45 Uhr

Theo machte der Anblick des Mehrfamilienhauses traurig. Er wusste zwar schon vorher, wo Mats nun lebte, doch dass es wirklich so mit ihm bergab ging, hatte sein alter Kollege einfach nicht verdient.

Manchmal kamen ihm Selbstzweifel und er räumte sich immer wieder selbst einen Teil der Schuld für Mats Absturz ein. Trotzdem sah am Anfang, für die Umstände, alles ganz gut aus. Der Tod von Katharina hatte Mats zwar zurückgeworfen und Theo musste zugeben, dass er nicht immer für seinen Freund da gewesen war, doch nach nur wenigen Wochen kam Mats wieder zur Arbeit und war so effektiv wie noch nie.

Dann kam dieser Burnout und ihre Freundschaft ging völlig kaputt. Heute bereute Theo es. Es hätte besser laufen können. In den guten Zeiten hat alles super geklappt, doch in den schlechten hat ihre Freundschaft einfach nur versagt.

Dennoch brachte es nichts der Vergangenheit nachzutrauern. Er hatte einen Mordfall aufzuklären. Entschlossen ging Theo in das Gebäude und im ersten Moment fühlte er sich völlig überrumpelt. Der Flur war voller Personen, die mit den Beamten diskutierten. Eine hatte sogar ihr Baby auf dem Arm, während sie dem Beamten Beleidigungen an den Kopf warf, warum sie ihre Wohnung verlassen müsse, obwohl der Mord ja nicht in ihrer Wohnung sei. Zum Glück war Mats nicht unter den Personen gewesen. Die letzten Gespräche mit ihm waren wirklich unangenehm gewesen.

Eilig trat der Ermittler hinter die Absperrung und ging hoch in den zweiten Stock. Hier oben herrschte zu seiner Erleichterung Ruhe.

Auf den Anblick, den er hier finden würde, freute er sich überhaupt nicht. Die extrem hohen Temperaturen der letzten Tage machten das Auffinden einer Leiche zu einem unvergesslichen Erlebnis. Auch wenn der Tod erst vor wenigen Stunden eingetreten war, hatten sich die Schmeißfliegen schon wie verrückt vermehrt. Von einem Kollegen hat er schon gehört, dass es sich hier um einen besonders extremen Fall handeln soll. Ein kurzes Gespräch mit einem der Gerichtsmediziner bestätigte dies, obwohl der Tod erst vor höchstens sechs bis zwölf Stunden eingetreten war. Näheres könnte man erst später sagen.

Nun war es erst mal Zeit sich die Sache etwas genauer anzuschauen. »Ist mein Kollege schon da?«, fragte Theo einen Streifenpolizisten, doch der informierte ihn, dass Rafael verhindert war.

Kapitel 28

Jakub Dalibor
Auf einer Straße in Frankfurt, 18:00 Uhr

»Das läuft ja alles scheiße.« Imrich schwieg. So hatte Jakub ihn noch nie erlebt und das machte ihm Angst. Sein Boss war schon immer sehr schweigsam, doch in den letzten Tagen wurde es immer schlimmer. Als würde eine unstillbare Wut in ihm wüten.

Die beiden saßen in einem der Transporter und waren auf dem Weg zu einem Kunden. Jakub begleitete ihn bei seinen Fahrten immer öfter und konnte nun schon den einen oder anderen speziellen Job erledigen. In letzter Zeit hatte er mehr und mehr den Gedanken, dass Imrich ihn bald in die richtigen Geschäfte holen würde. Schon jetzt hatte er immer wieder wichtige Jobs zu erledigen, doch er stellte sich mehr vor. Bald wäre es so weit und Imrich würde ihn zu seinem Partner machen. Medved würde schnell verschwinden. Dafür kann man sorgen und dann hätte er es endlich geschafft. Nicht mehr der blöde Laufbursche, der nichts mit den Geschäftspartnern und den wirklich wichtigen Sachen zu tun hätte.

Irgendwie konnte Jakub Imrichs schlechte Laune auch verstehen. Kollateralschäden gehörten zum Geschäft, doch in letzter Zeit war es einfach zu viel. Drei Fälle innerhalb keiner sieben Tage und es würde nicht mehr lange dauern, bis was neues kommt. Imrich hatte nichts gegen diese Zwischenfälle. Im Gegenteil, man könnte fast sagen, dass sie ihm Spaß machten, doch er war auch immer darum bemüht nicht viel Aufsehen zu erregen.

»Ich weiß, dass es nicht gut läuft, doch morgen kommt eine Lieferung und dann wird schon wieder alles gut.« Er wollte gerade weiterreden, als Imrich abrupt auf einen leeren Parkplatz abbog. Jakubs Kopf wäre beinahe gegen das Seitenfenster geknallt. Verängstigt hielt sich er an den Sitzlehnen fest.

Imrich knallte seine Tür auf, ging auf die andere Seite des Wagens, öffnete auch diese Tür und zog Jakub aus dem Transporter. Ehe er sich versah, schaute Jakub in die Mündung von der Waffe seines Chefs. Er zitterte. So schnell kann es gehen, das musste schon sein Freund Kamil am eigenen Leib erfahren. Im Bewusstsein, dies ein letztes Mal zu tun schloss er seine Augen und dachte an all die Träume, die sich nun alle niemals erfüllen würden. Seine Beförderung, mit der er eigentlichen an diesem Tag rechnete. Sein eigenes kleines Haus, das er sich kaufen würde, wenn er endlich finanziell unabhängig war.

Doch anscheinend war dies noch nicht sein letzter Tag. Der große Mann schlug seine Waffe grob gegen Jakubs Schläfe, doch er schoss nicht. Währenddessen fuhren keine zwanzig Meter von ihnen entfernt Autos auf einer gut befahrenen Straße. Doch niemand hielt an, geschweige denn, dass jemand sie überhaupt bemerkte.

»Es wird alles gut laufen, weil du dafür sorgen wirst.

Die Lieferung kommt so oder so. Daran können wir nichts mehr ändern und wir können froh sein, dass sie überhaupt noch kommt. Es liegt jetzt nur noch in unserem Interesse die Bullen einen einzigen Tag fernzuhalten. Danach ist alles einige Zeit lang wieder sauber, doch bis dahin wirst du dafür sorgen, dass alles so bleibt, wie es ist.«

Imrich erklärte ihm seinen Plan und in diesem Moment wünschte sich Jakub nichts sehnlicher, als dass sein Chef ihn einfach erschossen hätte.

Kapitel 29

Lisa
In der Dunkelheit

Es glich einem einfachen Dasein, dass einzig und allein aufs Überleben ausgelegt war. Nichts konnte sie tun. Seit Tagen vegetierte sie nur noch vor sich hin. In ihren Gedanken gefangen, immer diesen einen Mann im Hinterkopf zu haben. Sie war ganz allein und auch ihre Mitgefangen ließen nichts mehr von sich hören.

Obwohl sie seit ein paar Stunden Stimmen hörte, die sich wie Richard anhörten. »Du wirst hier drin sterben.«, »Du bist ein Nichts«, flüsterten sie und die eine schrie immer wieder laut »Durst!«.

Lisa war sich sicher, dass diese Stimmen nur in ihrem Kopf existierten. Es waren ihre eigenen Stimmen. Sie fing an verrückt zu werden.

Als die Stimmen gerade wieder besonders laut waren, hörte sie von draußen wieder ein Geräusch. Es war das Zuschlagen einer schweren Tür. Sie bewegte sich wieder auf den kleinen Schlitz zu, doch sie sah nichts. Es schien Nacht zu sein.

Plötzlich rumpelte ihr Gefängnis. Waren sie in einem Auto oder gar einen Lastwagen gefangen? Möglich war es und als Lisa scharf nachdachte, meinte sie, dass die großen Türen, wo die Männer hereinkamen, tatsächlich wie Flügeltüren aussahen. Ihr Gefängnis hatte sie nie wirklich sehen können, doch es würde einige Sachen erklären. Ihr wurde schlecht. Hin und her geworfen zu werden schlug einem natürlich auf den Magen, doch die Angst vor dem Ungewissen spielte auch eine große Rolle.

Der Mann hatte gesagt, dass in ein paar Stunden etwas passieren würde. Nun war es so weit.

Ängstlich drehte sie sich zu den anderen Gestalten, doch in der Dunkelheit konnte Lisa sie nicht mehr erkennen.

»Hallo?«, flüsterte sie in die Dunkelheit. Niemand antwortete.

Noch nie hatte sie sich so allein gefüllt.

Kapitel 30

Mats Jäger
Das Wohnhaus, 18:00 Uhr

Ich ging erst am Abend wieder zurück zu meiner Wohnung. Die Polizei hatte das Feld geräumt und bis auf das polizeiliche Siegel an Margrets Tür sah alles aus wie immer. Nichts wies darauf hin, welche Tragödie sich an diesem Tag ereignet hatte.

Die Beerdigung wurde für den Donnerstag in der kommenden Woche angesetzt. Dies erfuhr ich jedoch nicht auf dem üblichen Weg. Am nächsten Tag klingelte eine Frau mit einem Baby auf dem Arm an meiner Tür. Ich brauchte einen Moment, doch dann erkannte ich, dass es meine Nachbarin Wenke Steinmann war. Bis jetzt hatten wir noch nie mehr als drei Wörter miteinander gewechselt.

»Hallo«, begann sie zaghaft. Ich war wirklich überrascht über ihren Besuch bei mir. Vielleicht brauchte sie einfach nur Eier oder Mehl, doch eigentlich war die absolute Anonymität in diesem Haus eine ungeschriebene Regel.

»Ich habe gehört, dass die Beerdigung von Margret am Donnerstag ist. Gehst du hin?« *Was führte diese Frau im Schilde?* Ich war komplett verwirrt und wusste zuerst auch gar nicht, was ich sagen sollte. Was Wenke jedoch als Nächstes tat verwirrte mich noch viel mehr.

Sie fing an zu lachen. Zuerst war es nur ein Kichern, doch es wuchs immer weiter zu einem diabolischen Lachen an. Es hatte etwas wirklich Gruseliges, surreales an sich und zu alldem fing auch noch das Baby an zu schreien. Anscheinend merkte man mir die Verwirrtheit jedoch an, denn Wenke hörte sofort auf zu lachen und schaute mich ernst an.

»Es tut mir leid. Mit Verlusten gehe ich immer etwas anders um. Das war auch schon bei meinem Vater so. Mich hat der Tod von unserer Nachbarin nur so schockiert und dann wurde mir klar, dass ich sie gar nicht richtig kannte. Kannst du dir das vorstellen? Sie lebt direkt neben mir und ich habe sie noch nie zum Kaffee oder so eingeladen.«

Ich nickte, doch ich hatte immer noch keine Ahnung, was diese Frau von mir wollte. Vielleicht war sie einfach verrückt. Das unkontrollierte Lachen würde auf jeden Fall dafür sprechen. Ganz davon abgesehen war es merkwürdig, dass sie mich einfach so duzte.

»Ich weiß das kommt jetzt alles ein bisschen komisch rüber, doch ich würde dich gerne zum Kaffeetrinken einladen.«

Nun war mir alles klar. Wenke hatte ein schlechtes Gewissen. Ich habe das früher schon oft erlebt. Einmal hatte ein Mann sogar Suizid begangen, weil er es über Wochen nicht gemerkt hat, dass seine alte Nachbarin tot in ihrer Wohnung lag. Bei ihr schien dies zum Glück nicht so extrem zu sein, doch an ihrer unbeholfenen, etwas verrückten Art merkte ich schnell, dass sie auch eine einsame Frau war und jemanden zum Reden brauchte.

»Ich würde gerne mit Ihnen Kaffeetrinken, doch leider habe ich heute schon etwas vor. Würde es an einem anderen Tag passen?« Sie schaute mich sichtlich enttäuscht an.

»Ich habe heute extra einen Kuchen gebacken. Vielleicht könnten wir uns dann auch um den Tod unserer Nachbarin unterhalten und über die Männer, die ich auf den Weg zu ihrer Wohnung gesehen habe.« Diese Unterhaltung wurde immer seltsamer. Wenke wusste anscheinend, dass ich an Hinweisen an dem Mord interessiert war. Dieses Wissen nutze sie nun schamlos aus. Trotzdem konnte ein tieferes Gespräch mit Wenke interessant werden. Wenn sie wirklich Margrets Mörder gesehen hat, könnte mich das ein großes Stück weiterbringen.

»Jetzt wo Sie es sagen habe ich um 14:00 Uhr Zeit.«

Sie freute sich riesig, beteuerte, dass der Kuchen mir schmecken würde und verschwand. Immer noch völlig perplex schloss ich die Tür und setzte mich erst mal aufs Sofa.

Kapitel 31

Imrich Vesel
Hotel Jumeirah Frankfurt, 07:00 Uhr

Am gleichen Morgen rollte ein Hotelangestellter einen Wäschewagen durch den Flur des dritten Stockes des luxuriösen Jumeirah Hotels. Hier befanden sich die auf längere Zeit gebuchten Apartments und es hätte nichts Merkwürdiges an der Idylle, wenn der Hotelangestellte nicht knapp zwei Meter groß gewesen wäre.

Ein Gast bemerkte ihn und wusste sofort, dass hier etwas nicht passte. Nicht nur die Größe, sondern auch der arrogante Gang passten nicht in das Bild eines typischen Hotelangestellten. Zwei Minuten später hatte der Gast ihn wieder vergessen, was der Vorteil an solchen Hotels war. Das Personal wurde hier gekonnt übersehen, selbst wenn etwas seltsam an ihnen war. Hier hatte man nur einen Blick für sich selbst.

Wenn dies nicht so wäre, wäre es dem Gast aufgefallen, dass der Mann mit dem Wäschewagen nicht an jeder Tür hielt, um zum Beispiel die Handtücher auszutauschen, sondern ein ganz bestimmtes Ziel hatte. Erst vor der Suite von einem gewissen Conall Hale wurde haltgemacht. Ein prüfender Blick durch den Flur und der Mann konnte sich sicher sein, dass er nun unbeobachtet war. Ein weiterer Vorteil solcher Hotels: hier wurde lange geschlafen.

So verhielt es sich auch bei Conall Hale, besser bekannt als Matej Medved. Mit seinem Klopfen schlug Imrich fast die Tür ein und er hatte schon Angst, dass die Zimmernachbarn von dem Lärm geweckt werden könnten. Nach einer gefühlten Ewigkeit machte ein verschlafener Medved die Tür auf. Dieses Mal stand er nicht im Bademantel, sondern nur in Unterwäsche da. Seine Laune war jedoch genauso mies, wie bei Jakubs Besuch.

»Was machst du hier Imrich? Ich hab gesagt, dass wir uns so wenig wie möglich sehen sollen. Nur wenn das Geschäft es nicht anders zulässt. Immerhin habe ich hier einen Ruf zu verlieren.«

Imrichs Pranken schubsten den fast zwei Köpfe unterlegenen Medved zurück in die Suite. »Halt dein verfluchtes Maul«, grummelte Imrich wütend und Medved fing an zu lachen.

»Was ist denn los mein Großer? Mit dem falschen Fuß aufgestanden?« Imrich atmete tief durch. Er durfte jetzt nicht einfach die Beherrschung verlieren. Noch nicht.

»Reg dich ab Medved. Du bist hier nicht mehr der Boss.« Verwirrt sah er den großen Mann an. *Nicht mehr der Boss?* Unvorstellbar.

»Du redest Unsinn, Imrich. Es ist besser, wenn du jetzt gehst!«

»Gehen? Ich werde nirgendwo hingehen! Deine Zeit ist vorbei. Seit drei Jahren muss ich so tun, als wärst du der Größte und für jeden Scheiß brauchte ich deine Erlaubnis, doch jetzt werden wir abrechnen.« Medved ging verängstigt einen Schritt zurück. Er wusste, dass er gegen seinen Arbeiter keine Chance hatte, doch er musste versuchen wieder die Oberhand zu gewinnen.

»Du machst dich lächerlich! Nur weil du etwas unzufrieden bist, musst du nicht alles infrage stellen. Du musst mich immer um Erlaubnis fragen, weil ich dich eingestellt habe und der Kokainhandel mir gehört. Mir ganz allein!«

»Dir? Ein Scheiß gehört dir! Wir haben uns deine Spedition ausgesucht und dein kleiner Kokainhandel kümmert uns nicht. Du bist so blind, dass du nie die wirkliche Scheiße gesehen hast. Wovon wird deine kleine Suite wohl bezahlt? Von den paar Kilos garantiert nicht.«

»Wir? Was bedeutet hier wir?«, fragte Medved verwirrt, doch da war es schon zu spät. Mit einem gezielten, präzisen Schlag traf Imrich ihn mitten ins Gesicht. Wie ein nasser Sack fiel er zu Boden.

Für einen kurzen Moment war Medved bewusstlos. So richtig erlangte er sein Bewusstsein gar nicht mehr wieder. Seine Augen öffneten sich und er sah die großen Hände von Imrich, die sich auf seinen Hals zubewegten.

Er wollte etwas sagen, doch die Klauen hatten sich schon um seinen Hals gelegt und drückten erbarmungslos zu. Verzweifelt sog seine Lunge nach Luft, doch da war nichts. Der Blick wurde glasig, rötlich. Die kleinen Äderchen in seinen Augen platzten und das Gesicht wurde bläulich. Erst kam ein Japsen, dann nur noch ein Gurgeln.

Wenige Minuten später war Matej Medved tot.

Zehn Minuten später war der Wäschewagen wieder auf dem Flur. Nun war der Inhalt anderer Natur.

Durch den Personalaufzug gelangte Imrich zum Personalausgang, wo ein Transporter schon bereitstand. Ein Hotelangestellter grüßte ihn. Die Tarnung machte sich wirklich bezahlt.

Der Wäschewagen wurde im Transporter verstaut. Ein paar Minuten später war der Wagen, der eigentlich gar nicht da sein dürfte, verschwunden.

Wenige Straßen später konnte sich Imrich sicher sein, dass er nicht verfolgt wurde. Warum auch? Alle haben nur einen Hotelangestellten mit einem Wäschewagen gesehen.

Trotzdem war es ihm immer lieber auf Nummer sicher zu gehen. Gelassen holte er sein Handy raus. Die Nummer war nicht gespeichert. Er hatte ein gutes Gedächtnis und jede Nummer, die nicht gespeichert war, konnte auch nicht so leicht gefunden werden. Die Person auf der anderen Seite hob sofort ab.

»Es ist erledigt.«

Kapitel 32

Mats Jäger
Das Wohnhaus, 11:00 Uhr

Wenke wusste etwas und konnte mir auf jeden Fall weiterhelfen. Trotzdem hatte ich für den Nachmittag einen anderen Plan. Eine Spur, die ich bis jetzt noch nicht weiter verfolgt hatte, war das Verschwinden des Journalisten Poeschke. Ich war immer noch davon überzeugt, dass sein Verschwinden im unmittelbaren Zusammenhang mit Kamils Mord stand.

Manche könnten mich herzlos nennen, dass ich nach Margrets Tod einfach so weiter ermittelte. Auch ich habe befürchtet, dass die Leere nach Katharinas Tod nun zurückkehren würde, doch es war die Wut auf Margrets Mörder, die mir half, nicht in Selbstmitleid zu fallen und weiterzumachen. Trotzdem kann ich nicht leugnen, dass mir Margret fehlte. Ich kannte sie zwar nur wenige Tage, doch in dieser kurzen Zeit entstand eine ganz besondere Verbundenheit, die ich heute vielleicht nur noch mit Felix habe.

Wenn das Kaffeetrinken bei Wenke nicht lange dauern würde, was ich hoffte, würde ich es heute vielleicht noch schaffen Poeschkes Wohnung aufzusuchen. Erstaunlicherweise hatte ich seine Adresse ziemlich schnell im Internet gefunden, was nicht wirklich für die Fähigkeiten des Reporters sprach. Er schrieb zum Teil über so brisante Themen, dass ein Pseudonym angebracht war.

Am Vormittag wollte ich mir erst mal die Zeit nehmen, um mir die Akte zu Kamils Tod genauer anzuschauen. In dem gestrigen Durcheinander hatte ich sie ganz vergessen und wahrscheinlich hätte ich gestern Abend sowieso nicht die Kraft dazu gehabt.

Die Akte lag in der Küche, wo ich auch Margrets Katze fand, die sich hinter einem Schrank verkrochen hat. Ich hatte die Katze völlig vergessen und holte ihr eine Schale Milch. Katzenfutter müsste ich demnächst dann auch noch besorgen.

Mit der Akte setzte ich mich wieder ins Wohnzimmer. Meine Hände zitterten leicht, doch dann schlug ich die Mappe mit einem Ruck auf.

Die spektakuläre Erkenntnis kam nicht sofort. Dafür musste ich mich erst einlesen. Viele Fakten kannte ich schon, obwohl die Akte bei vielen Dingen mehr ins Detail ging. Zum Beispiel wusste ich jetzt, dass die Leiche um 6:15 Uhr morgens von einem Lkw-Fahrer gefunden wurde. Die Polizei traf 14 Minuten später bei der Spedition ein. Für mich war das irrelevant. Ich wollte endlich Beweise, dass Medved den Mord in Auftrag gegeben hat und wer der Verräter bei der Polizei war. Außerdem musste dieser Imrich für seine Taten büßen. Ohne Frage war er für die Drecksarbeit zuständig.

Ich war fast mit der Akte durch, als ich auf die wirklich interessante Stelle stieß. Die ersten Ermittlungen am Tatort führte ein gewisser Kriminalkommissar Thalmann durch. Ich kannte ihn nicht. Einen Tag später wurde der Fall jedoch an einen anderen Kommissar übertragen. Ein Grund dafür wurde nicht genannt. Natürlich war es möglich, dass Thalmann krank wurde, oder Urlaub hatte. Ich war allerdings überzeugt, dass der Verräter den Fall an sich gerissen hatte.

Der Name, der als neuer leitender Ermittler eingetragen war, gefiel mir aber ganz und gar nicht. Eigentlich war es nicht einmal eine große Überraschung. Es war Kommissar Theo Köhler.

Kapitel 33

Dr. Michael Blevins
Institut für Gerichtsmedizin, 11:30 Uhr

Dr. Michael Blevins kam am letzten Tag seines Lebens zu spät zur Arbeit. Er war der einer der leitenden Gerichtsmediziner, weshalb sich keiner daran störte, doch er hatte auch gute Gründe für seine Verspätung.

Die gestrige Nacht war der pure Horror gewesen. Sie kam erst um 3:00 Uhr nachts. Völlig beschwipst und total heiter, während er tausend Tode gestorben war. Doch als sie sein Gesicht gesehen hat, hatte sich auch ihre Stimmung schlagartig verändert. Die blickte in die Trümmer eines Mannes voller Angst und Verzweiflung. »Es ist so weit«, hatte er geflüstert und sie wusste sofort, was er meinte.

Eigentlich hatte sie gehofft, dass dieses schreckliche Ereignis der Vergangenheit angehörte, doch tief in ihrem Inneren wusste sie die ganze Zeit, dass der Tag kommen würde, an dem sich das grausamste Erlebnis ihres Lebens wiederholen würde.

Dr. Blevins war einfach nur froh, dass seine Frau jetzt in Sicherheit war. In jener Nacht hatte er ihr nur wenig erzählt und irgendwie hatten sie es sogar geschafft sich noch ein paar Stunden schlafen zu legen. Dann, in den frühen Morgenstunden hatte er sie zu ihren Eltern gefahren. Auch wenn er Mats vertraute und wusste, dass von ihm niemand etwas von dem Gespräch erfahren würde, war das Risiko zu hoch. Der böse Mann war einfach zu mächtig.

Als der Gerichtsmediziner sein Büro völlig übermüdet betrat, wusste er gleich, dass er mit seinem Gefühl richtig lag. Auf seinem Schreibtisch lag ein brauner Umschlag. Er sah genauso aus, wie der vor einigen Jahren.

Langsam ging Blevins zu seinem Schreibtisch. Der Umschlag sah für einen normalen Menschen ungefährlich aus, doch für ihn kam es einem Todesurteil gleich. Der Mann hatte etwas mitbekommen. Er wusste, dass Blevins mit jemandem über das Geheimnis gesprochen hatte und nun musste er dafür bezahlen.

Zitternd nahm Blevins den Umschlag hoch. Seine Gedanken spielten verrückt. Er sah seine Frau. *Tot. Mit aufgeschlitzter Kehle.*

Es kostete ihn viel Überwindung den Umschlag zu öffnen. Wie erwartet war ein Foto drin. Langsam nahm er es heraus und guckte es sich einige Minuten lang an.

Noch war es nicht zu spät. Er schloss seine Bürotür ab, schloss seine Schreibtischschublade auf und nahm den Revolver, den er von seinem Vater geerbt hatte, heraus.

Mit nun völlig ruhigen Händen nahm er eine einzige Kugel aus der Munitionsschachtel und steckte sie in die Trommel.

Klick. Die Trommel war eingerastet.

Klick. Der Hahn war gespannt.

Langsam setzte er den Lauf an sein Kinn. Es war nun

eine todsichere Sache. Die Kugel würde garantiert sein Gehirn durchdringen. Das Abzugsgewicht betrug zwei Kilogramm. Nicht viel, wenn man bedenkt, dass es über das Leben eines Menschen entscheidet.

Die letzten Gedanken, die Dr. Michael Blevins auf dieser Welt hatte, galten voll und ganz seiner Frau. In der Hoffnung, dass durch seine Bezahlung ihr Leben verschont werden würde.

Durch den lauten Knall aufgeschreckt fand seine Sekretärin ihn zehn Minuten später, nachdem sie endlich den Ersatzschlüssel für die Tür fand.

Ihr Schrei rief schnell noch weitere Personen herbei. Der Anblick von Blevins Leiche schockierte die Sekretärin. Eigentlich war sie Medizinstudentin, die in ihren Semesterferien im Institut aushalf. Deswegen hatte sie schon mehr als eine Leiche gesehen. Durch ihre Erfahrungen hielt sie sich eigentlich für ziemlich taff. Auch stark verstümmelte Leichen hatten ihr bis jetzt nichts ausgemacht. Trotzdem hatte der Anblick von seinem beinah gespaltenen Schädel und dem Blut, vermischt mit der Hirnmasse an der Wand etwas Schreckliches an sich.

Für manche war das auf dem braunen Umschlag liegende Foto, das Mats Jäger schlafend in seinem Bett zeigte, viel erschreckender.

Kapitel 34

Felix Krüger
Spedition Wächtersbacher, 12:00 Uhr

So langsam hatte Felix genug von seinem Ferienjob. Die Arbeitsbedingungen waren katastrophal und er fühlte sich, als wäre er der Einzige, der hier wirklich arbeiten würde.

Das Schlimmste war jedoch, dass er keine Chance hatte in den Container zu kommen. Immer war irgendwer in der Nähe. So ging das schon die ganze Zeit. Wenn sich daran nicht bald etwas ändert, würde Felix diesen Job kündigen. Wofür war er schließlich hier?

Er lud gerade wieder einen der Transporter aus, als Imrich aus dem Container kam, in einen Wagen stieg und verschwand. Niemand anderes war mehr auf dem Gelände.

Vorsichtig schaute Felix sich um. Sollte er es wagen? Medved war nicht da, weshalb eigentlich niemand in dem Container sein dürfte. Langsam ging er auf ihn zu, immer darauf gefasst, dass doch noch jemand auftauchen würde.

Von außen war es unmöglich in das Innere des Containers zu gucken. Das einzige Fenster, das eingebaut war, war so dreckig, dass man nichts erkennen konnte.

War das die Chance, auf die er so lange gewartet hatte? Felix hatte ein ungutes Gefühl, doch dann siegte seine Neugier.

Die Tür war nicht verschlossen. Ein letztes Mal blickte er sich vorsichtig um. Immer noch war das Gelände menschenleer. Schnell verschwand Felix in dem Container und schloss sofort hinter sich die Tür.

Seine Augen brachten einen Moment, bis sie sich an die plötzliche Dunkelheit gewöhnt hatten. An der Seite fand er einen Lichtschalter. Die Glühbirne an der Decke spendete nun wenigstens etwas Licht.

Das Innere des Containers enttäuschte Felix etwas. Es sah aus wie ein gewöhnliches kleines Büro mit einer kleinen Pausenecke. Das einzig Außergewöhnliche war, dass es ungewöhnlich dreckig war. Bei dieser Spedition wunderte ihn das wenig.

Eigentlich wollte er so schnell wie möglich wieder verschwinden, doch er hatte immer noch die Hoffnung, dass irgendein Hinweis auf die kriminellen Machenschaften der Spedition hindeutete. Der Computer war durch ein Passwort geschützt, weshalb seine vielversprechendste Spur wegfiel. Auch die Titel der Ordner in dem kleinen Regal zeigten nichts Auffälliges. Rechnungen, Steuererklärungen, Fahrtenbriefe und der ganze Kram.

Felix wollte gerade aufgeben, als er einen dunkelgrünen Stahlschrank in der Ecke entdeckte. Der Schrank passte durch sein makelloses Aussehen überhaupt nicht ins Bild. Er war ungefähr anderthalb Meter hoch und man konnte auf der Oberseite kein einziges Staubkörnchen entdecken. Entweder war dieser Schrank erst seit kurzem da, oder man achtete akribisch auf ihn. Auf den zweiten Punkt deutete auch das dicke Vorhängeschloss, dass die Türen des Schrankes verschloss. Ohne Schlüssel hatte man hier keine Chance.

Felix Blick ging zu dem Schlüsselkasten, der an der Wand hing, doch wenn man ein solch gewaltiges Schloss verwendete, würde man wohl kaum den Schlüssel direkt daneben hängen. Stattdessen zog Felix sein Handy raus und machte Fotos von dem Schrank. Er wusste noch nicht, ob er Mats die Fotos schicken würde. Er wäre garantiert sauer auf ihn, weil er diesen Alleingang wagte, doch anderseits konnte der Schrank ihm vielleicht helfen. Garantiert war hinter diesen stählernen Türen etwas sehr Wichtiges.

Felix wollte gerade wieder verschwinden, als sich die Klinke der Containertür plötzlich nach unten bewegte. Überrascht und völlig perplex wirbelte er herum.

Die Tür ging auf und Imrich blickte ihn mit seinem grimmigen Blick an. Felix wollte gerade zu einer Ausrede ansetzten, doch der Mann ließ ihn nicht zu Wort kommen.

»Felix Krüger, ich hätte nicht gedacht, dass es so lange dauern würde, bis ich dich hier finden würde.«

Kapitel 35

Theo Köhler
Polizeipräsidium Frankfurt am Main (Innenstadt), 12:30 Uhr

In dem Büro von Hannes Winter befand sich die mit Abstand beste Klimaanlage des ganzen Präsidiums. Für Theo Köhler kam es also gerade recht, dass sein Vorgesetzter noch einmal genauer über die aktuellen Ermittlungen sprechen wollte. Im Büro begrüßte ihn gleich das sympathische Lächeln, des Mannes, der das LKA Frankfurt seit knapp acht Jahren mit großem Erfolg leitete. Theo mochte seinen Chef. Oft hatte er den richtigen Riecher, ließ seinen Kommissaren den nötigen Freiraum und stand voll und ganz hinter seinem Team.

»Wie laufen die Geschäfte?«, begrüßte Winter ihn gleich. Es war eine von den Standardbegrüßungen, die er immer brachte.

»Die Bezahlung könnte besser sein.«

»Brauchen wir nicht alle mehr Geld?«, entgegnete Winter lachend.

»Rafael ist gar nicht da?« Eigentlich wollte sein Kollege auf bei der Besprechung anwesend sein. Der sonst so engagierte Ermittler fehlte in letzter Zeit immer öfters. Man munkelte, dass schon sein drittes Kind auf dem Weg sei und seine Frau ihn immer öfters voll und ganz in Beschlag nahm.

»Vielleicht ist er krank. Er hatte etwas in der Richtung mal erwähnt«, meinte Winter nur.

»Wie läuft es mit den aktuellen Fällen?«

»Der Journalist Norbert Poeschke ist immer noch verschwunden. Seine Schwester ruft dauernd an, die Fahndung ist ausgeschrieben. Ehrlicherweise glaube ich nicht an einen schnellen Erfolg. Der ist irgendwie an Geld gekommen und hat sich abgesetzt. Ich habe seine Wohnung gesehen und würde genau dasselbe tun.« Winter nickte nur. »Bei dieser Margret Seidel stehen wir noch ganz am Anfang. Da verspreche ich mir ziemlich viel, aber eine Spur zu finden wird wohl schwierig.«

»Du siehst also keinen großen Hintergrund bei dem Mord?«

»Nein. Auch wenn der Tod grausam war, vermute ich einen alltäglichen Grund dahinter. Vielleicht war es ein Streit, vielleicht aber auch nur ein Raubüberfall, der schiefgegangener ist.«

Winter stimmte wieder mit einem Nicken zu, während er gedankenverloren mit einem Stift spielte.

»Ziemlich viel los, auch wenn du deine letzten Fälle ganz schön schnell lösen konntest.«

»Das wird auch hier wieder klappen. Es ist nur eine Frage der Zeit.«

»Gut, gut! Wenn dein Kollege jetzt echt nicht noch kommt, ist es sinnlos tiefer ins Detail zu gehen. Die Presse liegt mir wegen des Falles Seidel schon in den Ohren. Eine alte, hilflose Frau ermordet in ihrer eigenen Wohnung sorgt für Aufmerksamkeit.«

Mit den Worten »Ich werde mich drum kümmern«

erhob sich Theo wieder aus dem Stuhl, genoss einen letzten Moment die angenehme Kühle und wollte sich gerade der Tür zuwenden, als Winter ihn doch noch einmal ansprach.

»Theo?«

Der Ermittler drehte sich nochmals zu seinem Vorgesetzten um.

»Räumen Sie dem Fall die Priorität zu, den er verdient. Ich sehe einen Zusammenhang. Das alles hängt mehr oder weniger zusammen und Sie sollten das nicht außer Acht lassen. Ich will nicht, dass dieser Fall einfach zu den ungeklärten Fällen wandert!«

Missmutig verließ Theo Köhler das Büro. Wie sollte er das nur anstellen? Schnell schickte er Rafael noch eine SMS. Es gab Arbeit.

Kapitel 36

Mats Jäger
Das Wohnhaus, 13:55 Uhr

Meine Gefühle zu dem anstehenden Kaffeetrinken waren gemischt. Zum Einen war ich wahnsinnig gespannt, welche Männer Wenke auf den Weg zu Margret beobachtet hatte. Zum Anderen graute es mich aber vor dieser Frau. Ein Kaffeetrinken war immerhin ein enormer sozialer Kontakt. So oder so würde dieses Treffen nicht sehr angenehm werden.

Ich hatte noch darüber nachgedacht, ob ich ein kleines Geschenk, vielleicht sogar Blumen mitbringen sollte, habe mich dann aber doch dagegen entschieden. Mein Ziel war es, so schnell wie möglich etwas herauszufinden und am besten noch heute bei Poeschkes Wohnung vorbeizuschauen. Ein Geschenk wäre da das falsche Zeichen gewesen.

Schon von draußen hörte man das Geschrei des Kindes. Auch die Mutter schrie, doch im Gegensatz zum Kind war die Mutter erbost über das Verhalten des Kindes und einem anscheinend angebrannten Kuchen. Das Kind hatte einfach nur Hunger.

Meine Laune hatte ihren Tiefpunkt schon erreicht, doch ich konnte jetzt keinen Rückzieher mehr machen. Ich klingelte und Wenkes Wutgeschrei verstummte sofort. Einen Moment später öffnete mir die Frau, die mich am morgen so verwirrte, die Tür.

»Schön, dass du da bist Mats. Du kommst aber ein paar Minuten zu früh.« Von der nicht allzu netten Begrüßung ließ ich mich nicht irritieren. Wenke führte mich in ihre Wohnung und im Gegensatz zu Margrets oder meiner Wohnung war sie sehr modern, wenn auch ziemlich schlicht, eingerichtet. Trotzdem merkte man definitiv, dass hier auch ein Kleinkind lebte.

»Möchtest du einen Kaffee?« Ich bejahte und kurz darauf saßen wir an dem Esstisch der kleinen Familie Steinmann. Das Baby, das wie sich herausstellte, auf den Namen Paul hörte, schrie unentwegt weiter.

»Es ist ziemlich schwierig als alleinerziehende Mutter ein kleines Kind großzuziehen.« Wenke deutete auf Paul und ich nickte verständnisvoll. Als hätte ich irgendeine Ahnung von Erziehung.

»Das Arsch hat uns kurz nach Pauls Geburt verlassen. Ich stand förmlich vor dem Nichts. Deswegen mussten wir auch hierherziehen. Die Wohnung durfte das Arsch natürlich behalten.«

Wieder wusste ich nicht, was ich dazu sagen sollte. Es war schon irgendwie belustigend, dass sie für ihren Ex einen solch speziellen Namen verwendete, doch irgendwie war es auch traurig. Mit einem neugeborenen Kind musste es sehr schwierig sein sich eine völlig neue Existenz aufzubauen. Außerdem war dieses Mehrfamilienhaus alles Andere als familienfreundlich. Diese Gegend zählte nicht gerade zu den sichersten in Frankfurt, was man aber auch deutlich an der Miete merkte. Wahrscheinlich war das der ausschlaggebende Grund für Wenke gewesen.

»Wie schaffen Sie es Arbeit und Kinderbetreuung unter einem Hut zu bekommen?«, fragte ich. Die Antwort interessierte mich dieses Mal tatsächlich.

»Vormittags bringe ich ihn natürlich in den Kindergarten, doch der endet schon um 13:00 Uhr. Dann ist auch mit Arbeiten Schluss. Mein Chef im Supermarkt hat dafür zum Glück Verständnis. Und dann kommen noch die ganzen Rechnungen, die der ach so liebe Ehemann dagelassen hat. Da hat man gar keine Chance irgendwie herauszukommen.« Wieder nickte ich, doch das Schicksal dieser Frau machte mich traurig. Im Supermarkt zu arbeiten und alleine ein Kind in dieser Gegend großzuziehen ist natürlich keine Schande, doch es muss unglaublich schwer sein. Kein Wunder, dass sie sich so nach sozialen Kontakten sehnte. In so einem stressigen Alltag wird sie wenig Zeit für Freunde haben. Solche Menschen hatten meinen vollsten Respekt. Da machte es mich schon etwas beschämend, dass ich so ignorant in meiner Komfortzone blieb, während andere nicht wussten, wie sie bis zum Monatsende durchhalten sollten. Wenn das Geld schon nach der Hälfte quasi alle ist und wirklich wichtige Sachen, die wir alle als Selbstverständlich abtun, auf der Strecke bleiben.

»Du kannst mich übrigens auch duzen. Wir sind schließlich Nachbarn«, sagte Wenke. Sie schaute mich dabei an, als hätte ich etwas komplett falsch gemacht. Meine Gefühle für diese Frau waren in einem Zwiespalt: zum einen hatte ich Mitleid mit ihr und wollte ihr helfen. Zum anderen machte sie einen instabilen Eindruck, was mir noch von unserem Treffen von heute Morgen gut in Erinnerung blieb. Ich war immer noch in der Komfortzone, wo ich mit den Problemen von anderen Leuten so wenig wie möglich zu tun haben wollte.

Nun wurde es aber Zeit das Gespräch in eine andere Richtung zu lenken. So viel Mitleid ich mit Wenke hatte, war ich immer noch aus einem anderen Grund hier.

»Du hast gesagt, dass du Männer auf dem Weg zu Margrets Wohnung gehen gesehen hast?« Paul machte eine kleine Pause mit seinem Gebrüll, als hätte er gemerkt, dass es nun wichtig wurde. Keinen Moment später setzte das Geschrei allerdings erneut ein.

»Es stimmt. Ich habe zwei Männer auf den Weg zu Margrets Wohnung gehen sehen. Das war ganz schön unheimlich. Der eine war riesig. Ich bin fast mit ihm zusammengestoßen, weil ich Paul auf dem Arm hatte und dann immer schlecht etwas sehen kann. Ich hab mich auch entschuldigt, doch der Typ hat kein Wort gesagt. Der andere war aber ganz in Ordnung. Viel kleiner, aber ein nettes Gesicht. Er hat mich auch so freundlich angesehen, als wollte er sich für das Verhalten von dem anderen entschuldigen.«

»Kannst du dir vorstellen, was die zwei von Margret wollten?«

»Keine Ahnung. Erst dachte ich, dass sie Elektriker oder so etwas wären. Die Kleidung hat dazu irgendwie gepasst. Aber der kleine Typ hatte einen Baseballschläger dabei, weshalb sie wahrscheinlich Sport mit ihr machen wollten, oder so.«

»Einen Baseballschläger?« Ich wusste nicht, ob sie

das mit dem Sport wirklich ernst meinte. Hatte sie überhaupt verstanden, dass Margret ermordet wurde?

»Ja, einen Baseballschläger. Ist ja nicht verboten einen rumzuschleppen, oder?« Immer weniger konnte ich diese Frau einschätzen. Die zwei Männer waren garantiert Imrich und einer seiner Helfer, doch weshalb verstand Wenke nicht, dass es die Mörder von Margret sein mussten?

»Natürlich ist es nicht verboten. Hast du der Polizei von den Männern erzählt?«

»Natürlich nicht! Mich hat ja keiner gefragt. Man wollte nur, dass ich so schnell wie möglich meine Wohnung verlasse. Kannst du es dir vorstellen, wie schwierig es ist, spontan mit einem Kind die Wohnung zu verlassen? Ich hatte keine Ahnung, wo ich hingehen sollte.«

Vielleicht war es ganz gut, dass die Polizei nichts davon wusste. Hätte Theo davon erfahren, hätte er es vielleicht an Imrich weitergeleitet und das wäre für Wenke garantiert nicht gut ausgegangen.

»Weißt du, ob Margret den beiden die Tür geöffnet hat?« Wenke sah mich verwirrt an. Die vielen Fragen hatten sie misstrauisch gemacht.

»Was soll die ganze Fragerei? Werde ich jetzt verhört? Ich wollte nur schnell noch einkaufen. Da bleibe ich doch nicht stehen und schaue, was zwei Männer von meiner Nachbarin wollen. Sie haben an ihrer Tür geklingelt. Mehr habe ich nicht gesehen. Ich bin doch keine Stalkerin, oder so! Außerdem ist das sowieso nicht wichtig. Margret ist an einem Unfall gestorben.

Da gibt es nicht viel zu fragen, wer wann bei ihr war.« Wenke war spürbar gereizt. Ihre Stimme wurde immer lauter. Trotzdem musste ich es versuchen mehr zu erfahren.

»Wer hat dir gesagt, dass es ein Unfall war?«

»Die Polizei.« Sie sagte es so, als wäre es selbstverständlich. »Als ich wieder zurückkam habe ich mich bei so einem Kommissar nochmal richtig beschwert. Der hat mir dann gesagt, dass sowieso alles geregelt ist, weil es ein Unfall war.«

Die Polizei hatte gesagt, dass es ein Unfall wäre? Dass man Kamils Tod als Unfall verkaufen konnte war irgendwie noch verständlich, doch Margrets? Wie wollte man sich das erklären? Sie ist im Bad gestolpert und hatte sich dabei aus Versehen selbst erdrosselt?

»Weißt du noch, wer das mit dem Unfall gesagt hat?«

»Keine Ahnung. Ich weiß nur noch, dass er Kommissar war. Warum sollte das wichtig sein?« Auf Wenkes Frage ging ich nicht weiter ein. Dafür hatte ich keine Zeit.

»Hieß er zufällig Theo Köhler?« Einen Moment schien Wenke wirklich nachzudenken.

»Ich bin mir nicht sicher, doch ich meine der Nachname war relativ kurz. Könnte also passen.«

Ich stand auf und ging zur Tür. Es war mehr ein Impuls, als eine wirkliche Entscheidung. Verdutzt folgte mir Wenke. »Was ist los mit dir? Geht es dir nicht gut?«, fragte sie noch.

»Tut mir leid, aber ich kann dir das jetzt nicht erklären. Wir sehen uns bestimmt.« Dann war ich schon draußen.

Im Nachhinein tat es mir leid, dass ich sie einfach stehen ließ, doch in diesem Moment war ich so wütend, dass ich etwas unternehmen musste. Imrich brachte auf Geheiß einen nach dem Anderen um, erpresste unschuldige Menschen, bestach, oder erpresste meinen alten Freund und nahm mir schlussendlich meine einzige wirkliche Freundin. Alle sahen weg, doch das konnte ich nicht mehr. Ich sah das Grauen.

Kapitel 37

Jakub Dalibor
Polizeipräsidium Frankfurt am Main (Innenstadt), 14:00
Uhr

»Guten Tag, mein Name ist Jakub Dalibor und ich gestehe, dass ich vier Menschen getötet habe.«

Die Frau am Empfang war gleich misstrauisch gewesen, als der seltsame Mann die Polizeiwache betrat. Bei jedem anderen hätte sie den Satz wahrscheinlich als Scherz abgetan, doch bei ihm griff sie sofort zum Hörer und rief einen Beamten herbei.

Es dauerte ein paar Minuten, bis jemand durch die Sicherheitstür kam, die die Rezeption von dem Inneren der Wache trennte. Jakub setzte sich in dieser Zeit auf einen der Plastikstühle, als würde er auf einen einfachen Arzttermin warten. Ängstlich, jedoch aus voller Neugier studierte die Rezeptionistin den angeblichen Mörder. Von ihren Kolleginnen hatte sie schon allerlei Geschichten von Verrückten gehört, die falsche Geständnisse ablegten, um Aufmerksamkeit zu bekommen. Sie war sich sicher, dass sie einen solchen Verrückten vor sich hatte. Der etwa 1,70 große Mann wirkte auf den ersten Blick zwar nicht gefährlich, doch seine dunklen, intensiven Augen hatten etwas Unberechenbares. Die zerzausten, schwarzen Haare und die Augenringe, die von starker Übermüdung zeugten, machten außerdem einen verwahrlosten Eindruck auf sie. Die sauberen und etwas teureren Klamotten ließen aber darauf schließen, dass dieser Mann kein Obdachloser war.

Nach kurzem Warten wurde er von einer Beamtin in die Wache geführt. Die Frau am Empfang war erleichtert, dass sie nun nicht mehr mit ihm alleine war. Sie hätte es keine weitere Minute mehr mit ihm in einen Raum ausgehalten.

Jakub war fest davon überzeugt, dass man ihn nun in den Vernehmungsraum bringen würde. So richtig mit kahlen Betonwänden und einem Spiegel, hinter dem andere Ermittler das Verhör verfolgen können, doch er wurde in ein ganz normales Dienstzimmer geführt. Zweimal wurde er in seinem Leben schon verhaftet. Es waren nur kleine Vergehen, die am Schreibtisch geklärt wurden. Bei einem schweren Vergehen wie einem Mord hätte er jedoch mehr erwartet.

»Was soll das? Ich will gestehen, warum komme ich dann nicht ins Vernehmungszimmer?«, fragte er irritiert, doch die Polizistin lachte nur.

»In Deutschland gibt es keine Vernehmungszimmer. Das gibt es nur in Büchern oder Filmen. Der Kommissar sollte gleich kommen. Sie können schon mal Platz nehmen.«

Irritiert setzte sich Jakub. Tatsächlich sind professionell eingerichtete Vernehmungsräume oft nur noch ein Wunschtraum. So auch beim LKA in Frankfurt. Die Ermittler führten ihre Vernehmungen deswegen oft in ihren Büroräumen durch. Theo Köhler und Rafael Chamacho haben deswegen ihr Büro auch extra spartanisch eingerichtet. Der Befragte sollte möglichst wenig abgelenkt werden, oder Rückschlüsse auf die Ermittler bekommen. Die Familienfotos auf den Schreibtischen waren zum Beispiel ganz bewusst dem Befragten abgewandt.

Die Beamtin fragte, ob er eine Flasche Wasser wolle, doch er lehnte ab. Schließlich war er nicht zum Vergnügen hier.

Kurze Zeit später kam ein zivil gekleideter Mann herein. Er stellte sich als Theo Köhler vor und wieder wurde Jakub gefragt, ob er etwas trinken wolle, er lehnte wieder ab.

Eigentlich erwartete er, dass der Beamte sich an seinen Schreibtisch setzten würde. Theo nahm jedoch seinen Stuhl und setzte sich direkt vor den jungen Mann. Es war eine weitere Taktik: bei einer Vernehmung sollten möglichst wenig Barrieren zwischen dem Verdächtigen und dem Ermittler herrschen. So konnte Theo nah an seine Befragten heranrücken und einen persönlichen Kontakt zu der anderen Person herstellen. Bedrohliches Aufrichten, entspanntes Zurücklehnen oder das Zeigen von Zuneigung wurden für die gegenüberliegende Person viel lebendiger und es wirkte sich deutlich auf die Qualität der Gespräche aus. So hatte Theo Köhler schon einige knallharte Typen gebrochen, oder wertvolle Informationen aus verschlossenen Zeugen gelockt. Bei Jakub Dalibor war er sich jedoch nicht sicher, ob die kleinen Tricks ausreichen würden. Dieser Mann machte einen empathielosen und völlig kalten Eindruck auf ihn.

»Hat man Sie über Ihre Rechte aufgeklärt?«, fragte der Kriminalkommissar. Jakub nickte.

»Ich werde das Gespräch aufzeichnen. Sind Sie damit einverstanden?« Wieder nickte Jakub. Theo Köhler nahm das Aufnahmegerät in die Hand und schaltete es ein. Routinemäßig gab er Ort, Zeit und die anwesenden Personen an. Noch einmal fragte er nach den Rechten, doch dieses Mal reichte kein Nicken. Alles sollte rechtskonform sein, wenn die Tonbandaufnahme vielleicht später vor Gericht als Beweis genutzt wird. Die Formalitäten waren schnell erledigt und er wandte sich dem Verdächtigen zu.

»Jakub Dalibor, Sie sagen... « Theo kam nicht weiter. Er wurde von Jakub unterbrochen.

»Kamil Walczak, Norbert Poeschke, Nikolas Zimmermann und Margret Seidel.«

»Wie bitte?«

»Das sind die Menschen, die ich getötet habe.« Ein betretenes Schweigen herrschte in dem Büro. Eigentlich war Theo immer sehr schlagfertig bei Vernehmungen, doch dieses Mal fehlten ihm die Worte.

Die Tür des Büros wurde geöffnet. Ein weiterer Mann kam herein. Er setzte sich an den einzig anderen Schreibtisch und nickte der Polizistin, die Jakub in die Wache geführt hatte zu. Diese verließ daraufhin den Raum. Jakub beobachtete das Geschehen aufmerksam, doch Theo schien es gar nicht zu bemerken. Er nutzte die kurze Unaufmerksamkeit seines Gegenübers, um sich wieder zu sammeln.

»Sind Sie sich sicher, dass Sie keinen Anwalt möchten?« Im echten Leben verhielt es sich nun mal anders, als in amerikanischen Thrillern. Man hoffte nicht darauf, dass der Befragte keinen Anwalt fordert, weil man ihn dadurch so richtig in die Mangel nehmen kann. Es war vielmehr das Gegenteil der Fall: wenn ein Verdächtiger ohne Anwalt befragt wird, wurde dies schon mehr als einmal später vor Gericht zu ihren Gunsten verwendet. Eine ärgerliche Sache, wodurch sich die Ermittler extra viel Mühe gaben, ja keinen Fehler zu machen. Das System war dafür da, Unschuldige zu schützen, was auch ohne Frage eine sinnvolle Sache war, doch auch für die wirklichen Straftäter bot es ungeahnte Vorteile: wegen einem kleinen Formfehler kann es schon zu einem Freispruch kommen.

»Ich bin mir sicher. Ich kann mir sowieso keinen leisten.«

»Man hat Sie schon darüber aufgeklärt, dass auch der Staat Ihnen einen Pflichtverteidiger besorgen kann. Das wäre für Sie dann kostenlos.«

»Verflucht, ich will keinen Anwalt!«

Jakub war von seinem Stuhl aufgesprungen. Rafael, der zweite Polizist in dem Raum, stand besorgt auf, doch so schnell, wie sein Wutanfall begann, endete er auch wieder. Provokant entspannt setzte er sich zurück auf seinen Stuhl.

»Wenn Sie keinen Anwalt wollen ist das auch kein Problem. Vielleicht sollten wir dann zu den wichtigen Fragen übergehen«, sagte Theo, wobei er beruhigend seine Hände hob.

»Sie sagen also, dass Sie diese vier Menschen getötet haben, doch warum haben Sie das getan?«

»Ich arbeitete mit Kamil gemeinsam auf der Spedition Wächtersbacher. Er schuldete mir Geld und wir haben uns gestritten. In der Nacht ist der Streit dann eskaliert und ich habe ihn auf diesen Spieß geschubst. Es war ein Unfall, doch als dieser Journalist Fragen gestellt hat, musste ich ihn auch töten. Nikolas Zimmermann und Margret Seidel haben mich dabei gesehen, weshalb ich sie auch töten musste.«

»Wie haben Sie Norbert Poeschke getötet?«

Theo achtete bei seinen Befragungen immer besonders auf die Hände und auf die Augen. Meistens waren sie es, die einen Lügner entlarvten. Jakubs Hände blieben seelenruhig und auch die Augen verrieten nichts.

»Ich habe ihn zu Tode geprügelt«, sagte er, ohne auch nur die geringste Emotion zu zeigen.

Rafael hatte sich bis jetzt im Hintergrund gehalten. Nun ging er jedoch zu dem Befragten und forderte ihn auf ihm seine Hände zu zeigen. Nach kurzem Zögern gehorchte Jakub. Seine Hände waren rau und zeugten von einem harten Arbeiterleben. Es gab keine Blessuren, die auf einen kürzlichen Kampf hindeuteten. Rafael warf seinem Kollegen einen vielsagenden Blick zu, den dieser jedoch nicht bemerkte.

»Wo befindet sich die Leiche des Journalisten zum jetzigen Zeitpunkt?«

»Ich habe sie in einen Müllcontainer in der Nähe von seiner Wohnung geworfen.« Er nannte die genaue Adresse, die sich Theo notierte. Gleich im Anschluss an die Befragung wollte er eine Streife dorthin schicken, um die Angaben zu überprüfen. Wenn Leichen in Müllcontainer entsorgt werden, kann es dazu kommen, dass sie erst gefunden werden, wenn die Container entleert werden. Besonders in einem solchen Viertel wurde der Geruch leicht überdeckt und die Menschen waren immer noch Meister darin Sachen zu ignorieren, die ihnen nicht in den Kram passten. Die Chance, dass das Verschwinden um Norbert Poeschke gelöst war, stand nicht schlecht.

»Warum wollen Sie sich gerade jetzt stellen?« Die Frage kam nicht von Theo. Rafael, der nach wie vor neben Jakub stand, sah ihn fragend an. Dieser schwieg für einen etwas zu langen Augenblick.

»Ich habe ein schlechtes Gewissen bekommen. Außerdem hatte ich Angst, dass mir die Polizei schon dicht auf den Fersen war und da wollte ich mich lieber selbst stellen, damit ich eine Strafminderung bekomme.«

Theo nickte zufrieden, doch Rafael blieb skeptisch.

»Und wer genau ist Nikolas Zimmermann und wo befindet sich angeblich seine Leiche?«

»Er ist ein LkW-Fahrerr bei der Spedition, wo ich arbeite. Ich habe ihn geköpft und seinen Lkw mit der Leiche auf einen Rastplatz abgestellt, wo viele Fahrer eine längere Pause machen. Seinen Kopf werdet ihr dort nicht finden. Den wollte ich lieber verbrennen. Der Typ war ein Schwein, er hat es nicht besser verdient.«

Auch hier nannte er den genauen Ort und Theo notierte sich ihn. Rafael ging zu seinem Schreibtisch zurück und gab den Namen des neuen Opfers ins System ein. Nikolas Zimmermann war der deutschen Polizei gänzlich unbekannt. Eine Vermisstenanzeige gab es ebenfalls nicht. Aus Interesse gab er auch Jakub Dalibor ein. Es gab einige kleinere Vergehen, die auf die Karriere eines Kleinkriminellen deuteten und es stimmte, dass er bei der Spedition Wächtersbacher arbeitete, doch die Geschichte mit den Morden konnte Rafael einfach nicht glauben.

»Ich kaufe Ihnen das nicht ab. Sie sind nicht der Typ, der vier Menschen tötet und sich dann einfach so stellt.«

»Was muss ich denn für ein Typ sein, damit Sie mir glauben? Ich habe diese Menschen getötet und weiß Einzelheiten über meine Taten. Mehr brauchen Sie doch nicht.«

Rafael wollte noch weitere Fragen stellen, doch er merkte, dass es zu diesem Zeitpunkt nicht weiterkommen würde. Warum dieser Mann die Morde gestand wusste er nicht, doch er war sich sicher, dass hier etwas nicht stimmte.

»Mir reicht es jetzt. Ich habe gestanden und nun bin ich müde. Kann man mich wegbringen?«, fragte Jakub, während er Rafael herausfordernd ansah.

»Natürlich. Wir werden Ihre Angaben überprüfen und Sie erneut befragen. So lange bleiben Sie selbstverständlich in Gewahrsam«, antwortete Theo und drückte einen Knopf an seinem Schreibtisch. Ein Polizist, der vor der Tür wartete, kam herein und führte Jakub raus.

Missmutig sah Rafael seinen Kollegen an.

»Hier stimmt etwas nicht.«

Der Beamte führte Jakub zu den Arrestzellen. Nach einer kurzen Durchsuchung wurde er in eine der freien Zellen gebracht. Die Schuhe musste er vorher ausziehen. Der Boden war wie der Rest des kleinen Raumes mit weißen Fliesen gekachelt. Bei dem kalten Boden würde er sich bestimmt schnell erkälten, dachte Jakub belustigt. Das würde nun auch keinen Unterschied mehr machen.

»Ich bringe Ihnen noch ein spätes Mittagessen. Sie sehen hungrig aus«, sagte der Beamte noch. Dann wurde die schwere Stahltür verschlossen. Er war allein.

Der Raum war spärlich möbliert. Neben einer Pritsche mit einer Matratze, die nach unglaublichen Rückenschmerzen aussah und nach Erbrochenem stank, gab es in der Ecke nur noch eine stählerne Toilette und ein kleines Waschbecken. Diese Zelle war nicht für längere Aufhalte gedacht.

Das Einzige, was einen kleinen Lichtblick geben konnte, war das kleine Fenster. Doch mit einer Höhe von zwei Metern war die Aussicht für den nicht allzu großen Jakub unerreichbar.

Doch war das jetzt nicht sowieso irrelevant? Er überlegte, ob er vorher nicht noch ein paar Stunden schlafen sollte. Im Prinzip war es ja eh egal. Erschöpft legte er sich hin und obwohl es sehr ungemütlich war, schlief er sofort ein.

Es fühlte sich so an, als hätte er erst wenige Minuten

geschlafen, als die stählerne Tür sich wieder öffnete. Das Essen wurde gebracht. Jakub war sich nicht sicher wie lange er schon in der Zelle war. Der Schlaf fühlte sich wie wenige Minuten an, doch er fühlte sich, als wäre er schon Stunden hier eingesperrt. Er war erstaunt, dass man so schnell die Zeit aus den Augen verlieren konnte. In dem Raum gab es keine Uhr und nur das Licht durch das Fenster konnte einen kleinen Hinweis auf die ungefähre Zeit geben.

Der Polizist erklärte ihm, dass er in einer Stunde wiederkommen würde, um das Geschirr abzuholen. Man wollte ihn am späteren Nachmittag nochmal vernehmen. Wenn er doch seinen Anwalt sprechen wolle, sollte er den Rufknopf neben der Tür verwenden. Er nickte nur abwesend. Dazu würde es nicht kommen.

Missmutig starrte er auf sein Essen. Es sah nach Gulasch aus, doch so richtig sicher konnte man sich bei dieser Pampe nicht sein. Essen würde er es auf jeden Fall nicht. Als Henkersmahlzeit würde dies seinen Zweck nicht erfüllen.

Statt Messer und Gabel gab es nur einen Plastiklöffel. Hier ging man kein Risiko ein und doch konnte man Jakub nicht von seinem Vorhaben abbringen.

Imrich hatte es ihm ganz genau erklärt. Schwierig würde es nicht sein, doch es kostete Überwindung. Verzweifelt dachte er an etwas, was das Unausweichliche hinauszögern konnte, doch er war ausgeschlafen und essen würde er auch nicht. Außerdem musste er es jetzt durchziehen. Nochmal zu warten würde ihm vielleicht den Mut kosten.

Mit zittrigen Händen krempelte er seinen Pullover hoch. Die Adern konnte er sehen. So schwierig konnte es schon nicht sein.

Mit geschlossenen Augen bewegte er seinen geöffneten Mund langsam auf die Pulsader seines rechten Armes zu. Etwa zwei Zentimeter vor seinem Ziel stockte seine Bewegung. Er konnte das einfach nicht tun.

Der Mensch war darauf ausgelegt zu leben. Für die Selbstzerstörung war er einfach nicht gedacht. Mit einem Messer, oder einem anderen Hilfsmittel wäre es vielleicht einfacher, doch sich selbst die Pulsadern aufzubeißen schaffte nicht jeder.

Jakub lehnte sich wieder zurück. Tränen liefen über seine Wangen. Imrich hatte gesagt, dass es der einfachste Weg wäre, seine Gnade doch noch zu bekommen. In dem Moment, wo diese Worte aus dem Mund seines Chefs kamen, war sein Leben verwirkt.

Ein Leben ohne das Geschäft war ein Leben ohne Perspektive. Es war nicht genug Geld da für eine neue Identität und bei der Polizei konnte er nicht jedem trauen. Außerdem hatte er schon genug Menschen gesehen, die sich von Imrich abwandten und dann einen grausamen Tod starben. Imrich und sein riesiges Netzwerk würden ihn finden. Egal wohin er auch gehen würde wäre er seines Lebens nicht mehr sicher. Der Gedanke, immer fürchten zu müssen, dass im nächsten Moment das Leben vorbei sein würde, war unerträglich. Für Imrich war dies ein Prinzip, um sich die Loyalität von seinen Leuten zu sichern.

Er atmete tief durch. Ein zweiter Versuch.

Seine Zähne setzten an seinem Arm an. Nun musste er nur noch zubeißen.

Die Zähne bohrten sich in die Haut, doch der Widerstand schien zu groß zu sein. Sein Kiefer begann zu schmerzen, doch er biss sich weiter fest. Nur nicht aufgeben, dachte er erschöpft und in diesem Moment fing die Haut an zu reißen.

In wabernden Stößen stieß das Blut aus seinem Körper raus. Jakub hätte nicht erwartet, dass es so viel Blut sein würde. Aus Reflex griff er nach dem Arm und versuchte die Blutung zu stoppen, doch der Blutfluss wollte nicht aufhören.

Alles wurde warm und doch kalt zugleich. Resigniert lehnte er sich zurück. Um ihn herum hatte sich schon eine ordentliche Blutlache gebildet und seine Sinne begannen zu schwinden.

Aus Angst vor dem Tod hatte er sich das Leben genommen.

Was hatte er nur getan?

War es das wirklich wert?

Kapitel 38

Mats Jäger
Das Wohnhaus, 15:00 Uhr

Wie lange wollte ich noch damit weitermachen? Ich lief von einer Station zu nächsten und trotzdem war noch kein Ziel in Sicht. Mein neugewonnener Optimismus war wieder einmal verflogen. Vor zehn Minuten strotzte ich nur vor Selbstbewusstsein, doch die Zweifel aus meinen Alkoholtagen, die noch nicht in allzu weiter Vergangenheit lagen, kamen immer wieder. Alles hätte so einfach enden können, wenn Michael Blevins aussagen würde. Natürlich habe ich ihm versprochen, dass wir nichts an die Polizei weitergeben würden, doch machte nicht der Tod von Margret dieses Versprechen zunichte?

Ich war kurz davor den Gerichtsmediziner anzurufen und ihm zu sagen, dass wenn er nicht sofort die Polizei informierte ich es tun würde, doch dann musste ich an seine Frau denken. Was ist, wenn Imrich aus irgendeinem Grund von dem Verrat erfährt, bevor man ihn verhaften konnte? Blevins Frau war zwar bei ihren Eltern relativ in Sicherheit, doch es konnte immer etwas passieren und wenn sie dann nur wegen meinem Drängen sterben würde, könnte ich mir das nie verziehen.

Eine bessere Idee war es, dass ich alle meine gesammelten Informationen anonym an die Polizei schicken würde. Irgendwie würde ich es schon schaffen Blevins da raus zu halten.

Bei der Polizei waren längst nicht alle korrupt. Man würde also den Hinweisen folgen und mit ein bisschen Grips würden sie Imrich überführen.

Es klang ganz einfach, doch so war es natürlich nicht. Die Frankfurter Polizei erhält täglich dubiose Hinweise. Eine verrückte Theorie mehr würde da gar nicht auffallen. Die große Frage war auch immer noch, was illegal bei der Spedition lief. Für ein Versandunternehmen war Schmuggel der nächste Gedanke, doch was war es? Geld? Drogen?

Bei solchen wilden Vermutungen konnte ich auf keine Hilfe hoffen. Wenn ich jedoch echte Beweise bei Poeschke fand, musste die Polizei in Aktion treten.

Der Journalist hatte etwas Wichtiges herausgefunden. Andernfalls hätte Medved ihn niemals entführen lassen. Meine einzige Hoffnung war nun, dass diese Beweise immer noch in Poeschkes Wohnung waren.

Kapitel 39

Levin Ziegler
Kurz vor dem Stadtrand Frankfurts, 15:15 Uhr

Levin Ziegler hatte heute schon genug Briefkästen gesehen. Jetzt, zum frühen Nachmittag, war die Hitze
kaum noch zu ertragen und seine Route war nicht wirklich die beste. Dadurch, dass er am Rand von Frankfurt
Zeitungen verteilte, gab es nicht so viele Reihenhäuser.
Im Gegenteil: es gab viel zu lange Auffahrten und ins-
gesamt musste er viel mehr laufen als in einem Bezirk
in der Stadt. Für den Zeitungsverlag zählte nicht die
Länge der Route, sondern die Anzahl der verteilten Zeitungen. Nun hatte er das Nachsehen. Trotzdem brauchte er das Geld und konnte froh sein, dass er noch einen
Bezirk hatte, der nicht völlig abgelegen war.

Dabei waren schon hier manche Häuser wie von der
Außenwelt abgeschnitten. Besonders das nächste. Levin war sich nicht sicher, ob in diesem Haus überhaupt
jemand wohnte. Noch nie hatte er hier Jemanden gesehen und sowohl das Haus, als auch der Garten waren
verwahrlost. Jedes Mal war jedoch die Zeitung vom
vorherigen Mal aus dem Briefkasten verschwunden. Eigentlich war es ihm auch egal. Er machte hier schließlich nur seinen Job.

Den beißenden Geruch nahm er sofort wahr. Etwas
Süßliches lag in der Luft. Je näher er an das Haus trat,

desto intensiver wurde der Geruch. Aus den zahlreichen Thrillern, die er in seiner Freizeit las, wusste er, dass Leichen einen süßlichen Geruch haben, doch auf die Idee kam er erst nicht. Zu abwegig war der Gedanke auf eine Leiche zu stoßen. Vielleicht war es nur ein sonderbares Essen?

Kurz vor dem Briefkasten war er sich sicher, dass hier etwas nicht stimmen konnte. Kein Essen der Welt konnte so übel riechen. Ihm kam das erste Mal der Gedanke, dass vielleicht ein toter Fuchs oder ein anderes Tier im Gebüsch lag. Besorgt blickte sich Levin um. Was sollte er nun tun?

Eigentlich hätte er einfach wieder verschwinden sollen. Es würde schon nichts Wichtiges sein, doch schlussendlich entschied er sich gegen einen Rückzug. Vielleicht war es nur ein Tier, doch was wäre, wenn der Besitzer des Hauses gestorben ist und seit Wochen in seinem Haus vor sich hin schimmelte? Das Haus sah ganz danach aus, als wäre der Besitzer ein Einzelgänger und er hatte schon öfters davon gehört, dass einsame Verstorbene Wochen, wenn nicht sogar Monate in ihren Wohnungen verwesten, bevor sie gefunden werden.

Vorsichtig schlich Levin um das Haus. Die Zeitungen waren nun komplett vergessen. Irgendwo musste es eine Möglichkeit geben, in das Haus zu blicken, doch die Fenster waren so verschmutzt, dass man kaum hineinsehen konnte. Auf der Rückseite entdeckte der Junge einen umgefallenen Holzstapel, über den man zu einem der Fenster gelangen konnte. Die Scheibe war hier eingeschlagen und um das Fenster schwirrten schon unzählige Fliegen. Nach kurzer Überlegung versuchte er, sich einen Weg zu dem Fenster zu bahnen. Der Geruch war nun wirklich unangenehm. Hatte er mit seiner Vermutung wirklich recht? Bis zu diesem Moment schien alles darauf hinzudeuten, doch für einen Anruf bei der Polizei war er sich immer noch zu unsicher.

Für den nächsten Schritt musste er eine Plastikplane zur Seite ziehen.

Übelkeit überkam ihn. Ein Schwall von intensivem Verwesungsgeruch drang in seine Nase und er musste sich abwenden. Aus der Plane rutschte eine Hand, die man eigentlich gar nicht mehr Hand nennen konnte. Sie war komplett bleich und an manchen Stellen erkannte man Bissspuren von Nagern.

Verstört stolperte Levin ein paar Schritte zurück. Niemals mehr würde er hier Zeitungen verteilen.

Wieder mal rückten zwei Beamte in der Hoffnung aus, dass die Meldung, die ihnen per Funk durchgegeben wurde, sich als falsch erweisen wurde. Auch in einer Großstadt wie Frankfurt war es für die Beamten nicht alltäglich zu einem Mordfall auszurücken und, auch wenn es nervig war, waren ihnen Alkoholfällen meist lieber. Pascal und Lars, die zwei Beamten, rechneten in diesem Fall jedoch gleich mit einem Fehlalarm. Besonders Kinder ließen sich oft in ihrer Wahrnehmung täuschen und meistens stellte es sich, zum Glück, als Lappalie heraus.

Als sie allerdings das ängstliche Gesicht des Jungen

sahen, waren sie sich sicher, dass hier etwas nicht stimmte.

Levin führte die beiden zu der Leiche und es wurde Verstärkung gerufen.

»Ist alles in Ordnung, Junge?«, fragte Pascal. Levin nickte nur, doch die beiden wussten gleich, dass das nicht stimmte. Ein Leichenfund war eine traumatisierende Sache und auch für die Beamten war es immer wieder eine Belastung.

»Deine Eltern können dich bestimmt gleich abholen. Vielleicht haben die Jungs von der Kriminalpolizei aber noch ein paar Fragen.«

Er blieb. Auch wenn der Fund ein Schock war, war die ganze Aktion furchtbar spannend und in Gedanken stellte er sich schon vor, wie seine Freunde auf seine Geschichte reagieren würden.

Es dauerte nicht lange und weitere Fahrzeuge von Einsatzkräften und Ermittlern strömten zu dem verlassenen Haus. Nach dreißig weiteren Minuten trafen Theo Köhler und Rafael Camacho in einem zivilen Fahrzeug ein. Das Duo war wieder komplett. Rafael hatte einen Zahnarzttermin gehabt und hatte noch warten müssen, bis seine Betäubung nachließ, doch jetzt war er wieder voll einsatzfähig. Winter hatte mit seiner Vermutung recht behalten.

Er ärgerte sich, weshalb man ihnen auch noch diesen Fall zugeordnet hatte. In letzter Zeit waren die beiden hoffnungslos überarbeitet und ein weiterer Todesfall passte ihnen gar nicht in den Kram, doch die Einsatzleitstelle hatte es so entschieden. Und wie sich schnell herausstellte, hatte sie auch allen Grund für diese Entscheidung.

Kaum waren Theo und Rafael aus dem Wagen gestiegen, kam auch schon ein junger Polizist auf sie zu. Die beiden kannten ihn noch nicht und er hielt es auch nicht für nötig sich vorzustellen. Dafür war er voller Tatendrang.

»Kommissar Köhler? Kommissar Camacho?«, die beiden nickten. »Von Winter haben wir erfahren, dass Sie sich mit Morden rund um die Spedition Wächtersbacher beschäftigen. Das hier könnte für Sie interessant werden.«

Ihr Chef war also für die anstehenden Überstunden verantwortlich. Hannes Winter wollte immer genauestens über den Ermittlungsstatus informiert werden. Schon öfters behinderte das die beiden Ermittler, doch es stellte sich auch immer wieder als Vorteil heraus. Eine außenstehende Person hatte einen ganz anderen Blick auf die Fälle und sah manchmal Details, die sie übersehen hatten. Außerdem hatte Winter auch den Überblick über die anderen aktuellen Verbrechen in Frankfurt, wodurch er ab und zu einen Zusammenhang erkannte. So auch in diesem Fall.

Der Streifenpolizist führte die beiden Kriminalbeamten zu dem abgelegenen Haus. Die ersten Mitarbeiter der Spurensicherung sind schon eingetroffen. In ihren typischen weißen Overalls wuselten sie herum und untersuchten schon eifrig den Tatort.

Die Leiche war fast komplett von der Plane befreit worden. Die beiden Ermittler sahen sie sich kurz an und schauten dann fragend zu dem Polizisten.

»Das ist Matej Medved. Wir haben in der Hosentasche seinen Ausweis gefunden. Er ist der Besitzer der Spedition Wächtersbacher«, antwortete dieser. Rafael sog erstaunt die Luft ein. Das konnte kein Zufall sein.

»Wie ist er gestorben?«, fragte Theo. Der junge Beamte wusste es nicht, doch jemand von der Spurensicherung konnte ihnen helfen.

»Es deutet alles darauf hin, dass unser Opfer erwürgt wurde. Es ist ganz gut an den Hämatomen am Hals zu erkennen. Vor seinem Tod muss er aber noch einen ordentlichen Schlag ins Gesicht bekommen haben. An den roten Abdrücken hier am Hals erkennt man auch ganz deutlich, dass er mit bloßen Händen erwürgt wurde. Genaueres kann man aber wie immer erst nach der Obduktion sagen. Ein paar Details solltet ihr aber von der Gerichtsmedizinerin bekommen. Sie sollte gleich kommen.«

»Gerichtsmedizinerin? Sonst kommt doch immer Dr. Blevins«, fragte Rafael verwirrt. Theo zog seinen Kollegen vorsichtig zur Seite.

»Hast du es noch nicht gehört? Dr. Blevins hat sich umgebracht.«

Rafael war schockiert. Das hätte er niemals erwartet und tausend Fragen schossen ihm durch den Kopf, doch dafür war keine Zeit. Die neue Gerichtsmedizinerin war angekommen. Sie stellte sich den Ermittlern als Dr. Sabine Schneider vor und machte sich sogleich an die Arbeit. Hier waren die beiden LKA-Beamten keine Hilfe mehr.

Währenddessen befragten Theo und Rafael den Zeitungsjungen Levin. Dieser konnte ihnen aber nicht wirklich weiterhelfen. Er hatte die Leiche gefunden und mehr wusste er nicht. Theo ordnete an, dass ein Streifenwagen ihn nach Hause fahren sollte.

»Schöne Wohngegend«, witzelte Rafael auf dem Weg zurück. Er wusste genau, dass sein Kollege das Leben auf dem Land hasste. Selbst hier, keine halbe Stunde von der Innenstadt entfernt, könnte er niemals leben. Der Trubel, die Anonymität und die Tatsache, dass Frankfurt niemals schlief machte für ihn den Charme dieser Stadt aus. Auch wenn sich die Raue Seite der Stadt stark in ihm ausgeprägt hat, wie Rafael in letzter Zeit immer wieder bemerken musste. Theo war immer wieder unkonzentriert, wenn nicht sogar etwas aggressiv. Doch über private Probleme sprach man hier nicht. Irgendwie gehörte das zu der traurigen Mentalität dieses Landes.

Zurück bei Dr. Schneider konnte diese schon die ersten Ergebnisse präsentieren.

»Matej Medved wurde garantiert nicht hier umgebracht«, sagte sie und zeigte den beiden kleine, rote Fussel, die auf einen Teppich schließen ließen.

»Suchen Sie den Weg besonders nach Reifenspuren ab. Die Leiche wurde sicher nicht zu Fuß hierhin gebracht«, ordnete Theo einen von der Spurensicherungen an.

»Das haben wir schon getan. Neben vielen unbrauchbaren Spuren haben wir den Reifenabdruck von einem Transporter gefunden. Vermutlich war es der Wagen des Täters. Die Spuren reichen bis kurz vor die abgelegte Leiche.«

Theo nickte. Ein Transporter war wenigstens eine Spur. Trotzdem würde dies kein leichter Fall werden. In dieser Umgebung war ein Zeuge unwahrscheinlich.

»Ist das Haus eigentlich bewohnt?«, fragte er, obwohl er es stark bezweifelte. Einer der uniformierten Beamten guckte auf seinen Notizblock.

»Auf das Haus ist kein Besitzer angemeldet. Seit Jahren wollte es eine Baufirma abreißen, doch dazu ist es noch nicht gekommen.«

»Gute Recherche«, lobte Rafael den Beamten, der ihn daraufhin dankbar ansah.

»Sehen wir uns das mal genauer an«, meinte Theo nüchtern. Sie wollten gerade zur Haustür gehen, als eine ältere Frau auf sie zukam.

»Was ist denn hier los?«, fragte sie neugierig, doch ein Polizist wollte sie wieder zurückdrängen. Theo ging auf sie zu. Vielleicht hatte man doch eine brauchbare Zeugin.

»Wohnen Sie hier in der Nähe?«

»Aber ja doch! Ich wohne in dem Haus da drüben.« Sie deutete nach hinten, wo man in circa 200 Metern ein Haus erahnen konnte.

»Haben Sie in letzter Zeit eine Person, oder ein Auto hier gesehen?«

Zuerst ging die Frau nicht auf Theos Frage ein. Sie wollte wissen, was hier passiert sei. Die beiden Ermittler waren jedoch viel zu professionell und lenkten sie schnell wieder zurück zu der Frage.

»Ich hole hier immer die Post ab. Wenn das Haus schon so zerfällt soll es wenigstens keinen überfüllten Briefkasten haben. Erst gestern habe ich einen weißen Transporter hierher fahren sehen. Zuerst dachte ich, dass einer dieser Paketdienste wieder etwas verwechselt hatte, doch es war nichts da.«

»Haben Sie auch den Fahrer gesehen?«

»Natürlich. War nur ziemlich weit entfernt, weshalb ich nur sagen kann, dass der Mann ziemlich groß war.«

Für so einen entfernten Nachbarn hatte die Frau viel gesehen. Theo wunderte das wenig. Bei seiner Arbeit traf er immer wieder auf solch neugierige Personen, die in ihrer Freizeit Hobbydetektive zu sein schienen. Solchen Menschen entging so gut wie gar nichts.

»Haben Sie zufällig einen Schlüssel für die Wohnungstür? Wir würden uns gerne drinnen einmal umsehen.«

Natürlich hatte sie auch einen Schlüssel. Dabei ließ sie es sich nicht entgehen zu erzählen, dass der alte Anwohner, der seit Jahren verstorben war, ihr einen Schlüssel für den Notfall gab. Bei seinem Herzinfarkt hatte ihm dies jedoch wenig genutzt. An diesem Tag sei sie mit ihrem Mann im Urlaub gewesen.

Die Frau wollte gar nicht mehr aufhören zu reden und nachdem sie die Tür aufgeschlossen hatte schien es sogar, als wolle sie mit ins Haus, doch dazu ließ es Rafael nicht kommen. Widerstrebend musste sie den Tatort verlassen. Natürlich hatte sie aber schon jetzt den Gesprächsstoff für die nächsten Tage beisammen.

Das Haus hatte eine düstere, fast unheimliche Ausstrahlung. Rafael hatte in seiner Jugend Lostplaces aufgesucht, auch wenn es damals keinen so coolen Namen hatte. Das gleiche Gefühl wie damals breitete sich jetzt in seinem Körper aus.

Die beiden Ermittler holten ihre Taschenlampen raus und machten sich auf die Suche nach einer Spur. Die Chancen dafür standen nicht gerade gut. Die Leiche ist wahrscheinlich einfach abgeladen worden. Der Mörder hatte keinen Grund gehabt in das Haus zu gehen.

Dennoch war es spannend, sich das alte Haus anzugucken. Die meisten Möbel waren rausgeräumtt, doch vieles stand noch an seinem alten Platz. Rafael interessierte sich an meisten für die kleinen Details. Früher kam es ihm immer so vor, als würde er eine Zeitkapsel betreten und in die Vergangenheit reisen. Schon eine zehn Jahre alte Zigarettenpackung konnte eine Geschichte erzählen. Der Gedanke, dass sich nach dem Tod des Einwohners keiner um seine Sachen gekümmert hatte, machte ihn aber gleichzeitig traurig. Trotzdem war es immer wichtig die Distanz zu solchen Gefühlen zu halten. Ansonsten wäre es ihm nicht möglich, seine Arbeit ordentlich zu erledigen.

Rafael war gerade mit einem alten Bücherregal im Wohnzimmer beschäftigt, als er auf dem Boden etwas Interessantes entdeckte.

»Theo!«, rief er seinen Kollegen herbei, der auch gleich kam.

»Schau dir das mal an.« Auf dem Boden lag eine zertretene Zigarette. Man erkannte ganz deutlich, dass sie keine zehn Jahre alt war. Hier war erst kürzlich jemand drin gewesen.

»Könnte von einem Obdachlosen oder so sein«, meinte sein Kollege, doch Rafael war sich sicher einen entscheidenden Hinweis gefunden zu haben. Aus seiner Tasche holte er ein kleines Plastiktütchen raus, in das er den Stummel vorsichtig verstaute. Das Labor würde daran die DNA isolieren können. Es konnte schon der Durchbruch in ihrem Fall werden.

»Warum sollte der Mörder in das Haus gegangen sein? Dafür hatte er keinen Grund.«

Rafael konnte seinem Kollegen nur zustimmen. Trotzdem musste es einen Grund geben. Er ging weiter durch den Raum und entdeckte ein Fenster, das nicht komplett verschlossen war. Der Staub auf dem Fensterbrett war zum Teil verwischt.

»Hier ist er reingekommen. Vielleicht wollte er zuerst die Leiche im Haus verstecken. Da jedoch die Tür auch von innen verschlossen war, gab es keinen einfachen Weg, um die Leiche hinein zu bringen. Deswegen entschied er sich dazu, den Toten einfach draußen unter der Plane zu verstecken.«

»Ein ziemlich dummer Mörder, wenn er hier munter seine DNA verteilt«, meinte Theo neckisch.

»Mich stört es nicht. Vielleicht hat er einfach nicht damit gerechnet, dass wir uns auch das Haus von innen ansehen. Das Wichtigste ist, dass wir jetzt die Möglichkeit haben, ihn eindeutig zu überführen.«

Theo stimmte ihm zu. Nach diesem Erfolg machten sie sich mit neuem Elan auf die Suche nach Hinweisen. Sie fanden jedoch nichts Neues. Die Spurensicherung würde sich die Räumlichkeiten noch ganz genau ansehen müssen.

Kurz darauf verließen sie wieder das Haus. Draußen herrschte ein noch größeres Treiben als vorhin. Weitere Beamte sind eingetroffen und waren in ihre Arbeit vertieft. Theo schlug vor die Gerichtsmedizinerin zu fragen, ob es etwas Neues gab, doch dazu kam es nicht.

Der eifrige Polizist kam wieder auf sie zu. Er wirkte aufgebracht.

»Die Leitstelle hat sich erneut gemeldet. Ihr Verdächtiger, Jakub Dalibor, wurde gerade eben tot in seiner Zelle aufgefunden. Anscheinend hat er sich selbst die Pulsadern aufgebissen.«

Was so banal klang machte Rafael gleichzeitig fassungslos. Sich die Pulsadern aufzubeißen benötigt eine unglaubliche Willensstärke, über die nur die wenigsten Menschen verfügen. Was hat den Mann derart in den Tod getrieben? Selbst bei einer Verurteilung wäre sein Leben nicht vorbei gewesen. Jakub war noch jung und sie waren in Deutschland.

»Das kann man eindeutig als Schuldeingeständnis verstehen«, murmelte Theo, was Rafael wütend machte. Warum wollte sein sonst so schlauer Kollege nicht einsehen, dass hier etwas faul war?

»Du willst es nicht verstehen, oder?«

»Bitte?« Nun klang auch Theo empört.

»Siehst du hier nicht den Zusammenhang? Jakub Dalibor hat vier Morde gestanden. Matej Medved gehörte nicht dazu. Jemand anderes muss ihn ermordet haben, denn es gibt keinen Grund, warum er uns den Tod hätte verschweigen sollen. Auch die anderen Morde kann ich ihm einfach nicht abkaufen. So ein Geständnis ist doch ganz offensichtlich von vorne bis hinten erstunken und erlogen. Die Leute im Umfeld dieser Spedition sterben wie die Fliegen und wir wälzen die Sache einfach auf diesen Jakub ab, der praktischerweise nicht mehr für Fragen zur Verfügung steht.«

»Ich glaube du machst hier einen ganz großen Fehler. Der Mensch ist einfacher gestrickt als du denkst und es steckt nicht immer ein großer Fall hinter jedem Mord.«

»Ist das dein Ernst? Warum bist du nur so blind und siehst nicht, dass hier etwas ganz anderes läuft als ein eskalierter Streit?«

Theo zuckte nur mit den Schultern. Rafael stapfte wütend davon. Er hielt es einfach nicht mehr aus. Was war mit seinem Kollegen nur los?

Kapitel 40

Mats Jäger
Poeschkes Wohnung, 17:00 Uhr

Der Reporter Norbert Poeschke lebte in einer noch schäbigeren Gegend als ich. Seine Wohnung lag in einem trostlosen Blockhaus. Wenn dieses Haus jemals gute Zeiten gehabt hat, dann lag dies mindestens fünfzig Jahre zurück. Der Putz fiel von den Wänden und alles war voller Graffiti.

Mir kam ein Streifenwagen mit Blaulicht entgegen, was hier wahrscheinlich keine Seltenheit war. Eine nur allzu bekannte Umgebung.

Der Gestank im Treppenhaus war unerträglich. Ich war entsetzt, dass Menschen in Deutschland immer noch unter solchen Bedingungen leben mussten.

Von einer Anwohnerin, die in aller Öffentlichkeit einen Joint rauchte, erfuhr ich, dass Poeschke in der Wohnung mit der Nummer 11 lebte. Im zweiten Stock wurde ich fündig und wurde gleich von einer etwa dreißigjährigen Frau begrüßt. Sie war gerade dabei mit allerlei Werkzeug das Schloss der Wohnungstür auszutauschen. Als sie mich bemerkte, schaute sie mich mit ihren intelligenten, braunen Augen an.

»Wollen Sie zu Norbert?«

»Zu Poeschke? Ja. Ist er wieder aufgetaucht?« Plötzlich kam die Frau zwei Schritte auf mich zu. Es passierte so schnell, dass ich erschrocken zurückwich.

»Das ist eine gute Frage.« Sie hob drohend ihren Schraubenzieher. »Wenn Sie meinen Bruder wieder auf eine dieser Sauftouren mitgeschleppt haben, kann ich Ihnen versprechen, dass es gleich sehr unangenehm für Sie wird!«

Abwehrend hob ich meine Hände. »Das muss ein Missverständnis sein. Ich habe Ihren Bruder noch nie gesehen. Er hat mir gesagt, dass er wichtige Informationen für mich hätte.«

Die wütende Frau schien das zu überzeugen. Ihre Hände waren nun nicht mehr aggressiv auf mich gerichtet und man konnte sogar ein entschuldigendes Lächeln erahnen.

»Dann tut es mir leid. Mein Bruder hat sich auf ein paar sehr schlechte Menschen eingelassen. Sie sahen zuerst so aus, doch wenn ich Sie jetzt genauer betrachte, sind Sie doch ein ganz Netter.«

»Freut mich. Mein Name ist Mats Jäger.« Ich reichte ihr die Hand, die sie ignorierte. Wieder einmal stieß ich auf eine sehr sonderbare, aber auch beeindruckende Persönlichkeit.

»Norbert ist immer noch verschwunden. Hat sich Ihr Anliegen damit erledigt?«

»Keinesfalls. Eher das Gegenteil: ich bin wegen seinem Verschwinden da.« Die Frau blickte erstaunt auf. Für einen Moment konnte man auch eine Spur von Angst in ihrem Blick erkennen.

»Sind Sie von der Polizei? Ist er tot?«

»Ich weiß nicht, ob er tot ist, doch ich arbeite als Privatdetektiv an einem anderen Fall und ich vermute, dass es eine Verbindung zwischen dem Verschwinden Ihres Bruders und meinem Fall gibt.«

Das Interesse von Poeschkes Schwester war geweckt. Sie legte ihr Werkzeug beiseite und bat mich in die Wohnung. Solche Sachen sollte man nicht in einem Flur besprechen, meinte sie.

Die Wohnung war sogar noch unordentlicher als meine Räumlichkeiten und es war deutlich, dass Poeschke hier alleine leben musste. Seine Schwester führte mich in die kleine Küche, wo auch ein Esstisch stand. Sie musste versucht haben das Chaos wenigstens an einigen Stellen einzudämmen. Der Tisch war leer und sauber, und auch auf der Küchenzeile gab es Stellen, die nicht voll von Schmutz oder altem Geschirr waren. Die Frau hantierte an der Kaffeemaschine, während ich schon mal Platz nahm.

»Wollen Sie Kaffee, oder Kuchen?«

»Danke, aber ich hatte heute schon.«

»Auch gut«, grummelte sie und ließ von der Maschine ab.

»Sie sprachen von einem anderen Fall, der mit dem Verschwinden meines Bruders zu tun haben soll. Erzählen Sie davon.«

Ich fasste die Ereignisse so kurz wie möglich zusammen. Zuerst wollte ich Margret aus meinem Bericht raushalten, doch durch ihre Ermordung wurde erst so richtig klar, wie skrupellos Medved und seine Mitarbeiter waren. Außerdem hatte sie eine zentrale Rolle im Geschehen. Sie einfach auszulassen würde ihr nicht gerecht werden.«

Nachdem ich mit meiner Erzählung fertig war, schwiegen wir eine Weile. Sie kramte eine Zigarette hervor und in jedem anderen Moment hätte ich etwas dagegen gesagt. Schon immer war es mir unangenehm, wenn andere in meiner Nähe qualmten, doch dieses Mal machte ich eine Ausnahme.

»Und Sie meinen echt, dass die einen Spitzel bei der Polizei haben?«

»Hundertprozentig weiß ich es natürlich nicht, doch ich bin mir ziemlich sicher.«

»Scheiße«

Nickend stimmte ich ihr zu.

»Ich glaube es wird Zeit, dass ich mich auch mal vorstelle. Ich heiße Merle Poeschke und wie Sie wissen bin ich die Schwester von Norbert. Obwohl es in den letzten Jahren mit ihm stark bergab ging, hatten wir immer noch sehr guten Kontakt zueinander. Deshalb ist es mir auch so schnell aufgefallen, dass er verschwunden ist. Dabei habe ich auch bemerkt, in was für einer Bruchbude er eigentlich lebt.«

Angeekelt blickte Merle sich um. Die Lebensumstände ihres Bruders machten ihr sichtlich zu schaffen. Etwas erinnerte mich Norbert Poeschke an mein eigenes Leben und ich hätte mir nichts sehnlicher gewünscht, als eine solch loyale Schwester wie Merle. Als Einzelkind war dies jedoch schwer und mit Felix hatte ich sowieso einen unbezahlbaren Ersatz gefunden.

»Wissen Sie irgendetwas von den letzten Recherchen Ihres Bruders?«

»Über seine Arbeit hat er nie gesprochen. Ich hatte schon vorher den Gedanken, dass er bei seinen Recherchen jemandem auf die Füße getreten ist. Vorausgesetzt, dieser Typ hat tatsächlich mal seine Arbeit getan. Deswegen habe ich auch nach möglichen Aufzeichnungen gesucht. Sein Laptop ist verschwunden und auch sonst konnte ich nicht den geringsten Hinweis finden.«

Poeschke ist auf etwas Brisantes gestoßen, das wurde immer deutlicher, doch was brachte mir das, wenn seine Entführer ordentlich hinter ihm aufgeräumt hatten?

»Kann ich mich trotzdem in der Wohnung einmal umsehen?«

»Tun Sie sich keinen Zwang an. In den anderen Räumen ist es nicht viel ordentlicher, weshalb ich gut etwas übersehen haben könnte. Bestimmt haben Sie auch von dem Blutfleck gehört. Er befindet sich im Schlafzimmer.«

Ich habe noch nie die Wohnung eines Messies gesehen, doch die Wohnung von Poeschke kam dem ziemlich nahe. Die Küche war mit Abstand der ordentlichste Raum. Wie im Flur roch es auch hier nach Fäkalien und es stellte sich schnell die Frage, wie ein Mensch so leben konnte.

Wenn Poeschke ein Versteck mit Beweisen hatte, mangelte es nicht an Möglichkeiten dafür. Wenn man es noch nicht mal schaffte vernünftig zum Sofa zu kommen, konnte das, wonach ich auch immer suchte, überall sein. Vielleicht war dieser Beweis ein ganzer Ordner, vielleicht war es aber auch nur ein USB-Stick. Es glich im wahrsten Sinne des Wortes der Suche nach der Nadel im Heuhaufen.

Ein richtiges Büro gab es nicht und auch sonst sah kein Platz nach einem vernünftigen Arbeitsplatz für einen Reporter aus. Ich fragte Merle, ob ihr Bruder vielleicht doch ein Büro im Verlag hatte, was sie verneinte. Norbert Poeschke arbeitete für mehrere Zeitungen als freier Journalist.

Die einzige Chance, die ich hatte, waren die Wege, die sich von Raum zu Raum durchzogen. Bei dem ganzen Chaos musste Poeschke sich noch irgendwie bewegen können, weshalb es immer kleine Wege gab, die weitestgehend vom Dreck befreit waren. Die Recherchen zur Spedition konnten noch nicht allzu weit in der Vergangenheit liegen, weshalb es unwahrscheinlich war, dass man in den schlecht erreichbaren Stellen der Wohnung etwas finden würde.

Im Schlafzimmer stieß ich dann auf den Blutfleck. Ich kniete mich hin und inspizierte ihn genauer. Es war schon eine beachtliche Menge Blut, die tief in den Teppich eingezogen war. Spontan tippte ich auf eine Kopfwunde.

»Warum ist dieser Blutfleck ausgerechnet im Schlafzimmer?« Erschrocken drehte ich mich herum. Merle stand im Türrahmen und sah mich fragend an.

»Ich vermute, dass Ihr Bruder den Angreifer nicht kannte. Für Messies ist es typisch, dass sie selten Freunde oder Verwandte zu sich einladen. Wahrscheinlich hatte er Sie deswegen nie in die Wohnung eingeladen. Das Schlafzimmer liegt am nächsten zur Wohnungstür. Ich glaube, dass er an der Tür überrascht wurde und in den nächstbesten Raum gestoßen wurde. Hier ist dann irgendetwas eskaliert und er wurde niedergeschlagen. Vielleicht wurde er aber auch nur geschubst und er hat sich an dem ganzen Gerümpel den Kopf aufgeschlagen.« Merle warf mir einen anerkennenden Blick zu.

»Sie verstehen was von Ihrem Job. Die Polizisten, die hier waren, haben sich das Ganze einmal kurz angeguckt und meinten, dass sie nichts tun könnten.«

Zum einen verstand ich Merle. Hier deutete alles auf ein Gewaltverbrechen hin, doch zum anderen verschwinden täglich einfach zu viele Menschen in Deutschland. Die meisten tauchen eh innerhalb von 24 Stunden wieder auf und es war unmöglich jeden Fall einzeln zu behandeln. Die Frage war nun, ob Theo davon ausging, dass Poeschke mit der Zeit sowieso wieder auftaucht, oder ob sein Desinteresse einen anderen Grund hatte.

Ich wollte gerade wieder aufstehen, als mir etwas Besonderes in den Blick fiel. Zwischen dem ganzen Gerümpel gab es eine freie Stelle, dessen Sinn ich nicht verstand.

Es gab einen Gang zum Bett und mehr oder weniger auch einen zum Kleiderschrank, doch es führte ebenfalls ein Weg einfach nur zur Wand. Wurde hier etwas weggeräumt? Die Staubschicht sprach dagegen, doch man erkannte Fußspuren, die zur Wand führten. Anscheinend wurde dieser Weg erst letztens von Poeschke genutzt.

Hier musste etwas Wichtiges sein. Ansonsten wäre

auch hier alles voller Gerümpel. Ein Bild, hinter dem ein versteckter Tresor liegen könnte, gab es auf jeden Fall nicht. Das einzig Außergewöhnliche war die Fußleiste. Neugierig kniete ich mich wieder hin.

»Haben Sie einen Schraubenzieher oder etwas Ähnliches zur Hand?«, fragte ich Merle.

»Bestimmt gibt es hier so etwas. Kleinen Moment, ich glaube, ich hatte einen bei der Tür.« Sie verschwand in den Flur und kurze Zeit später kam sie mit einem Schraubenzieher zurück. Interessiert schaute sie mir über die Schulter.

Mit dem Werkzeug versuchte ich nun die Fußleiste von der Wand zu lösen. Zuerst schien es so, als wäre sie fest an der Wand befestigt, doch dann löste sich ein circa fünfzehn Zentimeter großes Stück.

Dahinter erschien eine kleine Aushöhlung in der Wand. Das Geheimfach bot praktischerweise Platz für Papiere der DIN A4 Größe. Erstaunt sog Merle die Luft ein.

»Ich fühle mich wie bei Indiana Jones!«, flüsterte sie. Ich lachte.

»Bei Indiana Jones wären wir jetzt auf einen Goldschatz gestoßen. Dieses Fach ist jedoch leer.«

Beim Aufstehen wischte ich mir erschöpft den Staub von der Hose. Man sah Merle an, dass sie enttäuscht war und auch ich hatte mehr erwartet.

»Anscheinend haben Norberts Entführer auch das Versteck entdeckt, oder es war gar nicht in Nutzung. Sieht so aus, als hätte mein Bruder es schon lange genutzt.« Ich nickte.

Überraschend kam mir ein Einfall. Wenn Poeschke ein solches Versteck hatte, hat er vielleicht den Trick von einem Kollegen übernommen. Nur einer Person war es zuzutrauen eine solch findige Idee zu haben: Margret!

Meinem fotografischem Gedächtnis sei Dank wusste ich noch ganz genau, dass in Margrets Wohnung die gleichen Fußleisten verbaut waren. Es wirkte utopisch, dass auch dort ein Versteck war, doch ich musste es so schnell wie möglich überprüfen. Vielleicht hatte Margret vor ihrem Tod einen entscheidenden Hinweis gefunden und dort versteckt.

»Ich glaube, ich muss jetzt gehen.«

»Alles klar. Geben Sie mir noch Ihre Nummer, damit ich mich melden kann, wenn es neue Erkenntnisse geben sollte. Es wäre auch nett, wenn Sie sich melden, falls Sie etwas Neues von meinem Bruder erfahren.«

Ich versprach es ihr und wir tauschten unsere Nummern aus. Merle begleitete mich noch zur Tür.

»Glauben Sie, dass mein Bruder noch lebt?« Ihre Liebe zu ihrem Bruder beeindruckte mich. Voller Aufopferung stellte sie ihren eigenen Alltag nach hinten um in der Wohnung auf ihren Bruder zu warten. Ich glaubte nicht daran, dass Norbert Poeschke noch am Leben war. Noch konnte ich nicht sagen, ob sie jemals die Wahrheit erfahren würde, doch ich wollte nicht derjenige sein, der ihre Hoffnung zerstörte.

»Ich bin mir sicher, dass es ihm gut geht.«

Kapitel 41

Mats Jäger
Das Wohnhaus, 19:00 Uhr

Ich musste so schnell wie möglich in Margrets Wohnung. Die Abhängigkeit von öffentlichen Verkehrsmitteln erwies sich dabei als deutliches Hindernis. Ausnahmsweise wählte ich deshalb das Taxi. Kurz nachdem wir losgefahren waren, kam uns wieder ein Streifenwagen entgegen. Damals wusste ich nicht, dass die zwei Beamten den Auftrag hatten, Merle Poeschke über den Tod ihres Bruders zu informieren.

Das Einzige, was ich im Kopf hatte, war mein Fall. Ich stand kurz vor der Auflösung, dem großen Finale. Das spürte ich. Finanzielle Aspekte sollten jetzt eher eine untergeordnete Rolle spielen, auch wenn mir in jeder anderen Situation das Geld für das Taxi schmerzen würde. So schaffte man es allerdings viermal so schnell zurück zu dem Wohnhaus, das ich mein Zuhause nannte.

Mit einem Gefühl der Gewissheit, dass ich auf etwas Wichtiges stoßen würde, ging ich hoch in den zweiten Stock. Die Tür von Margrets Wohnung war immer noch versiegelt. Dank meiner Jahre bei der Polizei und der Tatsache, dass es ein simples Schloss war, stellte dies aber keine große Schwierigkeit dar.

Im Inneren der Wohnung wirkte es fast so, als wäre

Margret nur kurz aus dem Haus. Der Tatort wurde schon zum größten Teil fachgerecht gereinigt. Bei diesen Temperaturen wollte keiner Blut über längere Zeit in einem Raum. Vermieten könnte man die Räumlichkeit ansonsten nie wieder.

Ich roch immer noch einen leicht metallischen Geruch, doch das war höchstwahrscheinlich Einbildung. Die Wohnung war nicht allzu groß, aber es wäre trotzdem sehr zeitaufwändig, wenn man jede Fußleiste nach einem Versteck absuchen müsste. Margret war eine methodische Frau, weshalb sich das Versteck vermutlich nah an ihrem früheren Arbeitsplatz befand. Es gab ein kleines Büro in der Wohnung. Hier würde ich mit meiner Suche anfangen.

Es dauerte nicht lange, bis ich auf die gesuchte Stelle stieß. Das Brett ließ sich schwerer lösen als bei Poeschke. Margret hatte es nochmals mit extra Haken, die sich in Ösen verkeilten, gesichert.

Das Fach war genauso groß wie das bei Poeschke, doch auch hier befanden sich keine Dokumente drin.

Es war etwas Kleineres. Es war ein USB-Stick.

Mein Herz pochte wie verrückt. Was würde ich auf dem kleinen Datenträger finden? Ich musste es sofort herausfinden. In dem Büro stand auch ein Computer. Schnell steckte ich den USB-Stick in den Anschluss. Ein Fenster öffnete sich und ein Passwort wurde verlangt.

Damit hatte ich nicht gerechnet, doch es passte zu Margret. Auf dem Bürotisch gab es nicht, wie bei mir, ein Post-it mit den wichtigsten Passwörtern und auch unter der Tastatur war nichts. Ich kannte Margret nicht gut genug, sodass es schwierig werden würde, auf das richtige Wort zu kommen. Trotzdem gab ich probeweise ihre Adresse ein. Es war das Einzige, was ich über sie wusste und sich auch als Passwort eignete. Ich wusste ja nicht einmal den Namen ihrer Katze. Wie schon erwartet war die Adresse nicht richtig. Stattdessen erschien eine Schrift, die mir sagte, dass ich nur noch zwei Versuche hätte und sich dann die Daten selbst zerstören würden.

Erschrocken entfernte ich den USB-Stick wieder. Hier würde nur ein Experte helfen können. Ich überlegte gerade noch, ob ich mich mit diesem Problem an Jonathan wenden könnte, als mein Handy klingelte. Das Display verriet mir, dass es mein Neffe war. Das fehlte mir gerade noch.

»Du Felix es passt gerade ganz schlecht. Kann ich dich später zurückrufen?«

»Mats?« An seiner Stimme merkte ich sofort, dass etwas nicht stimmte. Der sonst so lebensfrohe Junge klang plötzlich bedrückt und verletzt.

»Ist alles in Ordnung mit dir?«, fragte ich und aus dem Hintergrund hörte ich eine leise Stimme. Das war keiner von seinen Freunden, der sich weiter im Hintergrund unterhielt. Das spürte ich sofort.

»Nein, Mats. Bei mir ist nicht alles in Ordnung. Imrich hat mich entführt und er sagt, dass wenn du nicht sofort zur Spedition kommst, er mich töten wird.« Wie konnte das nur passieren? Keine 24 Stunden war es her, als Imrich oder jemand anderes von Medved Leuten

Margret umgebracht hatte und nun hatten sie auch Felix.

»Du brauchst keine Angst zu haben. Ich werde alles tun, was diese Menschen von mir verlangen und dir wird nichts passieren.« Ich wusste, dass es dumm war so etwas zu sagen. Trotzdem wollte ich meinen Neffen irgendwie beruhigen.

»Du sollst dich jetzt gleich auf den Weg machen. Auf dem ganzen Weg wirst du beobachtet und du darfst dich auf keinen Fall an eine andere Person wenden. Nach unserem Gespräch sollst du dein Handy aus dem Fenster, das nach Süden zeigt, werfen. Versuche nicht eine SMS oder sonst etwas zu versenden. Sie würden das merken. Wenn du einen Umweg nimmst, oder sonst irgendetwas falsch machst, wird er mich sofort töten.« Diese Gangster haben wirklich an alles gedacht.

»Okay«, flüsterte ich. Plötzlich rauschte es aus dem Handy. Man hörte eine entfernte Stimme und dann hatte ich Imrich Vesel persönlich am Apparat.

»Herr Jäger, es freut mich Ihre Bekanntschaft zu machen. Wie Ihr Neffe schon ausgeführt hat, ist das Ganze kein Spiel mehr. Ich werde Felix ohne zu zögern töten und er wird sehr leiden, wenn ich auch nur den Hauch einer Ahnung habe, dass Sie sich nicht an die Regeln halten. Meine Quellen sagen, dass Sie keinen Führerschein mehr haben, weshalb hinter der nächsten Straßenecke ein Auto mit einem Fahrer auf Sie wartet. Sie haben fünf Minuten. Halten Sie sich an die Regeln und ihre kleine Familie wird wieder vereint. Das verspreche ich.«

Einen kurzen Moment war es still. Dann war ein markerschütternder Schrei meines Neffen zu hören. Mit einem Piepen war das Telefonat beendet. Eilig überlegte ich, in welcher Richtung Süden war. Das Handy konnte mir zum Glück schnell darüber Auskunft geben und eilig warf ich es aus dem entsprechenden Fenster. An die Regel mit der SMS hielt ich mich lieber. Ich wusste nicht, ob es für Imrich möglich war, das zu überwachen, doch ich wollte es nicht drauf ankommen lassen.

Eine Stoppuhr hatte ich nicht, doch die Zeit würde knapp werden. Den USB-Stick packte ich zurück ins Versteck. Hier war er sicherer, als wenn ich ihn mit zu der Spedition nehmen würde.

Am liebsten hätte ich diesen Moment weiter herausgezögert, doch es wäre dumm gewesen. So schnell wie möglich verließ ich Margrets Wohnung und machte mich auf den Weg zu dem Wagen an der Ecke.

Von Jemanden, der mich beobachtete, bemerkte ich nichts. Doch am Ziel angekommen war ich schon außer Atem. Gesundheitlich ging es mir schon zum Ende meiner Dienstzeit nicht gut. Das merkte ich damals fast jeden Tag an Theo, der zehn Jahre jünger und wesentlich sportlicher war.

Die Rekordtemperaturen machten diesen Umstand nicht unbedingt besser. Für einen kurzen Moment geriet ich in Panik, weil an der Straßenecke kein einziges Auto stand. War ich an der falschen Ecke, oder war die

Zeit sogar abgelaufen? Tausende Szenarien rasten durch meinen Kopf. Vielleicht hatte ich gerade das Schicksal von Felix besiegelt.

Dann fuhr jedoch ein weißer Transporter vor, der direkt vor mir abrupt bremste. Die Schiebetür wurde geöffnet und ein Mann deutete mir mit einem Nicken einzusteigen. Perplex stieg ich ein. Im nächsten Moment wurde die Tür wieder zugeschlagen und der Wagen raste los.

Im hinteren Bereich des Transporters gab es keine Sitze, weshalb ich Mühe hatte, auf den Beinen zu bleiben. Vorne saß nur der Fahrer, der konzentriert auf die Straße blickte. Ihn kannte ich nicht, doch der Mann, der mir die Tür öffnete, kam mir bekannt vor. Ich hatte ihn auf dem Gelände der Spedition schon einmal gesehen.

»Eryk, du weißt, was du mit unserem Gast tun solltest«, sagte der Fahrer. Nun wusste ich wenigstens einen weiteren Namen der Verbrecher. Ob mir das etwas bringen würde, wusste ich noch nicht. Eryk kramte einen Kabelbinder hervor und reichte ihn mir.

»Umlegen«, war sein einziger Kommentar. Ich nahm den Kabelbinder entgegen. Es erwies sich jedoch als schwieriger als gedacht mir die Fesseln selbst anzulegen. Der Mann wurde schnell ungeduldig und zog den Kabelbinder fest zu, sodass er sich fast schon in mein Fleisch bohrte.

Der Rest der Fahrt verlief schweigend. Mein Gegenüber ließ mich keinen Moment aus den Augen und hätte ich auch nur eine falsche Bewegung gemacht, hätte er sich wahrscheinlich auf mich gestürzt.

Kurz darauf erreichten wir unser Ziel. Die Schiebetür wurde geöffnet und zwei weitere Männer nahmen mich in Empfang.

Es war schon etwas dämmerig, doch so richtig dunkel würde es in dieser Nacht nicht werden. Der Hochsommer und die Großstadt machten das unmöglich. Zu dieser Zeit konnte man fast keine Sterne am Himmel erkennen.

Leise unterhielt sich Eryk mit einem der Männer. Der andere passte währenddessen auf mich auf.

Die beiden schienen sich geeinigt zu haben, denn er kam auf mich zu.

»Imrich will gleich mit dir sprechen. Wir werden dich aber einmal betäuben müssen. Verspätet sich doch alles ein bisschen.«

»Ehrlich gesagt habe ich etwas… « Weiter kam ich nicht. Der Mann presste ein Tuch auf meinen Mund und nur einen Atemzug später verlor ich das Bewusstsein.

Kapitel 42

Elias

Der Lastwagen fuhr immer weiter in Richtung Frankfurt. Elias griff wieder zu seinem Energydrink. Seit knapp zwölf Stunden hatte er keine Pause gemacht und würde es die nächste halbe Stunde auch nicht machen können. Sein Gesicht schmerzte. Der Stein hatte tiefe Wunden in sein Antlitz geschlagen, doch Richard meinte, dass er trotzdem fahren müsse.

Man war schon wegen der typischen Verspätung sauer und eine weitere Verzögerung würde man ihm nicht mehr verzeihen. Gestresst blickte er auf sein Handy. Drei verpasste Anrufe von Imrich. Sein Fuß drückte weiter aufs Gaspedal. Zu schnell durfte er auch nicht sein, eine Verkehrskontrolle wäre fatal, aber auf die Ankunft freute er sich ganz und gar nicht. Die Lieferung kam einmal im Monat. Elias übernahm fast jedes dritte Mal die Fahrt und jedes Mal gab es Probleme. Die Ankunft war jedes Mal unangenehm. Dieser Imrich war ihm unheimlich.

Von hinten war ein Geräusch zu hören. Das Letzte, was er jetzt gebrauchen könnte, waren Probleme mit der Ware. Besorgt blickte er nach hinten. Hätte er keinen Zeitdruck, wäre er nun rechts herangefahren, doch dafür war keine Zeit mehr.

Endlich war das Ortsschild von Frankfurt in Sicht.

Kapitel 43

Lisa
Vor zwei Wochen...

Ihr Zimmer befand sich im Obergeschoss. Trotzdem konnte sie die Stimmen hören.

Das Geschrei.

Es war ein kleines und altes Haus, manche würden es Baracke nennen, doch für Lisa war es bis zu ihrem vierzehnten Lebensjahr ihr Zuhause. An dem einen Tag änderte sich alles, doch eigentlich hätte man es schon vorher ahnen können. Dennoch wäre sie niemals darauf gekommen. Auch jetzt, viel später, konnte sie es nicht wirklich begreifen.

Ihr Vater und ihre Mutter haben *es* auch nie deutlich ausgesprochen. Immer nur hieß es bei ihren endlosen Streitereien »*Das* können wir nicht tun«, oder »*Das* klingt zu gut, um wahr zu sein«.

Eine Person wurde dabei völlig außer Acht gelassen und das war Lisa. Sie saß in ihrem Zimmer, unsicher was sie tun sollte, in der Hoffnung, dass es irgendwann aufhören würde. Das irgendwann alles wieder so werden wird wie früher.

Vor wenigen Tagen war auch noch alles normal, doch dann tauchte auf einmal dieser Mann auf. Vater hatte ihn von der Arbeit mitgebracht. Er arbeitete in einer der vielen Fabriken am Fließband. Der Stolz von ganz Bulgarien sagte er immer und wenn er es sagte, war auch er voller Stolz.

An jenem Tag bekam ihr Vater einen neuen Mitarbeiter. Richard, wie sie nun wusste. Damals hatte ihr zu keiner Zeit jemand den Namen des Mannes verraten.

Richard war ihrem Vater allerdings auf Anhieb sympathisch und irgendwie hatte er es geschafft sich zum Essen einzuladen.

Sonst aß nie jemand anderes mit ihnen Abendessen, doch ihre Mutter tat an diesem Abend so, als wäre es die reinste Routine für die kleine Familie.

Richard saß die meiste Zeit nur da. Er war eine sonderbare Gestalt. Seine Wangen waren eingefallen, seine Statur dürr und seine Augen hatten etwas Geheimnisvolles, hinterlistiges. Die meiste Zeit des Essens schwieg er nur und starrte nach vorne.

Zur ihr. Sein Blick ging tiefer und tiefer, so eindringlich wie ein Falke bei der Jagd. Völlig fixiert auf das Mädchen. Lisa hatte ihn von Anfang an nicht gemocht, doch ihr Vater und ihre Mutter schienen von alldem nichts zu merken.

Die Stimmung unter den Erwachsenen war ausgefallen. Alkohol floss, wie er es sonst im ganzen Jahr nicht tat und irgendwann wurde Lisa nach oben geschickt.

Durch die dünnen Wände konnte sie noch weiter lauschen und gerade, als sie einschlafen wollte, wurde die Stimmung unten komplett ruhig. Nun sprach keiner mehr. Vielmehr war ein Flüstern zu hören, was sie jedoch nicht verstand.

Am nächsten Tag war der Mann verschwunden, doch

Lisa fand durch Zufall in der Keksdose ihrer Mutter mehrere fünfzig Euro Scheine. Soviel Geld hatte die kleine Familie noch nie gehabt.

Schon am selben Abend kam der Mann wieder und Lisa wurde abermals früh nach oben geschickt. Und wieder war dieses Flüstern zu hören.

Am nächsten Tag gab es dann das erste Mal das Geschrei. Vater und Mutter stritten stundenlang, doch am Abend war wieder alles gut und wieder kam der Mann.

So ging das fast eine ganze Woche lang. An einem Tag nahm ihre Mutter sie in einer ruhigen Minute kurz beiseite.

»Du bist ein schlaues Mädchen«, hatte sie gesagt, »deswegen wollen wir nur das Beste für dich. Du weißt, dass du, wenn du hierbleibst, wie ich mit 17 in der Näherei anfangen wirst.«

Lisa nickte. Eine andere Möglichkeit hatte es nie gegeben.

»Aber du bist schlau«, fuhr ihre Mutter fort, »und deswegen ist der Freund deines Vaters bereit dich mit nach Deutschland zu nehmen. Dort kannst du studieren und einen richtigen Beruf bekommen.«

Sonst hätte sie sich über die Möglichkeit gefreut, doch mit diesem Mann wollte sie auf keinen Fall mitgehen und das sagte sie auch ihrer Mutter. Ihre Mutter fing an zu lächeln.

»Ich war am Anfang auch skeptisch, aber dein Vater hat gesagt, dass sein Freund nach jungen und talentierten Mädchen sucht. Diese Möglichkeit wird es nur ein einziges Mal geben. Außerdem bringt er dich nur nach

Deutschland. Danach kommst du in eine Wohngemein-
schaft mit ganz vielen anderen jungen Frauen.«

»Aber ihr werdet nicht dort sein.« Ihr Mutter nahm
sie in den Arm. »Das stimmt, am Anfang werden wir
nicht da sein. Aber bald wirst du richtig Geld verdienen
und dann können wir auch nachkommen. Dann wird es
uns richtig gutgehen.«

Das klang schön. Auch wenn der Gedanke schmerzte,
machte es sie gleichzeitig glücklich. Endlich konnte sie
hier weg. Was hielt sie schon an diesem Ort?

Das einzige waren ihr Vater und ihre Mutter. Freunde
hatte sie nur wenige und auf die konnte sie auch ver-
zichten. Das Leben in dem kleinen Dorf war ohne Per-
spektiven und da klang das große, reiche Deutschland,
von dem sie bis jetzt nur Gutes gehört hatte, viel besser.

Irgendwie hatte sie sich mit dem neuen Gedanken an-
gefreundet, doch dann kam alles anders. Drei Tage lief
alles noch wie immer. Vater und Mutter stritten sich
den ganzen Tag, am Abend kam der Mann, Lisa wurde
nach oben geschickt und das Geld in der Keksdose
wurde immer mehr.

Dann kam der Vormittag, der Lisas Leben für immer
verändern würde. Vater war in der Fabrik und Mutter in
der Näherei. Lisa hatte nicht viel zu tun, aber sie musste draußen die Wäsche aufhängen. Dort wartete der
Mann auf sie.

»Lisa«, begrüßte er sie und sie murmelte auch eine
nichtssagende Begrüßung. Der Mann war ihr immer
noch nicht ganz geheuer. »Weißt du eigentlich, wie
schön du aussiehst?«, fuhr er fort.

Lisa wurden diese Annäherungsversuche immer unangenehmer. Unsicher, ob es wirklich ein Kompliment sein sollte, sagte sie gar nichts, doch das schien den Mann nicht zu stören.

»Eigentlich bin ich hergekommen, um dich abzuholen.«

»Abholen?«

»Ja, haben das deine Eltern nicht mit dir besprochen? Wir fahren alle nach Deutschland, um uns deine Schule anzugucken.« Lisa wusste davon nichts. Ihre Eltern hatten nicht einmal annähernd etwas in der Richtung gesagt. Deutschland war, soviel sie wusste ein ganz schönes Stück entfernt. Nach einem kurzen Ausflug zum Angucken klang das nicht gerade. Doch der Mann guckte nur auf seine Armbanduhr, als hätte er es eilig.

»Wir müssen deine Eltern von der Arbeit abholen. Ich habe alles mit deinem Vater abgesprochen und er findet das völlig okay. Wir müssen uns aber etwas beeilen.«

Wenn ihr Vater sagt, dass es okay wäre, konnte ja nichts Schlimmes dabei sein. Trotzdem setzte sie mit einem mulmigen Gefühl den Wäschekorb ab und ging vorsichtig auf den Mann, dessen Namen sie bis dahin noch nicht einmal kannte, zu. Er streckte ihr die Hand aus und nach kurzem Zögern ergriff Lisa sie. Sein Händedruck wurde fester und fester und in diesem Moment wurde ihr bewusst, dass sie einen unglaublichen Fehler begannen hatte.

Der Mann ließ jedoch nicht los und sie hatte noch nicht den Mut laut loszubrüllen, oder irgendetwas gegen ihn zu tun. Irgendwie war immer noch die kleine Hoffnung da, dass der Mann die Wahrheit sagte und sie gleich zu ihren Eltern fahren würden.

Sie stiegen in das Auto des Mannes, einem kleinen VW Käfer, und plötzlich hielt der Mann inne. »Kannst du mir mal die Sonnenbrille aus dem Handschuhfach reichen?«

Einen kurzen Moment musste sie überlegen, wo das Handschuhfach war, in ihrem kleinen Dorf gab es nicht viele Autos und ihre Eltern besaßen erst recht keins. Als sie es fand war es leer.

»Hier ist keine Sonnenbrille«, sagte sie noch, als er den Lappen in seiner Hand gegen ihren Mund presste.

Ein süßlicher Geruch und dann war plötzlich alles schwarz.

Sie wachte in völliger Dunkelheit auf. Erst dachte sie, dass sie die Augen noch gar nicht richtig aufhatte, doch dann begriff sie, dass sie einfach fernab jeglichen Lichtes befand.

Ihr Kopf dröhnte und panische Angst schlich sich ein. Zuerst dachte sie, dass sie allein war, doch dann war da ein Geräusch. Ein Schluchzen.

Sie drehte sich etwas zur Seite und damit war ihr Rücken nicht mehr an die Wand gelehnt. Der kleine Schlitz hinter ihr spendete nun etwas Licht und nun glaubte sie einige Gestalten auszumachen.

»Hilfe«, flüsterte sie und dann sprach eine der Gestalten das einzige Mal mit ihr.

Kapitel 44

Mats Jäger
Spedition Wächtersbacher, 21:00 Uhr

Langsam wachte ich wieder auf. Der Raum, in dem ich mich befand, war weit und dunkel. Der moderige, kalte Geruch fiel mir sofort auf. Die Wände konnte ich nicht sehen, doch aus dem Dunkeln waren Geräusche zu hören, die meinem Verstand überstiegen.

Ängstlich versuchte ich mich zu bewegen, doch es ging nicht. Mein Blick ging nach unten und ich sah, dass ich auf einem Holzstuhl saß. Der Kabelbinder war mir abgenommen worden. Arme und Beine waren nun mit Klebeband fixiert, sodass ich mich keinen Zentimeter bewegen konnte.

Angestrengt fing ich an zu lauschen. Das eine klang wie eine Wasserleitung und das andere hörte sich wie kleine Füße von Nagetieren an, die über den kalten Betonboden flitzten.

»Hallo?«, flüsterte ich in die Dunkelheit. Niemand meldete sich.

»Cristian? Imrich? Medved?« Es waren die einzigen Namen, die ich von den Verbrechern kannte, doch immer noch antwortete mir keiner.

Wieder spielte mein Kopf verrückt: Ich war gefesselt auf einem Stuhl und konnte mich keinen Zentimeter bewegen. Welch Grausamkeiten hatte man mit mir vor?

Plötzlich ging das Licht an. Die Halogenlampen an der Decke fluteten den Raum förmlich mit Licht. Ich kniff meine Augen zu, doch dann gewöhnte ich mich schnell an die Helligkeit. Der Raum war erstaunlich groß. Die Wände bestanden aus kaltem Beton und überall an der Decke waren Rohre verlegt. In manchen Ecken waren Pfützen und ich glaubte nun auch zu sehen, wie eine Ratte über den Boden flitze. Ihre Größe war dabei mehr als beängstigend.

Allem Anschein nach befand ich mich in einem Keller.

»Du befindest dich im Keller unseres schönen Bürogebäudes. Wir nennen ihn die Halle«, hörte ich plötzlich eine Stimme hinter mir. Schritte ertönten und ich versuchte meinen Kopf so weit zu drehen, dass ich die Person erkennen könnte. Eryk trat in mein Blickfeld.

»Es tut mir leid, dass ich dich betäuben musste. Die Lieferung kam später als gedacht und du hättest nur im Weg gestanden.«

»Welche Lieferung?«, fragte ich und mein Gegenüber grinste.

»Wenn der Boss es dir sagen will, wirst du es bald erfahren.«

»Medved ist kein guter Boss, auf so einen Menschen würde ich nicht vertrauen. Er ist unberechenbar.« Eryk lachte auf.

»Medved? Medved ist hier nicht der Boss. Der war nur für die Tarnung da. Das ist jetzt aber auch vorbei, weil der Boss die Kooperation, sagen wir mal, beendet hat. Imrich kümmert sich hier um die echten Geschäfte.«

Interessant. Imrich war also der wahre Gegner. Bis jetzt hatte ich ihn nur für die rechte Hand von Medved gehalten, doch auch diese neue Erkenntnis machte meine Lage nicht wirklich besser.

»Was ist denn Imrich so für ein Typ?«, fragte ich vorsichtig. Vielleicht konnte ich irgendwas Interessantes herausfinden, was mich aus dieser aussichtslosen Lage brachte.

»Er ist ein brutaler Typ.« Seine Stimme klang nun ehrfürchtig. »Er hat mal einem Lkw-Fahrer den Kopf abgesägt und den Kopf in meinen Wagen gelegt, um mir klarzumachen, was mit Verrätern passiert. Mit einer scheiß Säbelsäge hat er das gemacht. Dieser Mann kennt wirklich keinen Skrupel.«

»Nicht gerade ein Boss, mit dem man gerne zusammen arbeiten will«, meinte ich provozierend. Eryk lachte auf.

»Stimmt. Aber die Bezahlung stellt das Ganze in den Schatten. Außerdem wüsste ich nicht, was ich sonst tun sollte.«

»Ich kann dir helfen. Du könntest hier in Frankfurt auch leicht einen anderen Job finden.« Eryk war unzufrieden. Das merkte ich gleich und vielleicht konnte ich dies für mich nutzen.

»Ich weiß ganz genau, dass du mich manipulieren willst. Du hast aber keine Chance, weil ich gar keine Wahl habe. Imrich würde nie jemanden von uns gehen lassen und ich will auch gar nicht gehen. Hier verdient man mehr als in jedem legalen Job, den ich bekommen könnte. Außerdem muss man nicht wirklich viel tun.«

»Wie sehen deine Aufgaben denn aus?«

Sein Gesichtsausdruck wurde wieder steinhart. Ich hatte es übertrieben. »Du neugieriges kleines Arsch! Hör auf mich auszufragen, sonst kriegst du gleich eins in die Fresse. Am besten sagst du jetzt gar nichts mehr. Der Boss müsste gleich kommen und dann wird dir die Fragerei schnell vergehen.«

Wie auf Kommando hallte eine laute Stimme durch die Halle.

»Eryk! Quatsch meinen Gast nicht voll. Ich habe noch etwas mit ihm vor.« Die kalte Stimme ließ Eryk zusammenzucken. Schnell wandte er sich von mir ab. Von hinten kamen zwei Männer, die wortlos meinen Stuhl umdrehten und dann wieder wortlos verschwanden. Ich hatte nun einen Blick auf die restliche Hälfte der sogenannten Halle.

Etwa fünf Meter von mir entfernt führten zwei kleine Stufen zu einer großen Flügeltür, die anscheinend ins Erdgeschoss führte. Neben der Tür stand der große Mann, der auf den Namen Imrich Vesel hörte.

»Herr Ex-Kommissar ich bin so froh, dass Sie es einrichten konnten. Sitzen Sie auch bequem?« Ich schaute ihn wütend an, doch das schien ihn nur noch glücklicher zu machen.

»Eigentlich hatte ich vor, Sie ebenfalls in Ihrer Wohnung zu beseitigen, doch zwei Morde im gleichen Haus werden selbst für mich schwierig zu vertuschen. Da ist es doch viel einfacher, Sie einfach hierher zu holen. So können wir die Sache einfacher machen und Felix als kleinen Bonus dazu werten.«

»Wenn Sie ihn auch nur anfassen, werde -« Imrich unterbrach mich. Mit ruhiger, aber doch dominanter Stimme setzte er seinen Vortrag fort.

»Wissen Sie, dass wir ziemlich schnell auf die Spur der alten Schlampe gekommen sind?« Eigentlich wollte ich ihm die Genugtuung nicht geben, doch ich schaffte es nicht, meine Wut zu verbergen. Wäre es mir möglich, wäre ich aufgestanden und hätte dieses Schwein mit eigenen Händen erwürgt.

»Sie sind so wortkarg. Eigentlich hatte ich gehofft, dass das hier ein spannender Dialog wird. Mit Eryk haben Sie sich so nett unterhalten und mir wollen sie diesen Respekt nicht erweisen? Doch – Moment mal, ich habe eine Idee.« Imrich wandte sich theatralisch um. Zwei weitere Männer betraten die Halle. Zwischen ihnen humpelte eine etwas kleinere Gestalt. Ich brauchte einen Moment, bis ich erkannte, dass es Felix war. Sein Mund war mit Klebeband verklebt und auch seine Hände wurden fachgerecht verpackt. Bis auf ein paar Schrammen ging es ihm körperlich anscheinend gut, doch in seinem Gesicht sah ich sein Entsetzten.

Was Imrich nun in meinen Augen sah, war nicht mehr Wut. Es war die pure Angst und das wusste er genau.

»Ich habe Ihnen versprochen, dass sich ihre kleine Familie wieder vereinen wird. Es wird nur etwas anders laufen, als Sie sich das vorgestellt haben. Ich hatte da ja eher an ein Familiengrab gedacht.«

»Wenn du meinem Neffen auch nur ein Haar

240

krümmst, nur ein einziges Haar, dann werde ich dich töten!«, schrie ich. In meinem Zorn rüttelte ich so sehr an dem Stuhl, sodass die zwei Männer neben mir ihn festhalten mussten. Ansonsten wäre ich wahrscheinlich einfach umgekippt.

»Wie ich sehe, können Sie also doch sprechen. Das ist gut, denn ich habe einige Fragen und ich hoffe sehr für Sie, dass Sie mir die Antworten geben können.«

Imrichs Stimme war immer noch komplett ruhig. Mich brachte das aber nur noch weiter zur Weißglut.

Wie konnte es nur so weit kommen? Mit meinem eigenen Tod hatte ich kein Problem, doch Felix hatte das nicht verdient.

»Wir spielen nun ein kleines Spiel«, fuhr Imrich fort. »Die Regeln sind ganz einfach: ich stelle Ihnen eine Frage und Sie antworten. Ist doch leicht, oder?«

Imrich tänzelte verspielt auf mich zu. Am liebsten hätte ich ihn dafür ins Gesicht gespuckt, doch ich wusste, dass das böse Folgen haben würde. Das Schlaueste war einfach mitzuspielen. Kein Wissen war so wichtig wie Felix Leben.

»Einen Haken gibt es bei diesem Spiel jedoch. Wir sind gerecht, weshalb jeder Regelbruch bestraft wird. Im Klartext heißt das, dass ich für jede falsche Antwort Felix ein Körperteil abschneiden werde. Angefangen mit dem kleinen Finger gehen wir zu seinem Ohr, die Nase und schließlich seinen Eiern.«

»Keine Angst Felix. Dir wird nichts passieren.« Ich versuchte mit meinen Worten irgendwie beruhigend zu wirken, doch ich merkte selbst, dass meine Stimme zitterte.

»Ich hoffe auch, dass ihm nichts passieren wird, doch versprechen kann ich es nicht. Kommen wir zur ersten Frage und ich warne Sie, mich nicht anzulügen. Manche Antworten kenne ich schon und wenn Ihre auch nur ein Stück davon abweichen, muss er dafür büßen.« Imrich deutete zu Felix und die beiden Männer neben ihn fingen an zu grinsen. Mein schlimmster Albtraum wurde gerade grausame Realität.

Eine Träne lief über meine Wange und auch bei meinem Neffen sah ich die gläsernen Augen. Trotzdem brachte er kein einziges Wort heraus. Mit dem Knebel wäre dies auch nicht so einfach, doch ich glaube, dass er zusätzlich unter Schock stand.

»Meine Damen und Herren, wir kommen nun zur ersten Frage! Der Kandidat Jäger ist am Zug. Haben Sie in letzter Zeit mit jemandem von der Polizei gesprochen?«

Der linke Mann neben mir versetzte mir einen Schlag in die Magengrube. Eigentlich wollte ich sofort antworten, doch nun brauchte ich erst mal kurz Zeit um wieder zu Atem zu kommen.

»Ich habe mit Theo Köhler, meinem alten Kollegen gesprochen. Er weiß hiervon aber nichts«, presste ich mühsam hervor. Imrich nickte. Er war mit der Antwort einverstanden.

»Warum musste Kamil sterben?« Es war nicht Imrich, der diese Frage stellte, sondern ich. Es war riskant und entweder ich, oder Felix würden dafür wahrscheinlich büßen, doch wenn ich schon sterben musste, und damit rechnete ich sicher, wollte ich noch wenigstens so viel wie möglich erfahren. Dass Imrich überhaupt antwortete, erstaunte mich, doch bei seiner Überheblichkeit war es gar nicht so verwunderlich.

»Nun mein Mitarbeiter hat leider einen Fehler gemacht. Ich achte hier sehr auf Ordnung. Kamil Walczak konnte diesen Ansprüchen nicht gerecht werden. Solche Fehler muss man beseitigen, weil ansonsten die Effizienz des gesamten Unternehmens schwindet. Nun kommen wir aber wieder zu Ihnen zurück, denn wir haben noch einige Fragen übrig.«

Verzweifelt suchte ich nach einem möglichen Ausweg. Die Lage war wirklich aussichtslos. Imrich konnte sein grausames Spiel nach Lust und Laune weiterspielen. Ihm war klar, dass ich alles für Felix tun würde und sobald er genug Informationen hatte, würde er uns beide beseitigen. Die Frage war nur, wie viel Schmerzen er uns bis dahin zufügen wird.

»Hatten Sie jemals Kontakt zu Norbert Poeschke und wenn ja, was hat er Ihnen gesagt?«

»Ich habe nie mit ihm gesprochen. Poeschke war Margrets Informant, doch die haben Sie ja schnell genug getötet. Ist er auch tot?«

Imrich lachte. »Herr Jäger, ich glaube Sie haben das Spiel noch nicht wirklich verstanden. Trotzdem respektiere ich es, dass Sie vor ihrem Tod noch einiges wissen wollen. Was auch immer Ihnen das nützt. Natürlich ist Poeschke tot. Er hat einen unserer Fahrer bestochen und hat diese Alte auf uns gehetzt. Wer, wenn nicht er hatte den Tod also mehr verdient? Ihre Margret war nur ein kleiner Bonus, um mal so richtig aufzuräumen. Genauso wie auch Felix unser kleiner Bonus ist.«

Imrich Vesel wollte mich ganz klar provozieren, was er auch schaffte. Meine Wut, oder besser gesagt mein Hass auf diesen Mann, stieg weiter ins Unermessliche.

»Bevor Sie die nächste Frage beantworten, will ich Ihnen nochmal die Tragweite Ihrer Antwort klarmachen. Sollten Sie auch nur einmal lügen, werde ich Felix wehtun. Da gibt es dann auch keine Warnung mehr.« Um seine Aussage zu bekräftigen, ging Imrich langsam auf Felix zu, zog ein Springmesser hervor und hielt es dem Jungen an die Kehle.

»Ich bin kein Unmensch, weshalb ich Ihnen die Wahl lasse zu Ihrem Tod und dem Tod ihres Neffen. Es kann kurz und schmerzlos sein. Es kann aber auch qualvoll werden und ewig dauern. Glauben Sie mir, wenn ich Ihnen sage, dass ich bei Todesarten sehr kreativ sein kann. Kamil war nur ein kleines Kunstwerk im Gegensatz zu meinen Plänen für Sie und Ihren Jungen. Geben Sie mir also lieber nicht die Chance, meine Träume zu verwirklichen.«

Ruhig zog er das Messer wieder zurück und wandte sich mir wieder zu. Ich war mir sicher, dass er uns so oder so auf grausame Weise töten würde. Das war es, was diesen Mann aufgeilte.

»Damit werden Sie nicht durchkommen. Schon bei Kamils Tod hatten Sie Probleme, das Ganze als Unfall zu vertuschen. Hätten Sie nicht den Gerichtsmediziner erpresst, und einen Spitzel bei der Polizei die Ermittlungsarbeit führen lassen, wären Sie längst aufgeflogen. Die Toten häufen sich in Ihrem Umfeld immer mehr und es wird nicht mehr lange dauern bis ihre kleinen Helferlein bei den Behörden auch nicht mehr helfen können. Pack also lieber deine Sachen und verpiss dich aus dieser Stadt! Was kann schon so wichtig sein, dass du kleiner Dreckssack unbedingt hierbleiben willst?«

Ich spuckte in seine Richtung und wusste schon im selben Moment, dass ich es zu weit getrieben hatte. Ich konnte mich nicht mehr beherrschen. Imrich blieb die Ruhe selbst und grinste mich weiter an.

»Aber, aber! Herr Jäger, ich bevorzuge bei Geschäftspartnern immer noch die Höflichkeitsform. Es gibt also keinen Grund so ausfallend und beleidigend zu werden. Ich kann aber Ihre Sorgen entkräften und Ihnen versichern, dass ich bei den ach so gelobten Behörden ein ganzes Netzwerk habe. Noch sehen Sie nicht die Dimensionen, die ich geschaffen habe, doch ich kann versichern, dass ich dutzende umbringen kann und niemand auch nur einen Finger rührt. Falls die Polizei tatsächlich stutzig werden sollte, schicke ich einfach wieder jemanden zu ihnen, der die ganze Sache gesteht.«

»Mit Kamils Mord hat das ja nicht so gut geklappt. Wie lange hat es nochmal gedauert, bis der erste Reporter auf der Spedition auftauchte und Fragen gestellt hat? Keinen Tag? Dann hat es auch nicht lange gedauert, bis Margret dem falschen Spiel auf die Spur gekommen ist.«

Imrich dreht sich um, drückte Felix in die Knie und rammte ihn sein Messer in den Oberschenkel. Felix Augen weiteten sich und durch den Knebel hörte sich der folgende Schrei eher wie ein schmerzhaftes Stöhnen an. Ich schrie entsetzt auf.

»Ich glaube, Sie haben noch nicht die Regeln verstanden! Ich frage und Sie antworten! Was anderes gibt es hier nicht!«

Von der erst so ruhigen Art Imrichs war nun nichts mehr zu sehen. Sein Gesicht hatte sich zu einer Fratze verzogen und seine Augen zuckten wild von einer Seite zur anderen. Durch das Geschrei von Imrich zuckten auch seine Gehilfen zusammen. Dieser Mann war unberechenbar.

Felix Gesicht war schmerzverzerrt. Ich versuchte mich aus dem Stuhl zu winden, doch das Klebeband war zu fest. Imrich hatte sich in der Zeit wieder fast vollständig gefasst, doch sein Grinsen wirkte nun nicht mehr ganz so hämisch.

»Wir kommen nun zur finalen Frage. Dann haben sich all Ihre Probleme gelöst und Sie werden friedlich auf dem Grund vom Main dümpeln.«

»Quatsch nicht so lange und frag endlich, sonst sterbe ich eher an Langeweile.« Es war gewagt Imrich weiter zu provozieren. Immerhin hatte Felix schon einen Messerstich abbekommen, doch die Wut des Mannes war vielleicht unsere einzige Chance. Wütende Menschen machten Fehler und im richtigen Augenblick könnte uns dieser Fehler das Leben retten.

»Nur die Ruhe, Herr Jäger. Sie können es wohl gar nicht erwarten zu sterben. Meine Frage ist, ob irgendwer anderes noch von Ihren wilden Theorien weiß.«

Imrich hatte Angst. Margret und Poeschke haben ihm klargemacht, dass doch nicht alles so gut lief wie geplant. Nun gab es eine ernsthafte Bedrohung für sein Unternehmen.

»Ich sag es Ihnen nicht.«

Für einen Moment wirkte es so, als würde Imrich wieder die Fassung verlieren. Sein Gesichtsausdruck entglitt von purer Überheblichkeit zu einem fassungslosen Mann ohne Macht. Dies hielt jedoch nur für einen kurzen Augenblick an.

»Sind Sie sich da wirklich sicher? Felix wird sterben, wenn Sie es mir nicht sagen.«

»Wir beide werden sowieso sterben. Das haben Sie selbst mehrmals gesagt. Was macht es dann noch für einen Unterschied, ob ich Ihnen die Frage beantworte, die Ihnen ja so wichtig ist.«

Ich setzte alles auf eine Karte. Jetzt musste Imrich nur noch mitspielen.

»Es ist nicht eine Frage, ob Sie sterben, sondern wie Sie sterben. Ich habe es Ihnen schon gesagt, dass ich Ihren Tod über Tage hinauszögern kann und Ihnen dabei das Privileg gebe, Ihren sterbenden Neffen zu sehen.«

»Wir können das ganz schnell beenden, wenn auch Sie mir noch eine einzige Frage beantworten werden. Sie haben dabei nichts zu verlieren. Ich frage einfach nur aus Interesse.«

Imrichs Gesicht verriet mir, dass er diesen Weg wählen würde. Er hatte Spaß am Töten, doch das Geschäft war ihm genauso wichtig, wenn nicht sogar ein kleines bisschen wichtiger.

»Wie würde Ihre Frage denn lauten?«

»Was läuft hier ab? Was ist so viel wert, dass so viele Menschen dafür sterben mussten?«

»Na gut«, sagte er und versetzte Felix einen ruppigen, aber nicht wirklich harten Schlag. »Ich habe nichts zu verlieren, wie Sie schon gesagt haben. Wir beide wissen genau, dass Sie dieses Gelände niemals lebend verlassen werden. Sie geben mir die Antwort auf meine Frage und dann zeige ich es Ihnen.«

Es war ein Bluff. Sobald er seine Antwort hatte, würde er uns beide töten.

»Erst Ihre, dann meine Antwort. Unser Vertrauen ist noch nicht wirklich per du.«

Imrich grinste kurz und dieses Mal wirkte es, als wäre er ehrlich amüsiert. Er war schon ein sonderbarer Mensch. Gerade eben hatte er einem Kind ein Messer in den Oberschenkel gerammt und jetzt war er belustigt über meinen Satz. Ich musste wirklich aufpassen, um ihn nicht zu stark zu provozieren. Dieser Mann war wirklich zu allem fähig.

»Sie sind ein zäher Mann, Herr Jäger und das bewundere ich. Ich werde Ihnen mein kleines Imperium zeigen, doch wenn Sie nur den geringsten Versuch unternehmen zu fliehen, oder auf eine andere Weise unangenehm zu werden, wird Felix das zu spüren bekommen.«

Ich nickte zustimmend und die beiden Männer neben mir zogen ihre Messer hervor. Für einen Augenblick war ich verwirrt und dachte, dass sie mir etwas antun wollten, doch dann schnitten sie meine Fesseln durch. Das Klebeband zogen sie etwas unsanft ab und mir wurden die Härchen aus den Armen gerissen, was ich in diesem Moment gar nicht spürte.

Unsanft wurde ich von hinten gepackt. Mit verdrehten Armen schleiften sie mich weiter durch die Halle. Felix und die zwei Männer, die ihn bewachten, blieben wo sie waren und Imrich ging wie ein Fremdenführer voraus.

Ich hatte keine Ahnung, was mich erwarten würde, doch wir gingen nach draußen. Die Ware war also vermutlich in einem der Lkw, oder in dem Container.

Tatsächlich gingen wir zu den drei parkenden Lastkraftwagen. Vor dem vordersten standen zwei Männer, die nach einem kurzen Nicken von Imrich zu dem Führerhaus gingen. Der dahinterstehende Wagen war so geparkt, dass man uns von dem Eingang der Spedition aus nicht sehen konnte. Kurze Zeit später kamen beide zurück. Der eine hatte ein Gewehr in der Hand, der andere lud eine Pistole durch und steckte sie sich hinten in den Hosenbund.

Mit einem durchdringenden *Klack-Klack* wurde das Gewehr entsichert.

»Was soll das denn jetzt?«, fragte ich verdutzt.

»Haben Sie Geduld. Sie haben die Ehre eine ganz frische Lieferung zu besichtigen«, entgegnete Imrich ruhig.

Der Mann mit der Pistole kletterte auf den kleinen Absatz, der das Öffnen des Containers erleichterte und öffnete den Hebel, der die zwei Türen sicherte. Mit einem Quietschen wurden die Türen geöffnet.

Im ersten Moment erkannte man gar nichts. Die ersten paar Meter des aufgesetzten Containers waren leer und im hinteren Teil war es zu dunkel, um etwas zu sehen. Das Gewehr von dem zweiten Mann war in das Innere gerichtet. Er rief etwas in einer fremden Sprache, die für mich osteuropäisch klang.

Der Mann mit der Pistole war inzwischen wieder nach unten geklettert und holte eine Taschenlampe hervor.

Der Strahl der Taschenlampe erhellte den kompletten Container. Das, was ich im Inneren sah, schockierte mich: Es waren Menschen!

Junge Frauen und auch Mädchen saßen dicht gedrängt an der hinteren Wand. Verängstigte Gesichter sahen uns an und mir wurde sofort klar, was das wahre Geschäft dieser Spedition war. Gerade eben hatte er den Inhalt noch als seine frische „Lieferung" bezeichnet. Dieser ekelige Mann machte nicht einmal vor der Menschlichkeit halt.

Menschenhandel ist auch in Deutschland noch harte Realität. Das Prinzip ist genauso einfach wie grausam: ausländische Frauen und Mädchen werden nach Europa verschleppt mit dem Versprechen auf eine bessere Zukunft. Die Realität sieht jedoch ganz anders aus. Die Frauen werden zur Prostitution gezwungen und sexuell ausgebeutet.

Aus meiner Dienstzeit wusste ich nur zu gut, dass dies meist sogar durch den Familien- oder Freundeskreis passiert. Es gibt aber auch Schlepperbanden, die sich ein professionelles Netzwerk aufgebaut haben.

Gegen ein solches Milieu zu arbeiten ist keine leichte Aufgabe. Oft haben die Opfer zu viel Angst um sich bei der Polizei zu melden und gegen ihren Zuhälter auszusagen. Die Polizei konnte sich immer sicher sein, dass sie nur die Spitze des Eisbergs sah. Erstaunlich selten kam es in der Szene zu Festnahmen und noch seltener zu einer Verurteilung.

Angeekelt sah ich Imrich an. Dieser hob nur abwehrend die Hände.

»Ich bringe diese Frauen nur nach Deutschland. Herr Jäger, Sie können mir glauben, wenn ich Ihnen sage, dass ich nichts mit der Prostitution zu tun habe.«

»Natürlich nicht. Es ist viel sicherer für Sie, wenn Sie nur die Fahrten koordinieren. Wahrscheinlich liefern Sie nur an die Puffs und noch viel schlimmeren Orten und kassieren dafür einen fürstlichen Lohn. Es wäre viel zu riskant, wenn man Sie mit einem Bordell und illegaler Prostitution in Verbindung bringen würde. Die Tarnung mit Medved und der Spedition ist hingegen perfekt. Sie haben kaum ein Risiko und können auf einen langzeitigen Standort hier vertrauen. Ekelhaft!«

So langsam schaffte ich es, Imrich zu durchschauen. Der Typ war ein Psychopath, das stand außer Frage. Er hatte Spaß an den Schmerzen anderer Menschen, doch gleichzeitig war er auch ein eiskalter Geschäftsmann. Eine gefährliche Mischung.

»Ich sehe, dass Sie mich durchschaut haben. Es interessiert Sie vielleicht zu wissen, dass ich einer der größten Zulieferer Frankfurts bin. Hunderte, wenn nicht sogar Tausende Frauen und Mädchen werden jährlich durch mich geliefert. Es ist ein Markt, der niemals enden wird. In den Kreisen werde ich geachtet, wenn nicht sogar gefürchtet und trotzdem kann mir die Polizei nichts anhaben. Einigen mir Untergebenen in Ihren Reihen sei Dank. Sie können gar nicht vorstellen wie groß mein Netzwerk ist. Da sind Personen eingebunden, die so hoch in der Politik sind, da würden sie vom Hocker fallen. Wir rekrutieren dutzende in Deutschland und in den Ländern, wo wir unsere Ware bekommen, haben wir mindestens genauso viele Mitarbeiter.«

»Sie ekeln mich an. Menschen eine Perspektive geben und sie dann so zu missbrauchen. Sie sagen sich vielleicht, dass Sie die Frauen und Mädchen nur nach Deutschland bringen und dann die Zuhälter das wirklich Schlimme machen, doch das ist nicht so. Sie sind für das Schicksal von jeder einzelnen verantwortlich.«

Ich spie die Wörter förmlich aus mir hinaus. Die zwei Männer, die mich festhielten, hatten offensichtlich Mühe mich unter Kontrolle zu halten. Schon vorher hatte ich einen Hass auf diesen Mann, doch sein *Geschäft* setzte dem noch die Krone auf.

»Ich kann verstehen, dass Sie zuerst von mir angeekelt sind, doch wissen Sie, was mich anekelt? Die Menschheit ekelt mich an! Ich würde das alles nicht tun, wenn nicht so viel Scheiße auf der Welt laufen würde. Wäre ich nicht im Geschäft, wäre es jemand anderes und das ist auch der Grund warum ich nachts gut schlafen kann.«

Ich glaubte Imrich nicht. Dieser Mann war das Böse in Person und auch wenn es stimmte, dass ohne ihn genau das Gleiche passieren würde, war es für mich keine Entschuldigung. Er war es, der Frauen entführte. Er hatte die Wahl und er tat es trotzdem.

Die Denkweise, die er hatte, fand ich einfach nur dumm. Für ihn war es eine Entschuldigung für seine Taten. Es steckte also doch ganz versteckt ein Stück Mensch in dieser Hülle, der nach einer Rechtfertigung suchte.

Von Mitleid oder gar Verständnis war jedoch keine Spur. Diese Art von Mensch strebte nur nach eigener Macht und ergötzte sich an dem Leid anderer.

»Ich werde Sie dafür töten«, sagte ich mit voller Überzeugung. Imrich tat so, als wäre er von meiner Aussage überrascht.

»Herr Jäger, dann sind Sie ja nicht besser als ich! Es wäre durchaus ein interessanter Gedanke, doch leider wird es nicht so weit kommen. Sie sind immer noch mein Gast und ich habe die komplette Macht über Sie und ihren Neffen.«

Macht. Das war es, wonach er strebte. Macht über die Frauen, seine Mitarbeiter und nun auch über mich. Vielleicht konnte ich das zu meinem Vorteil nutzen.

»Ich habe meinen Sold erfüllt. Ich habe Ihnen mein Imperium gezeigt und ich hoffe, dass ich Sie beeindrucken konnte, doch nun sind Sie an der Reihe: wem haben Sie noch von Ihrem Verdacht erzählt?«, sagte Imrich und schnitt damit meine Gedanken ab.

»Niemandem. Margret war die einzige, mit der ich zusammen arbeitete. Wem hätte ich sonst davon erzählen sollen?«

Dass Felix das meiste wusste, und Jonathan sich seinen Teil auch zusammenreimen konnte, verschwieg ich lieber. Davon konnte Imrich unmöglich wissen.

»Ich glaube Ihnen nicht.«

Als wäre es ein stilles Kommando gewesen packten die zwei Männer hinter mir wieder meine Arme und zerrten mich zurück in die Halle.

»Ich war sehr geduldig mit Ihnen, doch alle Geduld hat ein Ende. Felix' Todesurteil war besiegelt, doch nun muss er schmerzvoll sterben. Ich halte mein Wort, weshalb ich ihm jetzt den kleinen Finger abschneiden muss.«

Ich wurde zurück in den Stuhl geschubst und wollte gerade wieder aufspringen, als ich von hinten gepackt wurde. Zwei kräftige Arme hielten mich im Schach, während ich von Eryk wieder mit Klebeband gefesselt wurde. Dieses Mal war es jedoch nicht so fest. Trotzdem musste ich hilflos zusehen, wie Imrich in aller Seelenruhe sein Messer wieder rausholte. Einer der Männer packte Felix' Finger und presste sie an die Wand. Imrich setzte sein Messer an.

»Sie müssen das nicht tun. Es ist die Wahrheit!«

Er ignorierte es. Panik stieg in mir auf und ich versuchte mich von meinen Fessel zu befreien. Das ging allerdings nach hinten los: Der Mann legte seine Hände um meinen Hals und drückte zu. Zuerst konnte ich mich noch wehren. Die provisorischen Fesseln rissen und meine Arme waren frei. An den Stuhl hielten mich nur noch die Fesseln, die um meine Beine geschlungen waren.

Mit einem Schlag mit der Faust hätte ich fast sein Gesicht erwischt, doch schnell ging mir die Luft aus.

Schmerzhaft und verzweifelt sog meine Lunge nach Luft, doch es fehlte einfach die Kraft. Meine Lunge brannte. Panik. Das war das einzige Gefühl, dass ich in diesen Augenblick spürte. Blanke Panik und das Bewusstsein, dass ich gleich sterben würde. Man kann sich nicht vorstellen, wie das Gefühl ist zu ersticken, doch für mich war es der größte Schmerz, denn ich jemals gespürt habe.

Dies war also mein Ende. In einem kalten Keller würde ich als einer der letzten Mitwisser das dunkle Geheimnis mit ins Grab nehmen. Ich hatte die Hoffnung schon voll und ganz aufgegeben, als plötzlich das Funkgerät an Imrichs Gürtel knarzte. Dies hörte ich zu diesem Zeitpunkt nicht. Ich war gerade dabei zu sterben, aber der Mann, der seinen Arm um meinen Hals hatte hörte es und lockerte den Griff etwas. Gierig sog ich die Luft ein. Noch nie fühlte sich ein tiefer Atemzug so gut an.

Imrich griff nach dem Funkgerät und betätigte die Sprechtaste.

»Position 1? Könnt ihr mich hören?«

Keine Antwort.

Die beiden Männer, die Felix festhielten schauten sich irritiert um. Hier stimmte etwas nicht. Auch der Mann hinter mir löste seinen Griff immer weiter, wodurch ich nun einigermaßen normal atmen konnte.

»Geh zum Eingang«, wies Imrich Eryk an, der sich bis jetzt im Hintergrund gehalten hatte. Nach kurzem Zögern zog er seine Pistole. Vorsichtig und mit vorgehaltener Waffe näherte er sich den einzigen Eingang in diesem Raum.

Währenddessen sprach Imrich weiter in das Funkgerät, doch ihm antwortete immer noch keiner. Eryk wurde auf seinem Weg zum Eingang immer langsamer. Ein ungutes Gefühl breitete sich in ihm aus. Er glaubte noch, einen Schatten gesehen zu haben, als das komplette Chaos ausbrach.

Kapitel 45

»Zugriff!«, brüllte Rafael in sein Funkgerät. Vom Bulli, in dem sie saßen, konnte man kaum etwas erkennen. Die Sondereinheit würde schon ihren Job machen. Theo und er mussten nun draußen Geduld haben. Man wusste nicht, was sie im Inneren des Gebäudes erwartete, weshalb größte Vorsicht geboten war.

Schon vorher hatte man die verängstigten Frauen und Mädchen in dem Lkw gefunden und still und heimlich von dem Gelände gebracht. Acht Männer konnte man schon um das Gebäude herum verhaften, ohne dass es jemand im Gebäude merkte. Das hoffte Rafael zumindest. Der Einsatzleiter vom SEK hatte ihn vor den Kameras um das Gebäude gewarnt und auch wenn die Fenster abgedeckt waren, könnte sie jemand von innen gesehen haben, doch dieses Risiko musste er eingehen.

Ungeduldig warteten die beiden Ermittler auf die Entwarnung, doch sie ließ noch auf sich warten. Aufmerksam blickte Rafael aus dem zivilen Bulli auf die Straße. Sie hatten wenig Zeit gehabt um einen wirklichen Plan zu haben. Auch der Einsatzleiter hatte deswegen vermehrt seine Bedenken geäußert. Man hatte keinen Grundplan vom Gebäude und keiner konnte sagen, wie viele Personen sich drinnen befanden, geschweige denn, ob und wie stark sie bewaffnet waren.

Doch wenn das, was Theo und er befürchteten stimmte, zählte jede Minute.

Plötzlich wurde alles weiß. Durch die Helligkeit verlor Eryk die Orientierung, ein Schuss löste sich aus seiner Waffe. Kaum einen Moment später wurde der Schuss mit einem regelrechten Kugelhagel erwidert und eine Kugel, die seine linke Schulter traf, riss ihn nach hinten.

Auch die anderen Personen im Raum waren durch die Blendgranate abgelenkt. Instinktiv versuchte Mats seine Hände schützend vors Gesicht zu halten und auch Felix kniff seine Augen zu. Dadurch, dass die Männer, die sie eigentlich festhalten sollten, abgelenkt waren, gelang ihm dies sogar.

»Polizei! Alle auf den Boden!«, schrie eine Stimme und von einem Moment auf den anderen kam Bewegung in die zuerst erstarrten Männer. Der Mann hinter Mats stolperte einige Schritte zurück. Plötzlich hatte er eine Waffe in der Hand und zielte auf die Beamten.

Die Wirkung der Blendgranate war fast verflogen. Fünf Polizisten in voller Montur versuchten den Raum zu sichern. Einer der Beamten schrie eine Warnung, doch es war zu spät: Ein Schuss löste sich und die Kugel schlug nur wenige Zentimeter neben einem der Polizisten in die Wand ein.

Sofort erwiderten die trainierten Beamten das Feuer und der Schütze wurde im Kugelhagel zurückgeworfen.

Mats versuchte sich so gut es ging zu ducken. Das

Klebeband um seine Beine hatte sich noch nicht gelöst. Durch seine Füße konnte er etwas den Boden berühren, wodurch er versuchte, sich aus der Gefahrenzone zu bringen. Dies ging jedoch nach hinten los: der Stuhl kippte um und Mats schlug unsanft mit dem Kopf auf dem harten Betonboden auf.

Um ihn herum wurde alles schwarz.

Währenddessen hatten die beiden verbliebenen Männer von Felix abgelassen. Der eine von ihnen erkannte die aussichtslose Lage und hob panisch die Hände.

Der andere hatte sich umgedreht und rannte weiter in den Raum. Einen Ausgang gab es hier nicht, doch ein Impuls sagte ihm, dass er hier einfach weg musste.

»Stehen bleiben!«, hallte es durch die Halle und ein Warnschuss wurde abgegeben. Der Flüchtende riss erschrocken seine Arme hoch. Kurz darauf waren zwei SEK-Beamte hinter ihm und legten auch ihm Handschellen an.

Erleichtert zog der Einsatzleiter seine Sturmhaube nach unten. Keiner von seinen Männern wurde verletzt.

»Gesichert.«

Dieses eine Wort ließ Rafaels Anspannung mit einem Schlag verschwinden. Es folgte ein längerer Funkspruch, wo auch mehrere Rettungswagen angefordert wurden. Nun doch deutlich unruhiger stieg Rafael schnell aus dem Wagen und rannte zu der Spedition. Theo folgte ihm.

Am Eingang kamen ihnen die ersten Beamten entgegen. Zwei Männer wurde abgeführt. Der eine SEK-Beamte erklärte den beiden, dass die Verletzten im Keller wären.

Der Weg war gar nicht so einfach zu finden. Eine schmale, stählerne Treppe führte nach unten. Sowohl Theo als auch Rafael waren von der mächtigen Halle überwältigt. Das Erstaunen hielt jedoch nicht lange an.

Es herrschte das reine Chaos in dem großen Raum. Ein Verbrecher hatte eine Schussverletzung in der Schulter und wurde verarztet. Im hinteren Bereich lag ein weiterer Mann, der allem Anschein nach tot war. Was für die beiden Kriminalbeamten viel wichtiger war, waren die zwei Zivilisten in dem Raum. Theo meinte Felix, den Neffen von Mats zu erkennen. Anscheinend hatte er eine Verletzung am Bein. Die Beamten verarzteten notdürftig die Wunde.

Auf der anderen Seite des Raumes zeigte sich jedoch ein viel schlimmeres Bild: Mats lag noch halb gefesselt an dem umgekippten Stuhl. Um den Kopf hatte sich eine Blutlache gebildet. Die Augen waren geschlossen.

Mats Jäger war nicht ansprechbar.

Kapitel 46

Lisa
Vor zwei Wochen …

»Sei still«, flüsterte eine der Gestalten neben ihr. Andere zogen erstaunt die Luft ein, doch Lisa war voll und ganz auf die Person neben ihr fixiert.

»Wo bin ich? Was ist passiert?«

Die Gestalt neben ihr holte tief Luft und setzte zu ihrer Antwort an.

Ihren Namen nannte sie nicht, doch sie kam wie Lisa aus einem kleinen und armen Dorf aus Bulgarien. Sie erzählte von dem gleichen Mann, den Lisa schon getroffen hatte und ihr versprach er eine Anstellung als Kellnerin in Europa.

Bis jetzt hielt sich Lisa immer noch in dem Wunschtraum gefangen, dass doch noch ein Stück Wahrheit an der Geschichte mit dem Studiengang in Deutschland dran war, doch nun wurde ihr mit aller Härte bewusst, dass sie in eine grausame Falle gelockt worden war.

Es wurde noch schlimmer. Das Mädchen neben ihr ahnte, was mit ihnen passieren würde und erzählte ihr in voller Ausführlichkeit von ihrer verlorenen Zukunft. Das man *Sachen* mit ihnen machen würde. Dass sie von nun an eine Ware waren, dessen Bleiberecht so lange geduldet war, bis es sich finanziell nicht mehr lohnen würde.

Lisa lauschte den Worten voller Angst und Bestürzung. Schon dort in diesem kleinen dunklen Raum säten die Stimmen in ihrem Kopf die ersten Zweifel. *Hatten ihre Eltern davon gewusst? Hatten sie dem vielleicht sogar zugestimmt?*

Es würde das viele Geld in der Keksdose erklären. Es würde die vielen Streitereien erklären. Doch gleichzeitig würde es Lisas komplettes Leben zerstören.

Auch jetzt, in Sicherheit, ließ sie der Gedanke nicht mehr los. Nachdem das Mädchen mit ihr gesprochen hatte, war ihre komplette Hoffnung, ihre letzte Mauer, zerstört. Ihr war egal, was mit ihr passieren würde und ihr war es auch egal, als die Türen erneut aufgingen.

An jenem Abend waren es jedoch nicht die Männer. Es waren Polizisten und auch wenn es ausländische Beamten waren, keimte ein wenig Hoffnung in ihr auf.

Schnell mussten sie ihr Gefängnis verlassen und als sich Lisa ein letztes Mal umdrehte erkannte, sie weswegen die Männer nicht wollten, weshalb sie ihr Gefängnis sehen. Sie hatte schon damit gerechnet und tatsächlich hatten sie sich die ganze Zeit in einem Lieferwagen befunden. Während ihrer Gefangenschaft hatten sie vielleicht hunderte, wenn nicht sogar tausende Kilometer zurückgelegt.

Dann ging alles ganz schnell. Still und heimlich wurde sie in einen Streifenwagen verfrachtet und von diesem schrecklichen Ort weggefahren. Mehrere Menschen versuchten mit ihr zu sprechen, doch sie konnte kein Wort verstehen. Englisch hatte sie nie gelernt und das, was sie als Deutsch vermutete, konnte sie ebenfalls nicht verstehen.

Die anderen Mädchen waren genauso ratlos und schnell gab man den Versuch einer Befragung auf. Lisa versuchte mit den anderen Mädchen zu sprechen, aber auch hier stieß sie auf taube Ohren. Einige von ihnen sahen noch jünger aus als sie und ihre Gesichter spiegelten den Schock der letzten Tage wider. Selbst ohne die sprachliche Barriere würde man von ihnen wahrscheinlich nicht viel erfahren.

Man brachte sie alle an einen anderen Ort, wo es sauber und sicher wirkte. Eine nette alte Frau zeigte ihr ein kleines Zimmer, wo sie über Nacht bleiben konnte. Vorher bekam sie aber das erste Mal seit mehreren Wochen die Möglichkeit etwas Richtiges zu Essen.

Die Nacht war geprägt von Albträumen und am nächsten Tag wurde es nicht gerade besser. Früh wurde sie abgeholt und getrennt von den anderen Mädchen wurde sie zu einem großen Gebäude gefahren. Seit ihrer Befreiung hatte sie keine von den anderen mehr gesehen und so langsam zweifelte sie wirklich an ihrer Existenz. Seit einer halben Stunde saß sie hier schon in einem kleinen Büro und sah zu, wie die dicken Regentropfen gegen die Scheibe platschten.

Völlig in Gedanken versunken, schreckte sie auf, als die Tür plötzlich aufging. Ein junger Mann kam herein, setzte sich ihr gegenüber und beschenkte sie mit einem aufrichtigen Lächeln.

»Hallo, ich bin Simon Heldt vom BKA. Da das Verbrechen, von dem du betroffen bist, auf Bundesebene erfolgte, bin ich für deinen Fall verantwortlich. Das ist jetzt alles bestimmt sehr beängstigend für dich, aber gemeinsam können wir das schaffen.«

Lisa nickte glücklich. Endlich jemand, den sie verstehen konnte. Was der Mann mit der Bundesebene meinte, wusste sie nicht ganz so genau, doch dass er ebenfalls Bulgarisch sprechen konnte, reichte ihr vollkommen aus.

Der BKA Beamte erkundigte sich, wie es Lisa ging und ob sie irgendetwas brauchte.

»Es ist alles in Ordnung. Jetzt auf jeden Fall. Ich weiß nur nicht, wie es weitergehen soll.«

Der Beamte nickte verständnisvoll. »Ich kann verstehen, dass das für dich alles sehr ungewöhnlich und beängstigend sein muss. Ich habe schon mit einigen der anderen Mädchen gesprochen und ihnen geht es genauso. Wichtig ist jetzt zuerst, dass ihr in Sicherheit seid. Ihr seid nicht mehr in Gefahr und gemeinsam können wir den Männern, die euch entführt haben, das Handwerk legen. Dafür brauchen wir aber deine Hilfe.«

»Waren die Gestalten echt?« Simon Heldt schaute verdutzt zu Lisa.

»Wie bitte?«

»Ich war nicht allein in dem Lastwagen. Da waren noch andere Gestalten. Andere Mädchen.«

»Natürlich waren da noch andere Mädchen. Ich habe doch vorhin gesagt, dass ich auch mit ihnen gesprochen hatte. Bist du sicher, dass es dir gut geht?«

Lisa nickte, doch ihre Gedanken waren woanders. Sie brauchte die Hilfe von diesem Mann nicht. Sie kannte die Schuldigen. Ob Vater und Mutter wirklich schuldig waren konnte sie nicht sagen.

Doch der böse Mann hatte Schuld und auch wenn er einmal ihr Leben gerettet hatte, musste er dafür bezahlen. Dafür würde sie schon sorgen.

Sie hatte seine Stimme gehört.

Sie hatte sein Gesicht gesehen.

Und sie kannte seinen Vornamen.

Kapitel 47

Mats Jäger, jenseits der Zeit

Endlich sah ich sie wieder. Meine liebe Katharina. Sie war so schön wie immer, doch ihre Erscheinung war nun vollständig in Weiß gehüllt. Wir bewegten uns in einem Vakuum, das meinen Verstand überstieg. Wir schwebten und gleichzeitig schwebten wir nicht. Der Hintergrund war Weiß, doch gleichzeitig war da auch einfach nichts.

Dafür hatte ich jedoch überhaupt keine Augen. Gegenwärtig hatte ich nur Augen für meine Frau. Sie lächelte mich an und ich lächelte zurück.

Ich bewunderte sie einfach und hoffte, dass diese Zeit niemals enden würde. Dann tat sie etwas, was mein Herz für einen Augenblick aussetzten ließ: Sie ging auf mich zu. Ob sie nun wirklich ging oder schwebte kann ich nicht sagen. Irgendwann war zwischen uns kein halber Meter mehr. Ich konnte sie riechen. Wie lange hatte ich nur diesen Geruch vermisst!

»Mats?«, ich nickte, unmöglich etwas zu sagen.

»Es tut mir leid.«

»Was?«, wisperte ich, »Was kann es sein, was dir leidtun muss?«

Sie sah mich an und in ihren Augen erkannte ich den Schmerz. Tränen spiegelten sich in ihrem Blick.

»Ich sehe, wie du leidest. Tag für Tag trägst du diesen Schmerz mit dir herum.«

»Ich kann nicht anders. Ohne dich ist alles sinnlos.«

Katharina lachte und mit ihrem Lachen wurde auch mein Schmerz weggespült. Ich wusste nicht, was sie von mir wollte, doch wie konnte ich unglücklich sein, wenn sie glücklich war?

»Du kannst anders, Mats. Das hast du in den letzten Tagen erfahren. Vielleicht solltest du anfangen zu leben.«

»Das ist doch jetzt eh egal. Nun sind wir wieder vereint.«

Ich blickte mich um, als würde das alles erklären. Katharina sah mich mit einem Blick an, der gleichzeitig nüchtern als auch liebevoll war.

»Liebst du mich?«

Die Frage machte mich zuerst sprachlos, dann nachdenklich. Ich liebte sie, das stand außer Frage, doch ihre Frage war mit etwas anderem verbunden. Einer Forderung, die mir wahrscheinlich nicht gefallen würde. Dennoch konnte ich nicht anders antworten.

»Natürlich liebe ich dich. Ich habe dich immer geliebt und ich werde dich immer lieben.«

Ihr Lächeln, ihr ganzes Gesicht wurde zu einem Ausdruck der Liebe. Ich hätte stundenlang in dieses Gesicht blicken können. Früher hatte ich die Chance dazu, doch erst später wurde mir bewusst, dass ich es viel zu selten tat.

»Ich liebe dich auch über alles und das weißt du auch. Deshalb musst du nun verstehen, was ich tue.« Ihre Worte machten mir Angst. Anders kann ich es gar nicht sagen. Endlich waren wir wieder vereint, doch eine Stimme in mir schrie, dass immer noch etwas zwischen uns stand.

»Was meinst du?«, fragte ich und eigentlich wollte ich die Antwort gar nicht hören.

»Ich habe gesehen, wie glücklich du die letzten Tage warst.«

Ich ließ die letzten Tage Revue passieren. Neben all dem Schrecken gab es auch immer wieder schöne Momente. Auch wenn die Freundschaft mit Marget mit viel Schmerz verbunden ist, war es trotzdem wunderschön. Dazu kamen all die vielen Menschen, die mir in den letzten Tagen einfach Freude bereitet haben: Merle, Felix und irgendwie auch Wenke.

»Das ist es, was du verlernt hast. In den letzten Tagen hast du es aber wiedergefunden. Das macht mich stolz.«

Diesen Stolz von meiner Frau zu hören machte mich so glücklich wie ein kleines Kind, das ein Lob von seiner Mutter bekam.

»Es wird der Tag kommen, an dem wir uns wirklich sehen, doch vorher musst du noch einiges für dich tun. Die letzten drei Jahre lebtest du in einer Blase, doch nun ist es an der Zeit wirklich zu leben.«

Sie kam näher. Ihre Lippen benetzten mein Ohr. Zuerst war ich verwirrt, doch dann flüsterte sie mir eine Botschaft zu. Ich fing an zu schluchzen.

»Das kann ich nicht tun«, flehte ich, doch sie legte ihren Arm auf meine Schulter.

»Das sagst du jetzt. Du brauchst das. Ich will nur das

Beste für dich und bald wirst auch du es verstehen.«

Ich verstand nicht, wollte nicht verstehen. Sie entfernte sich wieder. Ich wollte sie festhalten, konnte es jedoch nicht.

Dann lächelte sie und auch wenn ich sie nicht verstand, akzeptierte ich es.

»Du wirst mir fehlen«, sagte ich und sie streckte ihren Arm nach mir aus. Ich wollte nach ihm greifen, doch gerade als ich dachte, dass ich sie erreichen würde verblasste sie. Nun war ich wieder allein. Alles wurde schwarz. Ich vertraute Katharina, doch ihre Entscheidung machte mich traurig. Die Welt hatte mich wieder.

Kapitel 48

Mats Jäger
Klinikum Frankfurt, 16:00 Uhr

Eine kahle, sterile Decke starrte mich an. Die Luft war erfüllt mit Desinfektionsmittel. Ich brauchte trotzdem einen Moment, bis mir klar wurde, dass ich in einem Krankenhaus war. Der ausschlaggebende Punkt war da wahrscheinlich der Verband um meinen Kopf.

Ich konnte nicht sicher sagen, ob die Begegnung mit Katharina ein Traum, oder ein übersinnliches Ereignis war, doch als ich in diesem Bett lag, kam mir das Gespräch mit ihr wie in weiter Ferne vor.

Ein kurzer Blick durch das Zimmer verriet mir, dass ich allein war. Das Bett neben mir war frei. Zur linken Seite sah man die Skyline von Frankfurt. Es musste so gegen Mittag sein.

Plötzlich kamen alle Erinnerungen zurück: die Spedition, Imrich, die Halle und Felix! Was war mit Felix? Verzweifelt versuchte ich aufzustehen, als eine Krankenschwester das Zimmer betrat.

»Herr Jäger! Schön, dass Sie wach sind. Sie wurden gestern Nacht bei uns eingeliefert. Sie waren nicht bei Bewusstsein, doch stabil. Eine Kopfverletzung hat uns zuerst Sorgen bereitet, doch es hat sich als halb so schlimm herausgestellt. Außerdem hatten Sie mehrere Prellungen und man wollte Sie zur Beobachtung dalassen. Wie fühlen Sie sich?«

»Wo ist Felix?«, stöhnte ich.

»Tut mir leid, Herr Jäger, ich habe gerade meine Schicht begonnen und bin nicht über alles informiert. Ein Polizist wartet draußen. Er wollte sowieso so schnell wie möglich mit Ihnen sprechen. Soll ich ihn hereinschicken?«

Ich bejahte. Die Schwester verschwand wieder und irgendwie hatte ich das Gefühl, dass Theo gleich durch die Tür treten würde. Ich wusste von seinem Einsatz noch nichts, doch meine Erlebnisse in der Halle hatten für mich irgendwie gezeigt, dass Theo doch auf meiner Seite war.

Der Beamte war nicht Theo. Ich hatte ihn noch nie gesehen. Er war ein hochgewachsener, junger Mann in Uniform. Ein arroganter Blick strafte jedoch sein Gesicht. In Bezug auf nette Polizisten hatte ich in letzter Zeit wirklich wenig Glück.

»Wo ist Felix?«, stöhnte ich wieder, doch er ignorierte meine Frage völlig.

»Guten Tag, Herr Jäger. Mein Name ist Patrick Kies und ich habe einige Fragen zu den gestrigen Ereignissen. Vorher muss ich Sie darüber aufklären, dass Sie nicht verpflichtet sind etwas zu sagen. Außerdem haben Sie das Recht auf einen Anwalt. Des Weiteren möchte ich Ihnen klarmachen, dass Sie kein Tatverdächtiger sind und nur als Zeuge befragt werden. Haben Sie das verstanden?«

Mir kam das alles etwas suspekt vor, doch ich nickte. Das Einzige, woran ich denken konnte, war Felix. »Wo ist mein Neffe?«

»Herr Jäger, Ihrem Neffen geht es gut. Er wurde gestern ambulant aufgenommen. Soweit ich weiß, ist er wieder bei seinen Eltern, die ziemlich wütend auf Sie sind. Deswegen habe ich auch einige wichtige Fragen an Sie, die beantwortet werden müssen!«

Ab diesem Zeitpunkt hörte ich ihm nur noch mit halbem Ohr zu. Felix ging es gut! Das war alles, was zählte.

Die Fragen des Beamten ließen mich trotzdem nicht in einem guten Licht erscheinen. Anscheinend gaben Felix Eltern mir die Schuld an seiner Entführung. Diese Meinung haben sie anscheinend auch der Polizei mitgeteilt, weil die Fragen unbewusst darauf zielten, mir die Schuld an den Ereignissen zu geben. Meine Verletzungen musste der Polizist dabei aber übersehen haben. Am Rande erwähnte er noch, dass Theo mit seinem Kollegen für den SEK Einsatz waren, was mein Gefühl vorerst bestätigt. Imrich und seine Machenschaften erwähnte er mit fast keinem Wort.

Dadurch erhielt ich auch keine weiteren Informationen über den Fall und beschränkte dementsprechend meine Antworten auf ein kurzes Bejahen oder Verneinen. Nach etwa einer halben Stunde gab der Beamte auf und ich war wieder allein.

Mein Kopf kam trotzdem nicht zur Ruhe. Tausend Gedanken beschäftigten mich und ich wollte unbedingt mit Felix reden. Ich grübelte noch eine Weile vor mich hin und wahrscheinlich hätte ich es noch Stunden getan, als die Krankenschwester wieder hereinkam und meinen aufgewühlten Zustand bemerkte.

Ich musste fast schon einen apathischen Eindruck auf sie gemacht haben, denn sie gab mir etwas zur Beruhigung und meinte, dass es doch besser wäre, mich noch eine Nacht dazubehalten. Bei der Visite meinte der Arzt anscheinend noch, dass alles wieder gut wäre, doch da war sie sich nicht mehr so sicher. Kaum war die Krankenschwester wieder draußen versank ich in einen traumlosen Schlaf.

Geweckt wurde ich von dem Klingeln eines Telefons. Noch völlig benebelt wurde mir dies erst gar nicht klar, bis ich auf meinem Nachttisch das rot blinkende Telefon vom Krankenhaus bemerkte. Die Uhr an der Wand verriet, dass es schon 23:00 Uhr war.

»Hallo?«, grummelte ich immer noch verschlafen.

»Mats? Endlich erreiche ich dich! Ich bin es, Theo. Hoffentlich geht es dir gut. Die Ärzte meinen, dass du wahrscheinlich unter Schock stehst, aber körperlich bald wieder fit bist.«

Es war interessant, dass mir Theo das erzählte. Ich war mir meiner Beschwerden durchaus bewusst, auch wenn ein Schock etwas übertrieben war. Theo hörte sich aber ziemlich aufgeregt an, was bei ihm schon immer sehr ungewöhnlich war. Ich ließ ihn lieber weiterreden.

»Du hattest wirklich recht! Bei der Spedition lief ne wirkliche Scheiße ab. Menschenhandel! Kannst du dir das vorstellen?«

Ich war immer noch verwirrt. Theo verhielt sich

merkwürdig. Natürlich wusste ich, dass Imrichs Geschäft der Menschenhandel war, doch warum erzählte mir Theo das jetzt?

»Wir haben nur ein Problem, Mats. Den Besitzer, Matej Medved, haben wir schon vorher gefunden. Er ist tot. Aus Befragungen von den Arbeitern, die wahrscheinlich zum größten Teil an den kriminellen Machenschaften beteiligt waren, haben wir herausgefunden, dass der eigentliche Chef aber ein ganz anderer ist. Ein gewisser Imrich Vesel. Er befindet sich nicht unter den Verhafteten. Weißt du, wo er ist?«

Mit einem Schlag war ich hellwach. Imrich konnte entkommen!

»Bist du dir ganz sicher?«, hauchte ich. Theo erklärte mir, dass sie durch die Befragungen eine Personenbeschreibung hätten und ein zwei Meter großer Mann, der die Größe eines Bären hatte, war garantiert nicht unter den Verhafteten.

Nun war ich wirklich wie unter Schock. Wie konnte das nur passieren? Panisch erklärte ich Theo, dass Felix sofort Polizeischutz brauchte. Zum Glück fragte er nicht weiter nach und versicherte mir sofort, eine Streife zu den Krügers zu schicken. Er versuchte mich noch irgendwie zu beruhigen, was ihm ordentlich misslang. Kurz darauf war das seltsame Telefonat auch schon beendet.

Trotz der versprochenen Streife fand ich keine Ruhe und suchte nach meiner Kleidung. Ich musste sofort zu Felix!

Meine Kleidung fand ich in einem Plastikbeutel eingepackt in dem kleinen Badezimmer meines Zimmers. Zuerst wunderte ich mich über diesen Service des Krankenhauses, doch als ich den Pullover rausholte, wurde mir klar, was es damit auf sich hatte. Der Pullover war voller Blut.

So konnte ich auf keinen Fall nach draußen. Zum Glück war nur das eine Kleidungsstück unbrauchbar. Nachdem ich alles andere angezogen hatte stopfte ich einfach das Krankenhaushemd in meine Hose. Ich machte zwar nun einen erbärmlichen Eindruck, doch in unserer heutigen Gesellschaft würde mich damit keiner aufhalten.

Ich wollte gerade los, als wieder ein Telefon zu hören war. Dieses Mal war es aber nicht das Krankenhaustelefon. Es war das Vibrieren eines Handys, das mit meinen anderen persönlichen Sachen in einer weiteren Plastiktüte auf dem Nachttisch lag. Es gehörte nicht mir, mein eigenes hatte ich aus Margrets Fenster geworfen. Irgendwer musste es zu meinen persönlichen Sachen gelegt haben.

Ich entsperrte den Bildschirm und das zweite Mal in kürzester Zeit stockte mir der Atem. Ich kannte die Nummer nicht, doch der kurze Text der SMS schockierte mich umso mehr.

0:00 bei der Spedition
Kommen Sie allein
Imrich Vesel

Es war noch nicht vorbei. Imrich wollte seine Rache.

Anscheinend hatte er es irgendwie geschafft das Handy zu meinen persönlichen Sachen zu legen. Es war offensichtlich, dass der Chef des Menschenhandelsring nicht nur mit mir reden wollte, doch trotzdem war mir sofort klar, dass ich zu diesem Treffen musste.

Dieses Mal würde es keine Polizei geben. Dieses Mal konnte ich die Sache ein für alle Mal beenden. Mir blieb weniger als eine Stunde. Viel Zeit für einen Plan blieb mir also nicht. Ich machte mich gleich auf den Weg, damit wenigstens die Chance bestand, kurz die Lage zu sondieren. Schnell packte ich das Handy ein und machte mich auf den Weg. Der Flur der Station war zum Glück menschenleer. Wahrscheinlich lag es am Personalmangel, doch selbst das gläserne Büro des Pflegepersonals lag verlassen da. Ich war etwas erleichtert, dass vor meinem Zimmer kein Polizist stationiert war, doch wie der Beamte schon sagte, war ich nur ein Zeuge, auch wenn die Krügers ein anderes Bild vermitteln wollten.

Noch immer begegnete ich keiner Menschenseele. Das Krankenhaus wirkte wie ausgestorben. Im Gang stand ein Rollwagen mit allerlei Mullbinden und anderen medizinischen Utensilien. Unter anderem entdeckte ich in einer Schale ein Skalpell. Nach einem weiteren vorsichtigen Blick durch den Gang steckte ich es kurzentschlossen ein. Unvorbereitet würde ich nicht dort auftauchen.

Ich konnte das Krankenhaus ohne Probleme verlassen.

Zuerst fiel es mir noch etwas schwer mich auf den Beinen zu halten. Das Beruhigungsmittel hatte mich ziemlich ausgeknockt, doch durch das Adrenalin, das durch meinen Körper strömte, war die Wirkung nicht mehr ganz so stark. Im Aufzug begegnete ich einer Frau, die mich, untertrieben gesagt, irritiert anstarrte. Jedoch sprach sie mich nicht an. Erst dort fiel mir wieder auf, dass ich zusätzlich zu meiner außergewöhnlichen Kleidung auch einen Verband um meinen Kopf hatte. Der Gedanke, ich könne verrückt sein, lag hier also gar nicht so fern.

Auch in der Eingangshalle haftete der eine oder andere skeptische Blick auf mir, doch auch hier traute sich keiner, mich anzusprechen, oder gar aufzuhalten.

Zum Glück lag das Krankenhaus nicht sehr weit von der Spedition entfernt. Ich kannte die Gegend noch gut aus meiner Dienstzeit. Mit der Linie 11 würde ich in zehn Minuten dort sein. Als wäre es eine Vorbestimmung des Schicksals kam der Bus in wenigen Minuten.

Zu dieser späten Stunde war kein anderer Fahrgast in dem Bus. Trotzdem setzte ich mich nach ganz hinten. Ich brauchte Zeit zum Nachdenken.

Irgendetwas passte an der ganzen Sache nicht. Keine fünf Minuten, nachdem mich Theo angerufen hat, schreibt Imrich, der durch wundersame Weise entkommen konnte, und fordert ein Treffen. Noch dazu beunruhigt mich das fremde Handy. Hätte Imrich es ins Krankenhaus geschafft, hätte er mich auch einfach töten können.

Theo hatte mein Vertrauen durch den SEK Einsatz eigentlich wiedergewonnen, doch was war, wenn ich mich in diesem Punkt wieder täuscht? Warum ist Theo eigentlich aufgetaucht?

Weder er, noch mein früherer Vorgesetzter Hannes Winter oder sonst jemand von der Polizei wurden von mir über den Status meiner Ermittlungen informiert. Sie hätten rein objektiv betrachtet nicht auftauchen dürfen. Die einzige Erklärung war, dass die beiden durch eigene Ermittlungen auf Imrichs Verbrechen gekommen sind. Dann wäre es aber ein großer Zufall, dass sie in letzter Minute auftauchten. Außerdem haben mir meine vorherigen Gespräche mit Theo klargemacht, dass er einen Unfall vermutete. Für ihn war der Fall geklärt und es war eigentlich mehr als deutlich, dass er keinen Finger mehr rühren würde.

Auch eine Beschattung der Spedition war möglich, doch warum hätten die Beamten so spät eingreifen sollen? Genug Beweise für ein Verbrechen hätte man durch die Entführung schon vorher gehabt. Durch das unterlassene Eingreifen wären Felix und ich beinahe gestorben. Das hätte kein Polizist verantworten können.

Was wäre, wenn Theo nur auf das Drängen von Winter eingriff und selbst dann hoffte, dass Imrich schon alles erledigt hatte? Einen Menschenhandelsring stemmte man nicht nur mit einer Spedition. Es musste ein ganzes Netzwerk dahinterstecken. Dr. Michael Blevins war ein Teil davon, doch durch ihn wusste ich auch, dass es den Maulwurf bei der Polizei definitiv gibt. Die Gefahr war noch nicht vorbei.

Was war nun, wenn Imrich tatsächlich verhaftet wurde und auf der Spedition jemand völlig anderes auf mich wartete? Wenn nun wirklich Theo so tat, als wäre er Imrich, hätte er mich nicht im Krankenhaus töten können. Er könnte es ja nicht einfach Imrich in die Schuhe schieben. Auf der Spedition war das aber eine ganz andere Sache. Dort würde es keine Zeugen geben und man würde Theo damit nicht so einfach in Verbindung bringen.

Die Vorstellung schmerzte, doch es war die logische Schlussfolgerung. Konnte ich mich wirklich so in meinem früheren Kollegen, meinem Freund täuschen? Die Möglichkeit zu einem vertuschten Mord war eine Sache, doch jetzt sah alles danach aus, als dass er mich in eine tödliche Falle locken wollte.

Es ergab Sinn. Die SMS hätte von jedem stammen können. Imrich musste nicht zwangsläufig hinter der Aktion stecken. Nun hatte ich einen entscheidenden Vorteil: wenn dies wirklich eine Falle war, war ich auf alles vorbereitet.

Der Bus hatte mein Ziel erreicht und ich stieg aus. Von der Haltestelle waren es ungefähr 200 Meter bis zur Spedition. So unauffällig wie möglich ging ich näher heran, musste jedoch bald schon stehenbleiben.

Auf der anderen Straßenseite stand ein Streifenwagen. Wahrscheinlich ließ man die Spedition nach den gestrigen Ereignissen observieren. Bestimmt hofften die Beamten, dass noch ein ahnungsloser Mittäter auftauchen würde. Um Unauffälligkeit waren sie nicht bemüht.

Ich ging ganz normal weiter, bog aber eine Einfahrt

vorher ab. Es handelte sich um eine Autowerkstatt. Zum Glück war das Hoftor nicht geschlossen. Natürlich herrschte hier kein Betrieb mehr und da die Werkstatt fast völlig im Dunkeln lag, konnte man mich von der Straße aus nicht mehr sehen. Die Sommernächte waren in Frankfurt zwar nie ganz dunkel, doch mit etwas Geschick und Glück würden mich die Beamten nicht bemerken.

Vielleicht setzte Theo darauf, dass die Polizisten im Streifenwagen einen Funkspruch durchgeben würden und er so gewarnt wird. Damit rechnete ich jedoch nicht. Natürlich konnte auch die Streife korrupt sein, doch das war unwahrscheinlich. Es wäre wirklich eine Verschwörung von gewaltigem Ausmaß und ich hatte immer noch die Hoffnung, dass es doch noch gute Menschen bei der Polizei gab. So oder so ist es aber besser, dass sie mich nicht bemerkt haben.

Die Autowerkstatt war von der Spedition nur mit einem anderthalb Meter hohem Zaun getrennt. Für mich wäre das ein ernsthaftes Hindernis gewesen, doch zum Glück stand am Zaun ein Ölfass (oder etwas Ähnliches, ich habe in solchen Dingen wirklich keine Ahnung), wodurch ich es ohne große Mühen über den Zaun schaffte. Es waren nun noch zwanzig Minuten bis zu dem Treffen. Ich hatte noch genug Zeit mir einen Überblick zu verschaffen. Vorsichtig lugte ich über den Zaun. Hinter dem Zaun waren die Parkplätze für die Transporter. Auf der anderen Seite des Grundstücks waren das Bürogebäude und der Container. Von hier aus hatte ich einen wirklich guten Blick auf den geplanten Anbau und ich meinte, sogar die aus dem Boden ragende Eisenstange zu sehen, auf der Kamil umgebracht wurde, war mir jedoch nicht sicher.

Was viel interessanter war, war die hockende Person neben dem Container. Man konnte nur die Umrisse erkennen. Die Gestalt hatte sich von mir abgewandt und schaute zu dem Eingang der Spedition. Sie war ungefähr dreißig Meter von mir entfernt und hatte mich bis jetzt noch nicht bemerkt. Ich konnte nicht genau sagen, ob es Theo war, doch es war auf jeden Fall ein Mann.

So lautlos wie möglich kletterte ich über den Zaun. Das Schwierigste war, dass ich beim Aufkommen auf der anderen Seite keine Geräusche machen durfte. Dies klappte zwar nicht ganz, aber die Gestalt starrte immer noch wie gebannt in die andere Richtung.

Schritt für Schritt tastete ich mich näher. In diesem Moment waren meine Verletzungen vollkommen vergessen. Das einzige, was mich beschäftigte, war die Frage, warum Theo das getan hatte. Eine bloße Erpressung konnte das nicht mehr erklären. In unserer Dienstzeit war er ein loyaler, guter Freund und ich hätte ohne zu Zögern mein Leben für ihn gegeben. Was machte mich so sicher, dass Theo ein Verräter war?

Warum hätte er mich zu dieser Spedition locken sollen? Wollte er mich wirklich töten? Das konnte ich mir einfach nicht vorstellen. In Gedanken war ich so abgelenkt, dass ich einen leeren Eimer in der Dunkelheit übersah. Er kippte um und rollte zur Seite. Wahrscheinlich war das Geräusch gar nicht so laut, doch in diesem Moment hätte nichts lauter sein können. Die Gestalt drehte sich um und mich traf die Erkenntnis wie ein Schlag. Es war nicht Theo. Keine zehn Meter von mir entfernt funkelte Imrich mich mit seinem wütenden Blick an. An seinem Hosenbund erkannte ich ein Messer.

Ich war wie gelähmt, was man von meinem Gegner jedoch nicht behaupten konnte. Blitzschnell war er auf den Beinen und stürmte auf mich zu. Vielleicht hätten die Beamten im Streifenwagen uns bemerkt, doch die Sicht wurde vom Bürogebäude versperrt. Dieses Gelände hatte wirklich eine beschissene Einsicht.

Immer noch unter Schock war es mir unmöglich mich zu bewegen, als Imrich mich mit seinem gut 120 Kilo schweren Körper umriss. Als ich auf dem Boden aufschlug, knackte etwas, doch ich hatte keine Zeit darüber nachzudenken, ob ich mir eine Rippe gebrochen hatte, denn schon droschen seine gewaltigen Fäuste auf mich ein.

Nach einer gefühlten Ewigkeit begann ich mich zu wehren, doch ich hatte keine Chance. Die ersten Schläge konnte ich irgendwie abwehren, doch dann traf er mich im Gesicht. Für einen kurzen Moment wurde alles schwarz, doch er konnte mich nicht richtig getroffen haben. Ansonsten wäre ich wahrscheinlich nie wieder aufgestanden.

Ich drehte mich zur Seite, doch Imrich stand schon wieder über mir. »Ich habe auf Sie gewartet, Mats Jäger. Hätte gar nicht erwartet, dass Sie sich von hinten anschleichen. Wie eine feige Ratte. So schlau waren Sie dann also doch nicht.«

»Trotzdem lauerst du einem Verletzten auf einem dir bekannten Grundstück auf. Also wenn du mich fragst, bist du genauso feige«, entgegnete ich und Imrich trat mir mit voller Gewalt in den Bauch. Mit meinen Händen konnte ich den Angriff etwas parieren, doch mir stockte für mehr als nur ein Augenblick der Atem. Imrich betrachtete mich herablassend. »Wie konntest du entkommen? Alles war voller Polizisten, du hattest keine Chance.« Während meiner Worte hielt ich immer noch schmerzerfüllt meinen Bauch. Sollte der Schmerz nicht bald nachlassen, musste ich mich übergeben.

Imrich beugte sich erneut zu mir herab. »Natürlich hatte ich eine Chance. Ich habe einfach die Gunst der Stunde genutzt. In der chaotischen Aktion war es sogar ein Leichtes zu entkommen. Ein paar Männer musste ich opfern, doch wer sich schon opfern lässt ist es sowieso nicht Wert für mich zu arbeiten.«

So einfach lief es also. Diese Erkenntnis sorgte bei mir für totale Resignation. Ich hatte mich in meine Vermutungen hineingesteigert und lag dabei falsch. Zum einen war ich glücklich darüber, dass Theo doch kein Verräter war. Imrich konnte tatsächlich entkommen und Theo wollte mich nur warnen. Zum Glück war ich nicht mehr bei der Polizei, denn mir wurde gerade bewusst, dass ich ein ziemlich schlechter Ermittler war. Diese Erkenntnis kam nur zu spät. Für diesen Fehler würde ich jetzt sterben.

»Nur noch eine Sache!« Ich versuchte wieder auf die Beine zu kommen, doch Imrich ließ mir nicht die geringste Chance.

»Warum Medveds Spedition? Medved war doch garantiert ein enormes Risiko.« Imrich lachte auf.

»Ein Risiko? Der Typ war ein Idiot. Drei Jahre lang haben wir die Sache durchgezogen und der hatte nicht die geringste Ahnung. Wir hatten uns damals nach einem neuen Umschlagplatz umgeschaut und Medved erfüllte alle Kriterien. Er war dumm, aber hatte einen unauffälligen und abgelegenen Ort. Außerdem war er kriminellen Machenschaften nicht abgeneigt, war bei der Polizei aber noch nicht bekannt. All die Jahre hatte er nicht den Hauch einer Ahnung, was auf seinem Grundstück eigentlich abging. Nur die unvermeidlichen Kleinigkeiten mussten wir ihm irgendwie verkaufen.«

»War Kamil eine solche Kleinigkeit?«

»Kamil? Das war gar nichts! Medved hat mir den Unfall tatsächlich abgekauft. Dabei fühlte er sich wie der Coolste, weil er ein paar Kleinigkeiten schmuggelte. Ich musste nur etwas aufpassen, dass er nicht übertrieb. Ansonsten wäre er garantiert noch aufgeflogen.«

Imrich kam wieder ein paar Schritte auf mich zu.

»Es war zwar wiedermal ganz nett sich ein bisschen mit Ihnen zu unterhalten, doch nun ist damit Schluss.«

»Und nun?«

»Nun? Nun werde ich dich töten du kleiner Bastard!« Imrich stürmte mit einem Schrei auf mich zu und rammte das Messer in meine Richtung. Durch das verletztes Knie konnte ich den Angriff nur knapp abwenden und das Messer streifte meinen Oberarm. Voller Schmerz wandte ich mich ab, doch Imrich versuchte schon den nächsten Angriff.

Verzweifelt tastete ich nach etwas, womit ich mich verteidigen konnte. Ein weiterer Schlag traf mich und wieder verlor ich beinahe das Bewusstsein.

Ich fühlte mich, als wäre ich besoffen. Orientierungslos blickte ich umher, doch es fühlte sich so an, als würden meine Augen einen Salto in der Augenhöhle machen. Vielleicht war ich für einen kurzen Moment weg. So genau kann ich das gar nicht sagen.

Langsam fokussierten meine Augen wieder. Imrich hatte sich immer noch hämisch zu mir hinuntergebeugt. »Wir sind jetzt mal ganz offen. Du scheinst ja ganz taff zu sein, doch soll ich dir etwas über deine kleine Margret erzählen?« Mir wurde schlecht, doch das einzige, was ich herausbekam war ein Röcheln. »Als Jakub sie zu mir ins Bad gebracht hat, ist die Kleine noch kurz wach geworden. Ich werde ihre kleinen panischen Augen nie vergessen. Das Blut hat sie aus ihrem Mund nur so gespuckt und am Ende hat sie sich noch eingepisst.« Imrich lächelte. »Ich hätte gerne gesagt, dass sie um ihr Leben bettelte, doch das hat sie nicht. Sie hat *gewinselt*, dass ich ihr Leben verschonen würde, doch mit ihrem zerknautschten Gesicht konnte ich fast gar nichts verstehen.«

»Du Schwein«, brüllte ich (wenn ich ehrlich bin, war es wahrscheinlich auch hier vielmehr ein Röcheln).

»Wirst du auch winseln? Glaubst du, dass Felix winseln wird?« Imrich musste meinen entsetzen Blick bemerkt haben, denn nun grinste er umso mehr.

»Hast du etwa echt gedacht, dass ich ihn verschonen würde, nur weil ich dich jetzt töten werde? Ihr habt mein Leben zerstört und jetzt wird jeder von euch dafür bluten. Felix werde ich dabei meine ganze Aufmerksamkeit schenken. Wenn deine Schmerzen enden, werden seine erst beginnen.«

Verzweiflung. Das war das einzige Gefühl, dass mich in diesem Moment durchströmte. Mein Leben war mir egal, doch dass Felix dafür leiden wird, machte mich einfach nur wahnsinnig. Noch einmal werden Theo und Rafael nicht kommen, um mich zu retten.

Langsam kam ich wieder zu Atem. Meine Hand tastete sich vorsichtig zu meiner Hosentasche. Imrich bemerkte es und wollte gerade zu einem neuen Schlag ausholen, als meine Hand das Skalpell umschloss und ich es mit voller Wucht in sein Bein rammte.

Imrich verzog das Gesicht vor Schmerz, schrie jedoch nicht. Seine Pranken wollten meine Hände greifen, doch ich zog das Skalpell blitzschnell aus seinem Bein und zielte nun auf seine Brust. Vor Schmerz musste der sowieso schon hockende Imrich ein Stück nach vorne gesackt sein, denn nun konnte ich seine Brust erreichen. Mit einem schmatzenden, knirschenden Geräusch drang die Klinge wieder in sein Fleisch.

Die Augen meines Gegenübers weiteten sich vor Erstaunen und für einen Moment sackte sein Körper in sich zusammen. Fast wäre er auf mich gefallen, doch ich glitt gerade so beiseite. Schon versuchte er sich wieder zu wehren. Jede Bewegung schmerzte, doch irgendwie schaffte ich es mich auf Imrich zu hieven. Meine medizinischen Kenntnisse gehen nicht so weit, dass ich sagen könnte, wie stark ich ihn verletzt hatte, doch anscheinend war es keine lebensbedrohliche Verletzung.

Der Mann verfügte immer noch über erstaunliche Kräfte und versuchte mich nun von sich herunterzustoßen. Er hätte es fast geschafft, als ich wieder das Skalpell griff, es aus seiner Brust zog und es dieses Mal ein Stück weiter links in sein Fleisch rammte.

»Wie gefällt dir das, du Scheißkerl? Als so großer Mann hast du nur ein Problem: du quatschst viel zu viel!«, schrie ich und dieses Mal glaube ich, habe ich wirklich geschrien. Wie im Wahn stach ich weiter auf ihn ein. Wieder und wieder durchstach die Klinge seinen Körper, als wäre es Butter. Aus den Wunden schoss Blut und besprenkelte mein Gesicht, doch das merkte ich gar nicht. Wieder und wieder stach die Klinge wie Butter in seinen Körper.

Erst als sein Körper blutgetränkt dalag und seine Augen mich nur noch tot und starr abschauten, kam ich wieder zur Besinnung. Erschöpft ließ ich mich zur Seite rollen. Das Skalpell immer noch mit meiner Hand fest umschlossen.

Dieser Kerl würde niemandem mehr auch nur ein Haar krümmen.

Nun gab es nur ein Problem. Notwehr würde mir in diesem Fall keiner abkaufen. Ein zwei Stiche konnte man vielleicht noch erklären, doch dieses Blutbad entstand im kompletten Wahn. Es war eine kaltblütige Rache. Da konnte man nicht drum herumreden.

Irgendwie ist es erschreckend, doch ich traf die Entscheidung in Sekunden: Die Leiche musste weg. Für

Felix und für mein neues Leben. Fieberhaft dachte ich über einen Plan nach, als mir an der Wand des Bürogebäudes etwas auffiel. Fein säuberlich lag auf dem Boden eine Plastikplane. Darauf Handschuhe und ein Filetiermesser. Übelkeit stieg in mir auf. Imrich hatte schon einen Plan gehabt. Seine Rede war so weit ich mich erinnere vom Main gewesen. Wenn er jedoch meine Leiche tatsächlich hätte verschwinden lassen wollen, gab es auch für mich einen Weg Imrich von hier wegzubringen. Die Polizei am Haupteingang hatte er garantiert auch bemerkt.

Ich sah mich kurz um und entdeckte schnell einen weiteren Ausgang, der durch das Gebäude vom Hauttor ebenfalls nicht einsehbar war. Der Ausgang war eine kleine Seitentür im Zaun, die in eine Seitengasse führte, wo ein Transporter der Spedition zur Abfahrt bereitstand. Hatte Imrich Medved auch auf diesen Weg entfernt? Erst später erfuhr ich, dass Medved in seinem Appartement getötet wurde, doch in jener Nacht war ich davon überzeugt, dass diese Seitengasse schon für den einen oder anderen Mord genutzt wurde.

Es war ein ziemlicher Akt, Imrich in die Folie zu packen. Verletzt war es ganz schön schwer die rund 120 Kilo schwere Leiche zu verpacken. Das Messer wollte ich dazu nicht verwenden. So kaltblütig war ich dann doch nicht. Nach einer gefühlten Ewigkeit schaffte ich es, Imrich in den Laderaum zu packen. Dabei bemerkte ich die Gewichte, die in dem Transporter lagen. Imrichs Plan war wirklich nicht schlecht gewesen. Kurzum legte ich die Gewichte um die Leiche. Die Blutflecken konnte ich gut mit einem Schlauch, der wie durch Zufall keine drei Meter entfernt am Gebäude angeschlossen war, entfernen. Die Wasserflecken würden im Regen, der für die ganze Woche angesagt war, schnell an Bedeutung verlieren.

Der Main war keine gute Idee. Die Wasserleichen wurden dort zu schnell gefunden, und wenn es nach mir ginge müsste dieser Kerl nie wieder auftauchen. Ein See würde hierfür seinen Zweck bestens erfüllen. Ich setzte mich hinters Steuer und kurz war ich völlig überfordert. Zu meinem Glück hatte der Transporter eine Automatikschaltung, doch ich konnte froh sein, dass die Straßen leer waren. Durch die Seitenstraße bemerkte mich der Streifenwagen nicht. Die Fahrt ging raus aus Frankfurt. Ziel war ein See, den Katharina und ich früher im Sommer oft besuchten (den Namen des Sees werde ich hier nicht nennen. Wahrscheinlich habe ich schon viel zu viel verraten). An dem See gab es weder einen Kiosk noch sonstige Attraktionen und man könnte ihn fast einen Geheimtipp nennen. Aus diesem Grund gab es auch keine Videoüberwachung.

Was es aber gab, war ein Steg, der gut zehn Meter in den See hineinragte. Es war wieder ein Akt das Paket einen so langen Weg zu schleifen. Zum Glück lag der See sehr verlassen und die umstehenden Bäume gaben mir Schutz. Trotzdem betete ich, dass mich keiner sah.

Es machte kurz Platsch und Imrich war Geschichte.

Kapitel 49

Mats Jäger
In einem dunklen Viertel, 04:00 Uhr

Erst um vier Uhr nachts traute ich mich zu meiner Wohnung zurück. Die Krankenhauskleidung und das viele Blut waren viel zu auffällig. In einer dunkle Gasse stellte ich den Transporter mit Zündschlüsseln ab. Sogar die Tür ließ ich offen in der kleinen Hoffnung, dass jemand die Initiative ergreifen würde und ihn stehlen würde. Damit hätte sich manch ein Problem gelöst.

Der restliche Weg musste zu Fuß zurückgelegt werden. Gerade, als ich die ersten Schritte ging, kamen die ersten Tropfen. Nur einen Moment später glich es einem Monsunregen. Der so lange ersehnte Regen kam nun in seinen vollen Zügen, was es noch anstrengender machte, doch ich hatte keine andere Wahl. Der Transporter durfte, wenn er denn gefunden wurde, nicht mit mir in Verbindung stehen. Auch wenn man garantiert DNA - Spuren von mir finden könnte, traute ich mich nicht, den Wagen in der Nähe meiner Wohnung zu parken.

Kurz vor dem Haus hätte mich fast eine Gruppe pöbelnder Jugendlicher gesehen, doch wahrscheinlich waren sie sowieso zu betrunken, um überhaupt etwas zu realisieren.

Die Ereignisse der letzten Stunden forderten ihren

Tribut. Trotzdem schaffte ich es, kurz unter die Dusche zu gehen. Danach schlief ich zehn Stunden durch.

Der nächste Tag begrüßte mich mit unerträglichen Kopfschmerzen. Den Verband konnte ich zwar abnehmen, doch eine ziemlich große Beule würde mich noch die nächsten Tage begleiten, woran mich der pochende Schmerz immer wieder erinnerte. Außerdem schmerzte mein Rücken. Dieses Gefühl kannte ich aber schon von meinen sonst so regelmäßigen Katern. Den kompletten Tag wartete ich fest davon überzeugt, dass es an der Tür klopfen würde, und man mich verhaftete. Doch niemand kam.

Auch den Tag darauf hatte ich keine ruhige Minute, doch wieder passierte nichts. Felix rief einmal an, um mich zu fragen, wie es mir ging und wir unterhielten uns fast zwei Stunden (was für mich ein unglaublich langes Telefonat war), doch ansonsten meldete sich keiner.

Am dritten Tag schlich sich ein Gefühl von Sicherheit ein. Ich nahm die Tüte, in die ich die blutige Kleidung getan hatte, und schmiss sie in einen Mülleimer vor einer der zahlreichen Bushaltestellen in Frankfurt.

Am selben Tag rief Theo an. Als ich seine Stimme am Telefon hörte, war ich mir sicher, dass es vorbei sei, doch er fragte nur, ob er auch zu Margrets Beerdigung kommen könne. Er habe gehört, dass sie bei meinen Ermittlungen geholfen hatte und natürlich konnte ich nichts gegen sein Kommen einwenden. Trotzdem blieb ein schlechtes Gewissen. Zweimal hatte ich gedacht, dass Theo ein Verräter wäre und obwohl ich mir immer noch nicht sicher war, wie Theo mit seinen Kollegen in letzter Sekunde auftauchen konnte, war ich mir sicher, dass Theo nichts Unrechtes getan hatte.

Ansonsten blieb das Telefon still und wie erwartet fand man auch in der Zeitung keine Meldung über einen Toten im See.

Ich habe jemanden getötet und bin damit davongekommen.

Heute habe ich so meine Zweifel, ob es wirklich die richtige Entscheidung war. Wäre ich mit der Wahrheit durchgekommen?

Immerhin hatte Imrich mich in eine Falle gelockt und es stand ohne Zweifel fest, dass er mich töten wollte. Trotzdem bin ich mir nicht sicher, ob man mir das vor Gericht abgekauft hätte.

Außerdem wusste ich schon damals, dass Imrich den Tod verdient hatte. Es wäre unerträglich gewesen, wenn er nur für einige Jahre ins Gefängnis gekommen wäre. Das wäre eine Schande für Margret und für die Menschen, die seinetwegen in Angst und Gefangenschaft leben mussten oder immer noch müssen.

Ich bin nicht stolz auf meine Taten, doch wenn es jemand verdient hatte zu sterben, war es dieser Mann.

Kapitel 50

Mats Jäger
Donnerstag vormittags

Der von mir schon lang gefürchtete Donnerstag kam schneller als gedacht. Am Tag von Margrets Beerdigung regnete es immer noch. Meteorologen sprachen nun von einem Wunder und für mich war es auch eins. Die Spuren bei der Spedition Wächtersbacher dürften nun gänzlich verschwunden sein.

Meine Verletzungen waren schon fast verheilt. Die Polizei hatte sich immer noch nicht blicken lassen, um mich zu verhaften und auch das Krankenhaus hatte sich nicht gemeldet. Vielleicht war es einfach ein Kommunikationsfehler im Krankenhaus, doch ich wunderte mich schon, warum sich niemand bei mir gemeldet hatte. Die Krankenpflegerin hat sich garantiert gewundert, als am nächsten Morgen mein Bett leer war. Ich war auf jeden Fall froh, dass niemand sich weiter darum kümmerte.

Die Beerdigung war für 14:00 Uhr angesetzt. Mir passte das ganz gut, weil ich am Vormittag noch etwas vorhatte. Der USB-Stick war immer noch sicher in Margrets Versteck und jetzt hatte ich endlich die Zeit und den Mut mich darum zu kümmern. Jonathan war nicht allzu begeistert, als er mich wieder sah, doch ich konnte ihn davon überzeugen sich mein Problem genauer anzuschauen. Dieses Mal war es ja auch nichts Illegales.

»Sie sind doch verrückt, wenn Sie erwarten, dass ich einen fremden USB-Stick hier einstecke«, hatte er zuerst gemeint, doch ich überzeugte ihn erfolgreich von der Dringlichkeit. Er holte dann einen alten Apparat, bei dem es egal wäre, wenn ein Virus ihn befallen würde. An so etwas hätte ich niemals gedacht.

Ich hatte schon Angst, dass man bei diesem Passwortschutz keine Chance hatte, doch Jonathan sagte mir nur, dass er zehn Minuten brauchen würde.

Er schaffte es in acht. Ein Programm hatte das Passwort, das fast alle Daten gelöscht hätte, in Minuten geknackt. Nun hatte ich Einsicht in die Daten. Es war ein zehnseitiges Dokument, das es jedoch in sich hatte. Ich bat Jonathan es mir auszudrucken und mit dem Versprechen, dass ich mich nie wieder bei ihm melden dürfte, tat er mir diesen Gefallen.

Mit einem mulmigen Gefühl machte ich mich auf den Weg, um einer echten Freundin die letzte Ehre zu erweisen.

Als ich den Friedhof erreichte, waren noch nicht viele andere Menschen in der kleinen Kapelle versammelt. Man hatte sich für einen geschlossenen Sarg entschieden, was für mich die Sache leichter machte. Wie wohl alle Menschen zählte ich zu denen, die Beerdigungen hassten, doch seit Katharinas Tod wurde es nur noch schlimmer. Allein schon, wenn in einem Film eine Beerdigung vorkam, war es für mich nicht mehr zu ertragen, doch an diesem Tag schlug ich mich ganz gut. Was mich eigentlich bekümmerte war nicht die Angst vor dem eigenen Tod. Mit diesem Aspekt war ich im Reinen, doch das wirklich Verheerende war die Angst, dass man trauernde Personen dalassen würde. Auch wenn ich an einem besseren Ort wäre, würde ich Menschen, die ich liebe, Schmerzen bereiten. Das tat viel mehr weh.

Die erste Person, die ich kannte, war Wenke. Wie immer hatte sie ihr Baby dabei und zuerst hatte ich das Gefühl, dass sie mir aus dem Weg ging. Dann kam sie aber doch auf mich zu.

»Hi Mats. Schön dich hier zu sehen. Ich wollte nochmal über das Kaffeetrinken mit dir reden«, sagte sie verlegen. Ich hatte eigentlich gehofft, dass dieses Thema abgeschlossen sei, doch Wenke beschäftigte es noch deutlich.

»Ich habe mich blöd verhalten und das tut mir leid. In letzter Zeit hatte ich nur soviel Stress und ich glaube, das hat man mir deutlich angesehen.«

»Ich habe mich auch nicht gerade perfekt verhalten«, murmelte ich etwas beschämt. Sie lachte und dieses Mal war es nicht dieses unangenehme Lachen, sondern ein sympathisches und angenehmes.

»Dann ist zwischen uns wieder alles gut?«

»Natürlich. Ich denke, wir sollten unser Kaffeetrinken wiederholen. Es gibt ein gutes Café, wo wir hingehen können. Dieses Mal renne ich auch nicht plötzlich weg.«

»Versprochen?«

»Versprochen!«

Wieder lächelte sie und ich wusste sofort, dass das der Anfang einer wunderbaren Freundschaft werden würde.

Das Gespräch hatte mir deutlich die Anspannung genommen. Ich schaffte es sogar, Theo freudig zu begrüßen (nicht überschwänglich, das wäre aus dem gegebenen Anlass unangebracht). Sein Kollege Rafael Camacho und, zu meinem Erstaunen, auch mein alter Chef Hannes Winter waren dabei.

»Wir wollten den Fall mal etwas anders abschließen«, begründete Rafael ihr Erscheinen und auch wenn es ungewöhnlich war, wirkte es sich doch positiv auf mein Vorhaben aus.

Zu viert hielten wir kurz Smalltalk. Es war schon ein merkwürdiges Gefühl mit den Leuten zu reden, mit denen man jahrelang zusammengearbeitet hat und wo auch noch der neue Kollege dabei war. Das merkte man dem Gespräch auch deutlich an. Viel schlimmer machte es jedoch das Wissen, dass ich seit dem heutigen Vormittag mit mir trug.

Kurz vor Beginn der Trauerfeier zog ich Theo kurz zur Seite und sagte ihm, dass ich später mit ihm reden müsse. Er reagierte verwundert, willigte jedoch ein.

Für die Beerdigung wählte ich einen Einzelplatz. Es kam mir irgendwie falsch vor, wenn ich neben Wenke oder Theo gesessen hätte. Diesen Abschied musste ich allein bewältigen.

Die Predigt des Pfarrers war kurz und unpersönlich. Ich blickte mich in der Kapelle um und war mir sicher, dass so gut wie keiner der Anwesenden Margret wirklich gekannt hat. Es waren nicht viele gekommen. Vielleicht zehn Personen füllten den kleinen Raum. Mich eingeschlossen kannte ich allein fünf von ihnen. Die fünf verbliebenen machten keinen allzu traurigen Eindruck. Es wirkte eher so, als wäre für sie die Beerdigung ein notwendiges Übel. Kein wirklicher Abschied von einem lieben Menschen. Margret hätte eine volle Kapelle verdient.

Die Trauer, die ich auch schon in Margrets Bad hatte, kam wieder hoch. Tränen rollten über meine Wange.

»Wenn Sie eine Erinnerung oder ein Erlebnis mit der Verstorbenen mit uns teilen wollen, haben Sie jetzt die Möglichkeit dazu«, hallten die Worte des Geistlichen durch die Kapelle und für einen Moment wollte ich aufstehen. Im letzten Augenblick fehlte mir der Mut.

Auch die anderen hatten keinen Mut, oder keine Erlebnisse mit ihr. Zum Glück wurde die Tortur schnell mit einem abschließenden Gebet beendet und der Sarg wurde zu Grabe getragen.

Auch hier folgte die übliche Prozedur, die sich ins Unerträgliche hinauszögerte. Trotzdem schaffte ich es, meine Gedanken für einen Moment zu ordnen. Mir wurde wirklich bewusst, welch wundervollen Menschen ich verloren hatte und auch wenn unsere Bekanntschaft nur von kurzer Dauer war, war es doch etwas Unvergessliches. Wer konnte schon von sich behaupten, dass er mit seiner Freundin in die Gerichtsmedizin eingebrochen war?

Viel wichtiger war, dass diese Frau es geschafft hatte mich aus meinem Sumpf aus Selbstmitleid zu holen. Margret Seidel hat nicht nur ein Leben gerettet.

Nachdem wir die Beisetzung hinter uns hatten, wurde ein Leichenschmaus in einem lokalen Restaurant angeboten. In einer Stunde wollte man sich dort treffen. Ich würde also genügend Zeit haben, um mit Theo zu reden. Theo schlug Rafael vor, dass er und Winter schon mal vorfahren sollten. Das kam mir gerade recht. Ich ahnte noch nicht, dass sich dies als schlimmer Fehler erweisen würde.

Kurz darauf schlenderten wir beide über den leeren Friedhof. Es goss immer noch wie aus Kübeln, doch das machte uns nichts aus.

»Imrich ist immer noch auf der Flucht«, begann Theo das Gespräch. Ich nickte. *Das wird auch noch hoffentlich eine Weile so bleiben.*

»Ich glaube, man kann den Polizeischutz für Felix beenden. Der Typ wird längst über die Grenze sein und größere Sorgen haben als an einem Jungen Rache zu nehmen.«

Nun nickte Theo. »Ich werde es veranlassen. Wenn du keine Bedenken mehr hast, habe ich auch kein Problem damit.«

Schweigend gingen wir einige Zeit lang weiter. Irgendwie musste ich auf das Dokument vom USB-Stick kommen, doch auch wenn Theo eingesehen hatte, dass auf der Spedition ein Verbrechen verübt worden war, wusste ich nicht, wie weit ich gehen konnte. Auch für

Theo war die Erkenntnis von höchster Brisanz.

»Ich habe einige Male an dir gezweifelt.«

Abrupt blieb Theo stehen. »Wie? Warum?«

»Ich wusste, dass Imrich Vesel Kontakte zur Polizei hatte. Bei unseren Telefonaten hast du dich echt komisch verhalten. Ich habe gar nicht den alten Freund von früher erkannt.«

Theo nickte verständnisvoll. Wir gingen wieder langsam weiter. »Das kann ich irgendwie verstehen. In letzter Zeit haben Rafael und ich so viele neue Fälle bekommen. Dann läuft auch privat nicht alles rund. Meine Tochter ist ausgezogen, meine Frau wird auch nicht mehr lange warten. Es lief einfach alles mal scheiße und plötzlich hast du angerufen und all die Erinnerungen an früher kamen wieder hoch. Ich fing an, alles anzuzweifeln, was ich tat. Die letzten Tage fühlte ich mich so, als würde ich auch einen Burnout bekommen. Es tut mir leid, dass ich dir wie ein Arsch vorkam.«

Irgendwie konnte ich ihn verstehen. Der Fall hat an den Kräften von uns allen gezehrt und vielleicht war alles zwischen uns beiden nur ein großes Missverständnis. Für mich würde es immer unsere Beziehung belasten, dass ich ihn zweimal fälschlich für einen Verräter gehalten hatte. Trotzdem war unsere Freundschaft nicht komplett zerstört. Wir hatten uns einige Zeit aus den Augen verloren, doch jetzt gab es wieder eine Chance.

»Hast du dich schon mal gefragt, wie Imrich den größten Menschenhandelsring Frankfurts betreiben konnte, ohne das die Polizei auch nur die geringste Ahnung hatte?« Ich wollte nicht gleich mit der Tür ins

Haus fallen. Ich hoffte, dass mein kleiner Ansatz in die richtige Richtung gehen würde.

»Das beschäftigt mich schon die ganze Zeit. Wir hatten nicht den geringsten Hinweis, was eigentlich so gut wie unmöglich ist. In dem Container auf der Spedition haben wir Dokumente über den Handel gefunden und die Dimensionen sind wirklich unglaublich. In nächster Zeit wird es wohl einige Razzien im Rotlichtviertel geben.«

Mir fiel sofort auf, dass Theo über die laufenden Ermittlungen sprach. Vor einigen Tagen hatte er sich noch strikt dagegen geweigert.

Natürlich war ich trotzdem über jede Information, die er mir gab glücklich. Es war ein wirklich großer Erfolg, dass man solche Aufzeichnungen gefunden hat. Von den Kontakten zu der Polizei und anderen Behörden hatte man bei der Durchsuchung anscheinend nichts gefunden. Damit konnte ich jedoch helfen.

»Ich weiß, warum niemand auch nur den Hauch einer Spur hatte.«

Fragend sah er mich an. Gerade wollte ich antworten, als mein Handy klingelte. Ich war mir eigentlich sicher, dass ich es für die Trauerfeier stumm gestellt hatte, doch jetzt unterbrach es mich ausgerechnet an der wichtigsten Stelle unseres Gesprächs. Dennoch ging ich ran.

»Herr Jäger?«, es war die Stimme von Jonathan Beck. »Sind sie allein?«

»Nein. Was ist denn los?« Ich warf Theo einen entschuldigenden Blick zu.

»Sie müssen mir jetzt ganz genau zuhören. Auf dem USB-Stick war nicht nur das Dokument. Es befindet sich auch eine Schadsoftware drauf. Zuerst hatte ich sie übersehen, weil es eine ziemlich tückische ist. Auf jeden Fall wird eine Nachricht versendet, wenn der USB-Stick entsperrt wird. Das heißt, dass der Besitzer weiß, dass jemand die Daten eingesehen hat.«

Schockiert nahm ich das Handy vom Ohr. Das konnte nicht sein! Durch eine dunkle Vorahnung wusste ich genau, an wen diese Nachricht ging.

Aus dem Lautsprecher hörte man noch den jungen Hacker, der ängstlich nach mir fragte, doch dafür war keine Zeit mehr. Jetzt zählte jede Sekunde.

»Theo, ich habe vielleicht an dir gezweifelt, doch vertraust du mir jetzt?«

Theo nickte. »Natürlich.«

»Dann schau dir das an.« Ich gab ihm die Papiere, die Jonathan für mich ausgedruckt hat. Verwirrt nahm sie mein alter Kollege entgegen.

Der wichtige Name stand auf der ersten Seite. Theo las ihn, stockte, las ihn dann nochmal.

»Das kann nicht sein.«

Kapitel 51

Mats Jäger
Schmalkaldener Straße, 15:45 Uhr

Die Stadt rauschte verschwommen an uns vorbei. Dicke Tropfen platschten hart auf die Windschutzscheibe und während der Scheibenwischer sie wegspülte, besudelten schon dutzende neue unsere Sicht. Die Straße war kaum zu erkennen, doch das störte ihn nicht.

Theo Köhler drückte das Gaspedal förmlich durch. Ängstlich krallte ich mich auf dem Beifahrersitz fest.

Manche mochten uns für einen verrückten Raser halten, in Deutschland ist das mobile Blaulicht an Privatfahrzeugen nicht erlaubt, und ich muss zugeben, dass unsere Fahrt nicht gerade ungefährlich war. An einer belebten Kreuzung wären wir beinahe mit einem anderen Wagen kollidiert. Theo war das egal. Wenn es stimmte, hatten wir keine Zeit mehr. Höchstwahrscheinlich hing ein Menschenleben von uns ab.

Mit quietschenden Reifen kam der Wagen zum stehen. Theo sprang aus dem Wagen und auch ich kam so schnell wie möglich hinterher.

»Wo sind sie?«, fragte Theo panisch. Der Wagen von Hannes Winter, der mit Rafael schon zu dem Restaurant vorgefahren war, stand nicht auf dem Parkplatz. Theo rannte in Richtung Straße, doch auch hier war von dem Auto keine Spur.

»Scheiße!«, brüllte er.

Ich hatte ein schlechtes Gewissen. Hätte ich meinem alten Kollegen schon vorher von dem Dokument erzählt, hätten wir die zwei vielleicht noch abfangen können. Nun standen wir ohne die geringste Spur da.

»Wo könnten sie stattdessen sein?«, dachte ich laut nach und plötzlich hatte Theo eine Idee.

»Er hat ein Hausboot. Wenn er weiß, dass du ihm auf die Schliche gekommen bist, ist er vielleicht dorthin gefahren. Er denkt, ich wüsste nichts davon. Ich habe aber mal eine Rechnung für den Liegeplatz auf seinem Schreibtisch gesehen.«

Es war besser als nichts, weshalb wir zurück zum Audi eilten.

Wir setzten alles auf eine Karte. Wenn Hannes Winter nicht auf seinem Schiff war, hatten wir keine Chance mehr. Das Fehlen am Restaurant hatte mir deutlich gezeigt, dass mein früherer Chef die Nachricht erhalten hatte. Ihm war bewusst, dass wir seine wahre Seite kannten.

Trotzdem hatte er einen entschiedenen Vorteil. Die Zeit spielte gegen uns. Eine halbe Stunde Vorsprung hatte er. Genug Zeit um mit dem Boot für immer zu verschwinden, oder Rafael in aller Ruhe zu töten.

Am Main offenbarte sich ein weiteres Problem. Theo war sich weder sicher, wo der Liegeplatz war, noch wie das Boot hieß, oder wie es aussah.

Wir mussten uns erst in einem Verwaltungshäuschen informieren. Der Angestellte erwies sich zuerst nicht als allzu kooperationsfreudig, doch als Theo etwas lauter wurde und seinen Dienstausweis zeigte, ging doch alles ganz schnell.

Nichtsdestotrotz kostete uns die Information weitere wertvolle Minuten.

Der Liegeplatz war zu unserem Glück nicht weit entfernt. Wir suchten nun nach dem Boot mit dem kreativen Namen *Hannes*.

»Da drüben!«, keuchte Theo nach einem fast fünfzig Meter langem Sprint und auch ich erkannte die Aufschrift mit dem richtigen Namen.

Das Hausboot war größer als erwartet. Im ersten Moment war ich etwas neidisch, dass er uns während meiner Dienstzeit nicht zu einem Ausflug auf dem Boot eingeladen hat, doch dann wurde mir schnell wieder die Wahrheit über den sonst so freundlichen Mann bewusst. Er deckte ein Netzwerk, dass auf grausame Weise Menschen aus ihrem Leben reißt und sie schändlich ausbeutet.

Auf dem Deck war niemand zu sehen. Ohne zu zögern sprang Theo auf das Boot.

Schon im Auto hatte er seine Dienstwaffe bereitgelegt. Nun hatte er sie entschlossen in seiner Hand.

Es war schon immer Theos Angewohnheit auch privat seine Waffe dabeizuhaben. Polizisten gelten in Deutschland als Dauerwaffenträger, weshalb es ihm erlaubt war, die Waffe auch privat zu tragen. Für manche wirkte es beängstigend, dass er seine Waffe auch privat bei sich hat, doch ich kenne keinen, der damit verantwortungsvoller umgeht als Theo. Seine Dienstwaffe ist immer sicher verwahrt und niemals trägt er sie außerhalb seiner Dienstzeit an seinem Körper. Sie ist halt nur immer in der Nähe.

Zur Begründung hatte er mir einmal gesagt, dass man nie wisse, wann eine Situation kommen würde, dass man einen Polizisten bräuchte. Jetzt war dieser Zeitpunkt gekommen.

Etwas langsamer folgte ich ihm aufs Deck. Bis jetzt deutete nichts darauf hin, dass Hannes Winter und Rafael hier waren.

»Wir gehen unters Deck. Folge mir, aber bleib in Deckung«, flüsterte Theo mir zu. Ohne Waffe war ich keine große Hilfe, doch ich würde alles dafür geben, damit diese Aktion unblutig enden würde. Ein Unbewaffneter würde da vielleicht genau der Richtige sein.

Mit ausgestreckter Waffe ging Theo die schmale Treppe unters Deck. Die Gänge waren ziemlich eng und ich schätzte, dass es etwa vier Räume hier unten gab.

Nun war es unsere Aufgabe diese Räume so sicher wie möglich zu durchsuchen.

Mein Körper war voller Adrenalin und auch bei Theo bemerkte ich die Anspannung. Das erste Zimmer war schnell gesichert. Im nächsten Raum fanden wir die Küche vor, im Fachjargon auch als Kombüse bekannt. Auch hier deutete nichts auf die Gesuchten hin.

Nach dem Kontrollieren der Toilette und des Schlafzimmers hatte ich schon alle Hoffnung aufgegeben.

Dann hörten wir jedoch ein Geräusch aus dem letzten

Raum. Es hörte sich an wie ein Seufzen, oder einem kurzen Aufstöhnen.

Theo wirbelte mit der Waffe herum und langsam bewegten wir uns auf die offene Tür zu.

Wenige Schritte weiter kamen Hannes Winter und Rafael Camacho in unser Sichtfeld. Rafael saß in einem Sessel, während Winter hinter ihm stand und eine Waffe auf die Schläfe von Theos Kollegen richtete.

»Niemals hätte ich erwartet, dass es so enden würde«, sagte Winter und lachte. Wir gingen nun komplett in das kleine Zimmer. Es handelte sich um das Wohnzimmer, das, ganz nebenbei bemerkt, echt schick eingerichtet war. Dafür hatte jetzt jedoch keiner ein Auge. Theo richtete die Waffe auf seinen Vorgesetzten. Ich bemerkte, dass sein Arm zitterte und hoffte inständig, dass Winter es nicht bemerken würde.

»Es ist trotz allem schön, euch beide wieder als Team zu sehen. Es erinnert beinahe an die guten alten Zeiten.«

Entweder versuchte uns Winter zu provozieren, oder er nahm die Lage nicht ernst. Ich konnte es nicht richtig einschätzten.

»Das kann alles ganz friedlich enden. Nehmen Sie einfach die Waffe runter und wir finden für alles eine Lösung«, versuchte ich die Lage zu deeskalieren.

»Das ist ein verlockendes Angebot, doch ich glaube, dass wir mit der Waffe eine bessere Lösung finden werden. Dazu hätte es aber auch gar nicht kommen müssen. Hättet ihr den Stick nicht entsperrt und mein Schiff gefunden, hätte ich in wenigen Minuten ablegen können und Rafael hätte überlebt. So nimmt es für ihn allerdings kein gutes Ende.«

Es war zu bezweifeln, dass Hannes Winter Rafael später einfach so freigelassen hätte. Dieser Weg war die einzige Möglichkeit, um Rafaels Leben zu retten.

»Warum hast du einfach so deine Werte verraten? Du warst doch mal ein guter Polizist, oder warst du schon immer ein mieser Verräter?«

Die Frage kam von Theo. Es ist die Aufgabe eines Polizisten den Geiselnehmer in ein Gespräch zu verwickeln, doch ich glaube, dass Theo in diesem Moment gar nicht daran dachte. Für ihn zählte jetzt einzig und allein die Antwort.

»Natürlich war ich lange einer der Guten. Genauso wie ihr dachte ich jahrelang, dass ich etwas bewirken könnte. Durch scheiß viel Arbeit habe ich mich hochgearbeitet und trotzdem läuft draußen in der Welt immer noch die gleiche Scheiße. Man fühlt sich wie ein Sandkorn, das gegen einen ganzen Strand kämpft. Da kann man nur verlieren. Irgendwann kam dann diese Gleichgültigkeit und warum sollte man sie nicht mit einem lukrativen Geschäft verbinden?«

»Du hast also deine Seele für blutiges Geld verkauft und Imrichs Geschäften Rückendeckung gegeben?«

»So kann man es auch nennen. Es waren jedoch nicht gerade wenige Euros, die man mir für meine Hilfe gab. Dafür hat die Spedition aber auch eine Menge bekommen.«

»Das hat sie«, stimmte ich Winter zu, »Durch deine Hilfe hat Kommissar Thalmann den Fall verloren. Du hast einen viel besseren Draht zu Theo und Rafael und hast so alle aktuellen Informationen über die Ermittlungen bekommen. Vielmehr konntest du sie sogar beeinflussen, wodurch Kamils Mord schnell als Unfall abgestempelt wurde.«

Winter sah mich anerkennend an. Ich hatte Recht mit meiner Vermutung.

»Es stimmt. Thalmann war mit seinem Ehrgeiz viel zu gefährlich. Durch seinen Alleingang mit der Durchsuchung hat er beinahe alles versaut. Bei euch hatte ich aber die komplette Kontrolle.« Er sah Theo und Rafael nacheinander an.

Es musste für Theo sehr frustrierend sein, diese Worte zu hören. Ich kannte ihn als einen der hartnäckigsten und schlauesten Ermittler. Vielleicht hatte das mit der Zeit nachgelassen, doch hoffentlich zeigte ihm diese Situation, dass sich das schleunigst wieder ändern sollte.

»Du hast uns also nur ausgenutzt«, erkannte Theo resigniert. Winter nickte.

»Ja, das habe ich getan. Schon seit Jahren habe ich einen großen Anteil am Geschäft. Wäre dieser Idiot nur nicht so übermütig gewesen und hätte diesen Lastwagenfahrer so öffentlich abtreten lassen wäre auch alles gut gegangen. So musste ich aber einen Mord nach dem anderen in Auftrag geben, damit wieder Ruhe herrscht. Diese dumme alte Frau hat alles versaut. Eigentlich dachte ich ja, dass Medved es irgendwann durch sein scheiß Koks versauen wird, doch der wurde ja echt nur ein Randproblem, von dem man sich so nebenbei getrennt hat. Letztendlich war es nur die verrückte Alte.

Hätte man da mal von Anfang an richtig aufgeräumt. Naja was soll`s?«

Es schien so, als wäre für Winter die ganze Organisation nur ein großer Spaß. Ein Katz und Maus Spiel zwischen ihm und der echten Kriminalpolizei. Geradezu provozierend wurde Kamil ermordet und trotzdem gab es keine echte Ermittlung. Es war deprimierend.

Was viel schlimmer und tragischer war, war der Umstand von Margrets Tod. Sie wurde nur getötet, weil sie zu neugierig gewesen war. Von meinem eigenen früheren Vorgesetzten kaltblütig in Auftrag gegeben. Einfach, weil sie gestört hat.

Fieberhaft dachte ich darüber nach, wie wir diese Situation entschärfen könnten. Zwischen Winter und mir lag eine Distanz von ungefähr drei Metern. Unmöglich ihm die Waffe einfach so abzunehmen. Schon wenn ich den ersten Schritt machen würde, würde Winter Rafaels Hirn auf dem Teppich verteilen.

Die Lage war aussichtslos. Dennoch versuchte ich Zentimeter für Zentimeter näher an ihn heranzukommen. Zwischen uns stand ein Glastisch, was mein Vorhaben deutlich erschwerte.

»Mats, wenn du noch einen Schritt näher kommst, verteile ich die Hirnmasse unseres Freundes hier über den Teppich, dass den Mist kein Tatortreiniger mehr weg bekommt«

Ich sah zu Winter hinauf. Er hatte meinen Plan durchschaut. Langsam ging ich wieder einen Schritt zurück und hob meine Hände.

Theo hatte seine Waffe immer noch auf seinen Chef

gerichtet. Seine Augen zeigten mir, dass er entschlossen war, Winter keine Chance zu geben. Er würde ihn erschießen, auch wenn es den Tod seines Kollegen bedeuten könnte.

»Es reicht jetzt. Nimm deine Waffe runter und ergib dich. Du wirst dich für eine Menge verantworten müssen, doch es ist immer noch besser, als eine Kugel im Kopf«, sagte Theo ganz ruhig.

»Daran ist nicht zu denken. Wenn ich diesen Raum nicht frei verlasse, werden nicht alle überleben. Dafür werde ich sorgen.«

»LEG – SOFORT – DIE – WAFFE – WEG!«

Nichts passierte.

Man konnte die Anspannung in dem Raum förmlich spüren. Jeden Moment konnte etwas passieren und wenn es so weit war, würde die Vergeltung des anderen unverzüglich kommen.

»Es tut mir leid, aber das kann ich nicht tun.«, antwortete Winter. »So kommen wir nicht weiter. Wir werden das jetzt so machen. Rafael steht gleich auf und stellt sich vor mich. Langsam werden wir dann den Raum verlassen. Ihr beide bleibt hier und wartet noch eine halbe Stunde in diesem Zimmer. Ihr wisst nicht, wie lange ich noch vor dem Boot stehen werde. Wenn ihr also vorher das Zimmer verlasst, werde ich es vielleicht sehen und Rafael erschießen. Ihr könnt das Risiko natürlich eingehen und früher gehen, aber dann wird wahrscheinlich sein Blut an euren Händen kleben. Mir wäre das Risiko ja an eurer Stelle zu groß. Wenn aber alles gut klappt, kommt Rafael frei und wir alle sind glücklich.«

Theo sagte nichts. Hannes Winter wertete das als Zustimmung. Er tippte Rafael mit seiner Waffe an, der daraufhin aus seinem Sessel aufstand. »Du Mistkerl wirst damit nicht durchkommen.«, brummte dieser noch.

Ich ging einen Schritt zur Seite, damit die beiden den Raum verlassen konnten.

Theos Waffe war unablässig auf Winter gerichtet. Dieser schwenkte für einen Moment die Waffe zu ihm rüber. Das war der Moment, wo Rafael den Arm seines Chefs packte und zur Seite drehte.

Ein Schuss löste sich. In dem kleinen Raum hörte er sich ohrenbetäubend laut an.

Die nächsten Sekunden fühlten sich wie eine Ewigkeit an. Wie in Zeitlupe gerieten Winter und Rafael in ein undurchschaubares Handgemenge. Man konnte nicht wirklich sagen, wer gerade die Oberhand gewann. Theo und ich schauten wie erstarrt zu.

Die Pistole löste sich aus Winters Händen und schlitterte etwa einen halben Meter über den Teppich. Ich hechtete hin und nahm sie an mich.

Mit vorgehaltener Waffe brachte ich den Kampf zu Ende. Endlich löste sich auch Theo von seiner Erstarrung. Zwei Pistolen waren nun auf den Kopf von Hannes Winter gerichtet. Dieser hob ängstlich die Hände.

Rafael stand schnell auf und verdrehte Winters Hände auf seinem Rücken. Dies tat er ziemlich unsanft, was man durchaus verstehen kann.

»Du bist eine Schande für die Polizei!«, spuckte Theo

aus.

»Leck mich«, entgegnete Winter kühl, während er von Rafael hochgewuchtet wurde.

»Hannes Winter, Sie sind festgenommen. Sie müssen sich zu Ihren Tatvorwürfen nicht äußern und haben das Recht zu schweigen«, rezitierte Rafael seinen Text herunter. Anders als in amerikanischen Filmen wurden ihm nicht seine Rechte vorgelesen. In Deutschland gab es das nur vor Befragungen, wie ich selbst als junger Polizist mit Enttäuschung feststellen musste. So wirkte eine Verhaftung für mich nicht mehr ganz so befriedigend, doch in diesem Fall war ich auch so einfach nur glücklich.

Winter wurde von Theos Kollegen ohne ein weiteres Wort nach draußen geführt. Theo rief einen Streifenwagen und als kurz darauf Winter auf den Rücksitz befördert wurde, waren die Kollegen ziemlich erstaunt, ihren Chef in Handschellen zu sehen.

»Mit dem kommt ihr doch alleine klar, oder?«, brummte Theo zu den beiden Streifenpolizisten. Wir drei waren zu erschöpft, um jetzt schon aufs Präsidium zu fahren und endlos Fragen zu beantworten.

Vom Rücksitz aus funkelte uns unser alter Vorgesetzter wütend an.

»Die Handschellen stehen ihm.«

»Daran kann er sich jetzt gewöhnen.«

Damit hatte Theo auch vollkommen recht. Die Liste der Anschuldigungen war lang und Winter hatte mal die Möglichkeit, Recht und Gesetz von der anderen Seite aus zu erleben.

Erschöpft setzten wir drei uns an den Pier. Für einen Außenstehenden muss dies merkwürdig ausgesehen haben. Drei Männer saßen ruhig im strömenden Regen.

Das Adrenalin steckte uns noch im Blut und wir waren einfach nur erleichtert, dass die Verhaftung doch unblutig über die Bühne gegangen ist.

»Wie kam es eigentlich dazu, dass ihr zu dem Hausboot gefahren seid?«, fragte ich Rafael. Ich wusste, dass Winter die Warnung von dem USB-Stick bekommen hat, doch mich wunderte immer noch das abrupte Ablegen seiner Maske. Nichts deutete darauf hin, dass Winter plötzlich Rafael als Geisel nehmen würde.

»Das war schon verrückt. Bis wir zu dem Restaurant gefahren sind, war eigentlich alles normal. Im Auto hat Winter dann aber plötzlich seine Waffe auf mich gerichtet. Er hat mir erklärt, dass er für einen Verbrecher-ring arbeitet und du ihm auf der Spur seist. Ich hielt das zuerst für einen Scherz, doch dann hat er etwas von einer Meldung erzählt, die er auf sein Handy bekommen hat. Sie hat ihm anscheinend verraten, dass er aufgeflogen ist. Deswegen wollte er auch mit zu der Beerdigung. Er wollte gucken, ob du ihn wirklich enttarnt hast.«

Das erklärte natürlich einiges. Ich war schon ziemlich schockiert, als ich Winter auf der Beerdigung sah und eigentlich glaubte ich, meine Reaktion gut verborgen zu haben, doch das schien nicht der Fall zu sein.

»Winter hat mir dann erklärt, dass es nur einen Ausweg gebe. Wir sind zu dem Hausboot gefahren und gerade, als er die Leinen lösen wollte, hat er euch gesehen. Wir sind dann unters Deck gegangen. Den Rest der Geschichte kennt ihr ja«, fuhr Rafael mit seiner Erzählung fort.

Wenn Winter das Auto für seine Flucht gewählt hätte, wäre er vermutlich entkommen. Was dann mit Rafael passiert wäre, wollte ich mir gar nicht ausmalen.

»Das Dokument, das Mats gefunden hat, ist auf jeden Fall aussagekräftig genug für eine Verurteilung«, meinte Theo, »Es ist quasi eine Kontaktliste der Spedition. Namen, Adressen und Aufgaben von allen Kunden und Informanten sind aufgelistet. Es wird in nächster Zeit zu einer Menge Verhaftungen kommen.«

Wir hatten es geschafft. Imrichs Imperium war zum größten Teil zerschlagen und auch die Reste würde man in den nächsten Tagen und Wochen beseitigen.

Rafael stand auf und wischte sich den Dreck von der Hose. Viel machte es nicht aus. Wir waren komplett durchnässt.

»So, dann werde ich mich mal an den Bericht setzten. Wird auf jeden Fall interessant«, sagte Rafael und, sei es die Anspannung oder die Tatsache, dass wir gerade dem Tod entronnen waren, brachen wir kurz in Gelächter über diesen Satz aus.

»Werd ich später machen«, brummte Theo nur und Rafael verabschiedete sich von uns. Er verschwand in eine angrenzende Gasse, wo Winter wahrscheinlichen seinen Wagen abgestellt hatte.

Theo und ich saßen nun alleine auf dem Pier. Die

Sonne glitzerte auf dem Main und für ein paar Minuten genossen wir einfach die Stille und die schöne Landschaft. Das Plätschern des Regens gab dazu eine gute Kulisse. In diesen wenigen Minuten lag die Großstadt still vor uns. All die Grausamkeiten, all das Leid, mit dem man sich täglich konfrontiert sah, machte für einen kurzen Moment Pause.

Nach jedem größeren Mordfall, den ich klären konnte, ging es mir früher so und es fühlte sich befreiend an, dieses Gefühl noch einmal zu spüren.

»Was jetzt?«

»Lass uns zurück zum Restaurant fahren. Ich hab Hunger.«

Kapitel 52

Mats Jäger
In einem kleinen Restaurant, 16:55 Uhr

Die kleine Trauergemeinde saß schon deutlich munterer beim Leichenschmaus. Ein Lebensrückblick von Margret ging anscheinend gerade zu Ende. Nun setzte man sich zusammen für das Essen. Theo und ich setzten uns etwas abseits hin. Wir hatten uns noch eine Menge zu erzählen.

So knapp wie möglich erzählte ich ihm von den Ereignissen der letzten Tage. Bis auf meinem Mord an Imrich ließ ich dieses Mal nur einige, wenige Detail aus. Gebannt hörte er mir zu. An einigen Stellen warf er seine eigenen Erlebnisse mit ein. Der Fall entwickelte sich nun zu einem großen Gesamtbild.

Als ich mit meinem Bericht fertig war, lehnten wir beide uns erschöpft zurück.

»Mich beschäftigt noch die ganze Zeit zwei Fragen«, sagte ich nach einem Moment der Stille.

»Schieß los. Vielleicht kann ich ja helfen.«

Bei der ersten Frage hatte ich ein ungutes Gefühl. Bis jetzt habe ich sie ganz gut verdrängt, doch sie sät Zweifel zwischen die Freundschaft zwischen Margret und mir.

»Es schien mir immer so, als würde es zwischen Margret und mir keine Geheimnisse geben. Nichtsdestotrotz hatte sie mir nie von dem USB-Stick erzählt. Manchmal denke ich, dass sie mich einfach nur ausgenutzt hat.«

Das Schweigen wiederholte sich wieder. Ich konnte es verstehen. Es war eine schwierige Frage, auf die ich vielleicht nie eine abschließende Antwort finden werde.

»Du hast diese Akte von meinem Schreibtisch geklaut, was ich ehrlich gesagt ziemlich frech finde, doch viel wichtiger ist, was du danach getan hast.«

»Ich bin zu Margret gefahren, um mit ihr die Akte zu öffnen.«

»Genau das ist der Punkt. Du wolltest es mit Margret gemeinsam machen. So wie du sie mir beschrieben hast, tickt sie genauso. Bestimmt wollte sie sich den USB-Stick gemeinsam mit dir angucken. Ich gehe davon aus, dass sie erst kürzlich an den Stick herangekommen war und schlicht nicht mehr die Möglichkeit hatte, ihn dir zu zeigen. Außerdem wissen wir nicht, wie sie an den Stick herangekommen ist. Ob sie ihn nun von Norbert Poeschke hatte, oder sie ihn sogar irgendwie von Winter gestohlen hat, werden wir nie erfahren.«

Ich nickte. Die Zweifel blieben, doch Theo merkte das natürlich gleich.

»Du darfst dich damit nur nicht verrückt machen. Natürlich gibt es Szenarien, wo Margret dir ganz wissentlich den Stick vorenthalten hat, doch daran darfst du nicht glauben. Es passt einfach nicht zu dem, was du mir von ihr erzählt hast. Eure Freundschaft war, wenn auch nur für solch kurze Zeit, etwas Besonderes und durch solche Gedanken machst du sie völlig unnötig kaputt.«

Es stimmte natürlich. Ich erinnerte mich an unseren gemeinsamen Abend. Es fiel mir schwer, doch ich musste diese eine Ungewissheit einfach akzeptieren und vertrauen.

»Ich fühle mich einfach scheiße, dass wir uns so wenig vertraut haben. Wir hätten Imrichs Menschenhandel ein schnelleres Ende bereiten können und es wären weniger Menschen gestorben.«

»Es lief blöd, aber sieh mal das Positive. Wir haben mehreren Frauen und Mädchen eine Zukunft gegeben, die nicht von Angst und Gewalt erfüllt ist. Hätten wir den Laden nur ein paar Stunden früher auffliegen lassen, wären uns die Frauen und Mädchen im Lkw durch die Lappen gegangen.«

»Unbedeutend. Ein kleiner Trost, wenn man bedenkt, dass spätestens morgen ein anderer Mann da ist, der genau da weitermacht, wo Imrich aufhörte.«

Die Worte von Imrich hatten doch mehr bewirkt, als gedacht. Der Gedanke, dass auch wenn er einer der größten Händler war, dennoch ein kleiner Fisch im großen Ganzen darstellte, blieb. Auch Winters verlorener Glaube an die Gerechtigkeit floss da mit ein. Tief in meinem Inneren konnte ich den Frust dieses Mannes verstehen. Es waren nur kleine Zweifel, die gesät waren, doch sie waren trotzdem vorhanden.

»Ich glaube für jede Frau, die wir befreien konnten, ist das ganz und gar nicht unbedeutend. Außerdem sind wir morgen auch wieder auf den Straßen um den Mistkerlen das Handwerk zu legen. Dein Erfolg zieht außerdem weite Folgen mit sich. In nur wenigen Tagen wirst du in den Zeitungen lesen können, dass uns ein gewaltiger Schlag gegen die Zwangsprostitution gelungen ist. Wir konnten Einblicke in den Menschenhandel dieser Stadt bekommen, wie wir sie noch nie hatten. Da ist es eigentlich nur ignorant, wenn du behauptest, dass das unbedeutend wäre.«

Ich lächelte. Irgendwie hatte Theo recht. Die Welt war ein dunkler Ort, doch es gab immer noch Menschen, die dagegen kämpften. Es war der Grund, warum ich Polizist wurde, und auch wenn diese Zeit vorbei war, konnte ich immer noch für das Gute kämpfen.

Die Trauergemeinde löste sich immer mehr auf. Schon am Anfang waren wir nicht viele, doch jetzt waren fast alle weg. Theo und ich blieben noch sitzen.

»Dann komme ich mal zu meiner zweiten Frage.«

Theo nickte gespannt. Ich war jedoch mindestens genauso gespannt, wie er. Die Frage begleitete mich ebenfalls schon seit Tagen.

»Wie konnte es sein, dass ihr plötzlich auf der Spedition aufgetaucht seid? Ich habe mich nicht bei dir gemeldet und du konntest nicht wissen, dass Felix und ich in Lebensgefahr waren.«

»Du hast uns doch einen Hinweis gegeben. Ich war ja zuerst etwas engstirnig und wollte nicht auf dich hören. Mein Kollege war da zum Glück anders. Rafael hat es dann doch endlich geschafft, mich von seiner Theorie zu überzeugen. Ich erinnerte mich an das Telefonat mit dir und wir wollten mit dir persönlich darüber reden. Es war klar, dass du etwas wusstest und nun konnten wir auch den Mord an Margret Seidel richtig einordnen. Als wir dich nicht antreffen konnten war er es, dem auffiel, dass die Wohnungstür von Frau Seidel nur angelehnt war. Da es ein Tatort war, und er eigentlich versiegelt sein müsste, wurden wir natürlich gleich misstrauisch. In der Wohnung haben wir dann auch sofort deinen Zettel gefunden. Rafael hat ohne zu zögern das SEK angefordert und wir haben uns auch gleich auf dem Weg gemacht. Und wie es scheint, kamen wir dann ja echt in letzter Sekunde.«

Es war wirklich unglaublich.

»Bin in Gefahr – Medveds Spedition - Imrich Vesel ist der wahre Feind – rettet Felix.«

Das waren die Worte, die ich in Margrets Wohnung schnell aufgeschrieben hatte.

Mir war damals klar, dass Imrich wahrscheinlich nicht bluffen würde und ich tatsächlich beschattet wurde. Vielleicht wurde auch mein Handy überwacht, doch das kann ich bis heute nicht so richtig glauben. Trotzdem war das Risiko zu groß. Ich durfte Felix` Leben nicht weiter gefährden.

Jedoch hielt ich es für unwahrscheinlich, dass man mich sogar in Margrets Wohnung beschatten würde.

Kaum war der USB-Stick wieder versteckt, schnappte ich mir ein Blatt Papier und kritzelte die Worte hin. Der Zettel lag gut sichtbar neben der Eingangstür, doch die Lage war aussichtslos. Ich hatte nicht einmal gewusst, an wen ich diese Worte schrieb. Es war einfach ein letzter, verzweifelter Versuch sich an einen Strohhalm zu klammern. Ich hoffte auf ein Wunder und tatsächlich ist es gekommen. An einen Erfolg hatte ich damals aber nicht geglaubt.

Ich hielt den Zettel sogar für so unwichtig, dass ich ihn gar nicht als Option für Theos Auftauchen bedacht hatte. Das einzige Ergebnis, zu dem ich in dem Krankenhaus kam, war, dass Theo ein Verräter sein musste. Nun schämte ich mich dafür, aber mein Freund wusste nun davon und das machte es besser. Dennoch war ich in dieser Situation einfach nur ignorant und dumm gewesen.

»Ich denke, dass man nun überlegen wird, ob du wieder in den Dienst aufgenommen werden kannst. Du hast gute Chancen, immerhin hast du unseren Chef verhaftet.«

Theos Worte rissen mich aus meinen Gedanken. Ich hatte schon so etwas erwartet. Es stimmte, dass ohne mich dieser Menschenhandelsring ohne Probleme weitergemacht hätte. Auch wenn das wahre Lob natürlich an Margret gehen müsste. Die brisanten Informationen auf dem USB-Stick würden auch zu weiteren Verhaftungen führen. Theo hatte es schon angekündigt. Ich kannte den Inhalt der Liste. Einige der Namen waren nicht gerade unbedeutend. Man konnte wirklich gespannt sein auf die Ereignisse der nächsten Tage.

Diese Leistung wird auch in den oberen Schichten der Frankfurter Kriminalpolizei nicht unbemerkt bleiben. Zum ersten Mal seit langem gab es wieder eine Möglichkeit für den aktiven Dienst.

Trotzdem würde es nie so werden wie früher. Die

Kollegen würden mich immer mit meinem Burnout in Verbindung bringen. Das war für mich zwar okay, doch was viel schlimmer war, dass ich nicht mit Theo zusammenzuarbeiten würde. Das war immer mein Wunsch gewesen, aber nun hatte Theo einen neuen Partner. Einen anderen Partner konnte ich mir einfach nicht vorstellen. Ich konnte aber auf keinen Fall erwarten, dass Rafael seine Stelle für mich räumte und einen neuen Partner bekommen würde. Natürlich würde ich irgendwie immer noch mit ihm zusammenarbeiten können, doch wollte ich das? Mein größter Wunsch war es, dass alles so werden würde wie früher.

»Ich kann nicht«

Diese drei Worte taten so unglaublich weh, doch tief in meinem Inneren wusste ich, dass es die richtige Entscheidung war. Meine Zeit würde noch kommen.

*

Mats Jäger
Eine Woche später …

Weitere Verhaftungen und Razzien der Polizei

In den vergangenen Tagen kam es zu zahlreichen Razzien im Nachtleben Frankfurts. Ziel war es die Zwangsprostitution zu bekämpfen, die durch die jüngsten Ereignisse wieder in den Fokus geraten ist. Nachdem am Dienstagabend zwölf junge Frauen befreit werden konnten, stellten die Beamten nun auch bei den Razzien mehrere Fälle von sexueller Ausbeutung und Zwangs-

prostitution feststellen.

Nach der Verhaftung von H. Winter, dem ehemaligen Polizeihauptkommissar des LKA Frankfurts, zieht der Skandal weitere Kreise. In den letzten Tagen kam es zu mehreren Verhaftungen in unterschiedlichen Behörden. Grund dafür sollen Dokumente sein, die Einblicke in die eines der größten Netzwerke für Menschenhandel in Frankfurt geben. Durch Insiderinformationen ist es am letzten Dienstagabend den Kriminalbeamten gelungen, die Organisation weitestgehend zu zerschlagen. Hochrangige Beamte wie H. Winter konnten allem Anschein nach die Organisation jahrelang schützen. In den nächsten Tagen ist mit weiteren Verhaftungen zu rechnen. (Mehr auf Seite 5)

Theo hatte einen solchen Artikel angekündigt und jetzt war er tatsächlich da. Es erfüllte mich schon mit Stolz, als ich den Bericht in der Frankfurter Rundschau entdeckte. Er zierte die Titelseite und im Innenteil gab es nochmal einen ausführlichen Rückblick über die Geschehnisse der letzten Tage. Viele Sachen fehlten, wie zum Beispiel der Zusammenhang zu dem Tod von Kamil Walczak oder Margrets und meinem Einsatz, doch das war mir egal. Meine Zweifel, dass das Zerschlagen der Organisation im Großen und Ganzen nichts gebracht hatte, waren nun komplett ausgeräumt. Es kam mir so vor, als würde die Polizei mal so richtig aufräumen. Hoffentlich würden sie viele weitere Frauen und Mädchen befreien können. Die nächsten Tage würden es zeigen. Die Hoffnung, dass die Ereignisse der Spedition etwas ins Rollen gebracht hatten, blieb. So, das hoffte ich wenigstens, wäre der Tod von Margret Seidel nicht umsonst.

Erschöpft legte ich den Kugelschreiber beiseite. Meine Geschichte war erzählt.

Die Katze streifte um meine Beine. In den letzten Tagen hatte sie sich hier richtig eingelebt. Beim Futter war sie etwas wählerisch. Ich glaube sie wusste genau, dass ich nicht die Willensstärke wie Margret hatte. Sicherlich hat sie bei ihr kein solch teures Futter bekommen. Trotzdem hatte ich sie wirklich gern und durch die ausbleibenden Besuche beim Kiosk sparte man auch eine Menge Geld. Nun hatte sie auch einen Namen. Ich hatte mich für Margret entschieden.

Meine Gedanken füllten nun schon einige Seiten. Belustigt dachte ich, dass eh keiner meine Aufzeichnungen lesen könne. Meine Handschrift war einfach zu hässlich. Vielleicht ist das auch besser so. Einen Mord auf Papier zu gestehen könnte ganz schön riskant werden.

Ich nahm den Papierstapel und schloss ihn in meine Schreibtischschublade.

Der Tipp aus der Gruppe mit dem Aufschreiben war gut. Ich war nur einige Male bei den Anonymen Alkoholikern. Vor gut einem Jahr war ich vielleicht das letzte Mal da. Wenn man sich selbst nicht als Alkoholiker sieht, sind solche Treffen auch ziemlich schwierig.

Wir hatten einige schwachsinnige Übungen gemacht, doch die einzige, die mir wirklich in Erinnerung blieb, war das Aufschreiben. Sobald man auch nur den kleinsten Erfolg hat, schreibt man es auf. Wenn ich mir die vielen Seiten anschaue, hatte ich anscheinend ziemlich viele Erfolge in den letzten Tagen.

Jetzt fühlte ich mich besser. Seit Tagen hatte ich keine Flasche mehr geöffnet und auch wenn das Verlangen da war, würde ich es auch die nächsten Tage nicht tun.

Dafür lief es gerade einfach zu gut.

Gleich werde ich Wenke abholen. Das Leben hatte mich wieder. Ich packte mein Handy ein und hätte beinahe meine Brieftasche vergessen. Die Tür wurde zugezogen und kurz darauf hörte ich das Geschrei eines Babys.

Das Leben war gut. Für diesen einen Moment war es einfach nur gut und das reichte mir.

Epilog

Der Mann parkte seinen Wagen auf dem Seitenstreifen. Die Spedition war nun auf der anderen Straßenseite und er hatte einen wunderbaren Blick auf das verlassene Gelände.

Die Polizei hatte allem Anschein nach das Interesse verloren. Man glaubte, alle involvierten Personen verhaftet zu haben. Nach Vesel wurde auch nur noch halbherzig gefahndet. Gut.

Auf dem Beifahrersitz lag ein brauner Umschlag. Der Mann nahm ihn in die Hand. Er konnte sich die Fotos einfach nicht oft genug angucken. Es war ein wirklicher Glücksfall, dass er die Möglichkeit dazu bekommen hat. Eigentlich wollte er damals nur die neue Lieferung begutachten. Imrich hatte ihm die beste Ware versprochen, weshalb er an jenem Tag früh auf dem Weg zur Spedition war. Sofort war er stutzig geworden, als er plötzlich Polizeiwagen vor dem Gelände sah.

An jenem Abend musste er nicht lange nachdenken. So unauffällig wie möglich fuhr er einfach an der Spedition vorbei. Niemand hatte ihn bemerkt.

Nachdem die meisten Einsatzwagen den Schauplatz verlassen hatten, hatte er nach dem GPS-Signal der Transporter geschaut. Es war Imrichs Idee gewesen alle Wagen mit einem Ortungssystem auszustatten, um Unregelmäßigkeiten sofort zu bemerken. Damals war es für ihn eine praktische Hilfe.

Alle Wagen waren dort, wo sie sein sollten und der Mann hätte beinahe aufgeben, als sich ein Transporter in der Nähe der Spedition bewegte. Mit großzügigem Abstand war er dem Wagen gefolgt, bis dieser an einem See außerhalb von Frankfurt anhielt.

Ein ihm fremder Mann stieg aus. Er holte etwas aus dem Wagen, das aussah wie eine verpackte Leiche. Der Mann wusste genau, was nun zu tun war. In seinem Wagen hatte er immer eine Kamera dabei. Diese schnappte er sich und schlich sich weiter an das Geschehen ran. Ohne Blitz war die Qualität nicht herausragend, doch er rechnete damit, dass man was erkennen würde. Still und heimlich dokumentierte er, wie der Fremde das Paket über den Steg schleifte und schließlich ins Wasser warf.

Später hatte er angefangen zu recherchieren. Viele wurden bei einem Polizeieinsatz verhaftet. Wie es dazu kommen konnte, wusste der Mann nicht, doch das Interessanteste war, dass Imrich Vesel zur Fahndung ausgeschrieben wurde.

Er hatte dazu seine eigene Theorie und sofort war ihm klar, welche Macht diese Fotos hatten. Man konnte das Paket nicht sicher als Leiche identifizieren, doch der Mann, der es in den See schmiss, war umso deutlicher zu erkennen. Auch ohne Blitz würde es kein Problem sein, den Mann eindeutig zu identifizieren. Mit der Tatsache, dass mit ziemlicher Sicherheit eine Leiche in dem See lag, waren die Fotos ein stichhaltiger Beweis.

Mit so einem Beweis lässt sich eine Menge anfangen.

Es war nicht allzu schwierig die Hintergründe zu dem Fremden auf den Fotos zu finden. Es war ein gewisser Mats Jäger. Bis vor ein paar Jahren war er Kommissar. Solche Leute hatten immer noch einen enormen Einfluss auf die aktuelle Polizeiarbeit. So etwas könnte sehr hilfreich werden.

Der Mann setzte den Blinker. Er hatte genug gesehen. Die Polizei hatte die Sache zu den Akten gelegt. Soldaten sind gefallen, doch der Krieg fing gerade erst an.

Das Auto fuhr raus aus Frankfurt, doch bald würde er wiederkommen.

Bald würde seine Zeit kommen.

Bald.

ENDE

Nachwort des Autors

Ein Buch zu schreiben ist ein Abenteuer. Das durfte ich im Jahr der Pandemie ganz für mich selbst entdecken.

Alles begann mit der kleinen Idee „Margret Seidel" im Mai 2021. Ich meine, es war Stephen King, der gesagt hat, dass man ein Buch nicht mit der Geschichte anfangen sollte, sondern mit einem authentischen Charakter. Diesen Schritt habe ich gewagt und das Resultat halten Sie gerade in den Händen. Niemals hätte ich gedacht, dass es so weit kommen würde.

Für einige Zeit erklärte ich dieses Projekt sogar für gescheitert und es verschwand längere Zeit in den untiefen meines Laptops.

Dann (das muss so um Oktober herum gewesen sein) hatte es mich aber wieder gepackt und plötzlich stand da die unglaubliche Zahl von 10.000 Wörtern. Ab diesem Zeitpunkt stand für mich fest, dass dies ein Buch werden würde und ich schrieb mehr als einmal bis tief in die Nacht.

Februar 2021 war es dann so weit und ich konnte das bedeutsamste Wort eines Autors schreiben: Ende!

Doch gleichzeitig begann damit erst ein neuer, schwieriger Weg. Bis zu dem Zeitpunkt wusste nur eine einzige Person von meinem Schreibprozess und für viele war es eine große Überraschung, als ich ihnen sagte, dass ich ein Buch geschrieben habe.

Von da an haben mir sehr viele Leute geholfen und die

letzten Seiten will ich noch nutzen, um ihnen Danke zu sagen.

Mein erster Dank geht da gleich an die Person, die als einzige während meines Schreibprozesses von dem Buch wusste. Jonathan Epp, du hast mehr durch Zufall davon erfahren und durch deine Erinnerungen ist »Stimmen der Angst« zu dem geworden, was es ist! Das du dann auch noch dieses unglaublich tolle Cover gestaltet hast, ist einfach unglaublich. Vielen Dank! (Keine Angst, das Schweden Buch wird kommen – Garantiert!)

Der nächste Dank geht an meine Schwester Lea Peters. Das Korrektorat und Lektorat war sehr hilfreich und auch du hast maßgeblich an diesem Buch gefeilt!

Außerdem bedanke ich mich bei meinen Testlesern Michelle Penner, Patricia Turowski, Maik Obermaier, Tim J. R. Ufer, Noelia Nickel und Silvana Janzen. Eure Anmerkungen, Ideen und auch eure Kritik haben (hoffentlich) die letzten Fehler aus dem Manuskript getilgt. Jeder von euch war auf seine Weise eine ganz unglaubliche Hilfe für mich. Vielen Dank!

Bedanken will ich mich auch bei all den vielen Menschen, die mich auf dem Weg zu meinem Debüt begleitet haben. Zahlreiche Nachrichten, Kommentare und Gespräche haben mich immer wieder ermutigt und ich war sehr glücklich über den vielen Zuspruch. Leider ist hier zu wenig Platz um alle Namen aufzuzählen, aber wenn Du dich auch nur entfernt angesprochen fühlst, gehört dieser Dank voll und ganz Dir!

Zu guter Letzt bedanke ich mich auch bei Ihnen, dem

Leser! Es ist nicht selbstverständlich, das Buch eines Selfpublishers zu lesen, aber ich bin Ihnen sehr dankbar, dass Sie sich doch dafür entschieden haben. Ich hoffe, ich konnte Ihnen einige spannende Lesestunden bereiten!

Gerne können Sie mir Ihre Meinung, Kommentare etc. schreiben. Senden Sie dafür einfach eine E-mail an fynnpeters.autor@web.de. Ich bin sehr gespannt und werde auf jeden Fall antworten.

An dieser Stelle habe ich auch eine Bitte an Sie. Der Markt für Selfpublisherautoren ist nicht gerade einfach, doch es ist nicht schwierig mich etwas zu unterstützen. Wenn Sie wollen, können Sie gerne eine Kundenrezension für Amazon etc. schreiben. Das dauert nur wenige Minuten und hilft mir unglaublich.

Eines kann ich Ihnen schon jetzt versichern: Es wird weitergehen mit Mats Jäger! Zurzeit schreibe ich am zweiten Buch und es verspricht sehr spannend zu werden. Außerdem schwirren schon die nächsten Ideen in meinem Kopf herum. Eine dreht sich auch um Lisa, doch da will ich noch nicht zu viel verraten…

Ich hoffe, wir lesen uns bald wieder!

Fynn Peters
11.07.2021, Leopoldshöhe

Sie wollen über alle Neuerscheinungen von Fynn Peters informiert werden?

Schicken Sie eine Email an fynnpeters.autor@web.de mit dem Betreff „Email Verteiler" und Sie werden automatisch über alle Neuerscheinungen des Autors informiert.

Weitere Informationen über den Autor:

Website: www.fynnpeters.com

Instagram: @fynnpeters_autor